Un mariage si éphémère

*

Passion pour un pompier

MARION LENNOX

Un mariage si éphémère

Traduction française de
ANOUK

BLANCHE

HARLEQUIN

Collection : Blanche

Titre original :
THE DOCTOR'S BILLION-DOLLAR BRIDE

HARPERCOLLINS FRANCE
83-85, boulevard Vincent-Auriol, 75646 PARIS CEDEX 13
Service Clients — www.harlequin.fr
ISBN 978-2-2805-1252-7 — ISSN 0223-5056

Édité par HarperCollins France.
Composition et mise en pages Nord Compo.
Imprimé en décembre 2024 par CPI Black Print (Barcelone)
en utilisant 100% d'électricité renouvelable.
Dépôt légal : janvier 2025.

FSC
www.fsc.org
MIXTE
Papier issu de sources responsables
FSC® C159065

Pour limiter l'empreinte environnementale de ses livres, HarperCollins France s'engage à n'utiliser que du papier fabriqué à partir de bois provenant de forêts gérées durablement et de manière responsable.

1

— Je suis désolée, mais c'est impossible aujourd'hui. Si vous voulez, on prévoit un cours particulier demain ? proposa gentiment Jodie au vieux monsieur qui venait de la rejoindre sur la plage.

Les cours de surf du Dr Jodie Tavish étaient presque toujours complets et elle adorait enseigner aux enfants. Trois médecins exerçaient sur l'île Kirra, dont elle-même, si bien qu'elle était rarement surchargée de travail à la clinique. Une aubaine qui lui offrait toute latitude pour se consacrer, le samedi matin, à sa passion pour ce sport.

L'homme qui exigeait qu'elle soit disponible à l'instant même paraissait âgé de plus de quatre-vingts ans. Maigre, pâle, en short de bain, il semblait tenir à peine sur ses jambes et ses yeux brillaient d'impatience, presque fébriles.

— Impossible, dites-vous ? Je vous signale qu'avec moi vous gagnerez davantage qu'avec tous ces gamins réunis ! déclara-t-il d'un ton étonnamment agressif. Et puis, hein, quelqu'un d'autre que vous se chargera bien de leur donner un cours ! On m'a affirmé que vous étiez la meilleure professeure, et je veux une leçon de surf avec vous.

— Eh bien, je suis flattée, mais je regrette de ne pas pouvoir vous satisfaire. Mon planning du jour ne le permet pas, répliqua Jodie, à la fois amusée et irritée par l'aplomb de son interlocuteur.

Mes élèves ont payé d'avance, et je ne peux pas prendre plus de six stagiaires en même temps. Question de sécurité.

Son interlocuteur la scruta d'un air courroucé.

— Ah ! Dans ce cas, donnez-moi un cours particulier tout de suite après !

— Je ne peux pas non plus, répliqua patiemment Jodie. Je suis médecin et j'ai d'autres engagements.

— Quoi ? Vous êtes médecin ? fit le vieil homme avec étonnement.

Il la regarda de la tête aux pieds, et Jodie réprima un sourire. Bronzée, elle était en maillot deux-pièces rouge vif, portait une casquette pour se protéger du soleil... Évidemment, nul n'aurait deviné sa véritable profession.

— Eh oui, il s'avère que je fais partie de l'équipe médicale de l'île ! Je ne propose que quelques heures de cours de surf, quand je ne travaille pas à la clinique, expliqua-t-elle. Bon, si vous voulez, on prévoit un cours particulier demain matin, à l'heure que vous souhaitez.

— Impossible ! grommela le vieil homme. Demain, je rentre chez moi. C'est maintenant que je veux mon cours, pas demain, vous comprenez ?

Jodie sentait poindre un vif agacement.

— Je comprends mais encore une fois, et j'en suis navrée, je ne peux pas. Je ne suis pas disponible.

— Vous n'êtes pas disponible ? Mais avez-vous la moindre idée de qui je suis ? s'écria alors son interlocuteur, cédant à la colère. Je m'appelle Arthur Cantrell, et je suis à la tête de Cantrell Holdings, le plus grand conglomérat minier d'Australie ! Dites à vos petites élèves que je les paierai, et débarrassez-vous d'elles.

— Vous plaisantez ?

Malgré son indignation, Jodie resta polie.

— Elles ont réservé ce cours depuis des semaines. Si vous possédez tant d'argent que ça, je vous suggère de vous inscrire à l'avance et, en attendant votre cours particulier, de visiter l'île !

Le ton montait. Consciente qu'elle risquait de lâcher une parole qu'elle regretterait, Jodie se détourna et se dirigea vers le groupe de préadolescentes qui l'attendaient un peu plus loin.

Quel homme désagréable ! Abject !

Elle sentit qu'il la suivait du regard avec insistance. Elle ne se retourna pas.

L'île Kirra, au large du continent australien, devenait une destination prisée pour les personnes fortunées depuis qu'un très luxueux spa – centre de bien-être avait été créé à l'extrémité sud de l'île. Cet individu devait faire partie de la clientèle aisée de l'établissement. Jodie avait remarqué que, si le visage et le haut du cou du vieil homme étaient bronzés, le reste de son corps semblait ne pas avoir vu le soleil depuis des décennies. Petit et trapu, il avait des cheveux argentés et d'épais sourcils broussailleux. Sa voix était claire, autoritaire, impérieuse. De toute évidence, il avait l'habitude de diriger son monde et d'obtenir gain de cause sans attendre...

Mais pas avec moi !

Jodie aperçut alors le taxi de Mack Henderson qui stationnait sur le parking bordant la partie de la plage réservée aux surfeurs. Mack était le seul chauffeur de taxi de l'île. Visiblement, il attendait le dénommé Arthur Cantrell, qui avait dû payer une fortune pour ce service.

Mais, au fond, ça m'est complètement égal !

Puis Jodie s'avoua la vérité. Un autre samedi matin – un samedi ordinaire –, elle aurait tout à fait pu accepter de donner une leçon particulière après son cours collectif.

Mais ce jour-là était spécial. Très spécial. La date semblait lui mordre le cœur, comme chaque année à la même époque depuis quinze ans.

C'est pourquoi, après le stage qu'elle s'apprêtait à animer, et à moins que ne survienne une urgence médicale, Jodie avait prévu de surfer seule, longtemps...

Surfer pour oublier...

Surfer jusqu'à l'épuisement.

Le cœur serré, Jodie s'obligea à se concentrer sur l'instant présent. Ses élèves la guettaient, impatientes d'être dans l'eau, impatientes d'apprendre. Des préadolescentes pour la plupart…

Comme Hali, qui aurait quinze ans aujourd'hui, pensa-t-elle.

Hali.

Ce doux prénom signifiait « habitante de la mer ».

Hali, sa précieuse fille… Qui ne s'appelait sans doute plus Hali aujourd'hui.

Jodie se força à ne plus penser au passé encore si douloureux. Cette tristesse mêlée de souffrance cesserait-elle jamais ? Elle en doutait.

Elle inspira profondément. Pour le moment, elle allait enseigner à des jeunes le bonheur de chevaucher des vagues en goûtant le sel de la vie. Elle n'avait plus qu'à espérer que, quelque part, quelqu'un agissait de même pour Hali.

— Il est sur l'île Kirra.

— Quoi ? Mais qu'est-ce qu'il fabrique là-bas ? s'écria le Dr Sebastian Cantrell.

Il avait fallu trois bonnes heures à Beth, sa réceptionniste, pour retrouver la trace d'Arthur Cantrell.

— Il s'est inscrit pour suivre des soins dans le nouveau spa. Il s'y est rendu en hélicoptère hier.

Seb resta sans voix.

Arthur, son grand-oncle, l'un des hommes les plus riches d'Australie, devenait de plus en plus imprévisible. À quatre-vingt-six ans, après deux accidents cardiaques majeurs, il vivait avec un pacemaker et un défibrillateur implantés, et tout le monde savait qu'il était en sursis. D'un tempérament irritable, intransigeant, le vieil homme aimait être seul dans son manoir d'une opulence presque absurde, et refusait que ses domestiques restent à demeure. Le week-end, il n'y avait personne auprès de lui… Et, pour Arthur, c'était très bien ainsi. Il se débrouillait, affirmait-il.

Cependant, parce que Seb avait vivement insisté, il avait accepté de mettre en place un dispositif d'alarme personnelle connecté aux services d'urgence de l'hôpital général de Brisbane. « Tu te fais du souci pour moi ? C'est stupide et malvenu ! » avait clamé le vieil homme. Après quoi il avait surtout veillé à mettre à l'abri ses coûteuses antiquités.

« À quoi bon sécuriser des objets de valeur si tu ne fais pas attention à toi ? » avait souligné Seb.

Une parole de trop…

Arthur avait réagi avec colère, comme il le faisait toujours face à ce qu'il appelait l'ingérence de Seb. Malgré tout, il portait dorénavant un médaillon autour du cou. Il disposait également d'une commande de chevet sur laquelle il devait appuyer tous les matins. Si elle n'était pas actionnée à 9 heures, il était appelé par l'entreprise de sécurité et assistance aux personnes. Si Arthur ne répondait pas, les responsables contactaient Seb. Ce qui s'était produit une heure plus tôt.

Toutefois, comme ce genre d'incident était déjà arrivé à plusieurs reprises dans le passé, Seb ne s'était pas trop inquiété. D'autant que, ce jour-là, lui-même devait s'occuper de six patients souffrant de problèmes complexes. Il avait néanmoins chargé Beth, sa précieuse réceptionniste, de téléphoner à Arthur.

Le vieux monsieur n'ayant pas répondu, Beth avait demandé à la gouvernante d'Arthur Cantrell de vérifier l'emploi du temps de ce dernier. La gouvernante avait fait preuve de diligence : M. Cantrell était absent, en effet, et il se trouvait sur l'île Kirra… Mais où ? Mystère.

Beth avait poursuivi son enquête, et avait fini par retrouver la trace du richissime homme d'affaires sur l'île Kirra.

— Vous voulez lui téléphoner ? proposa-t-elle à Seb.

— Sûrement pas. Il serait furieux que je le dérange, et je n'ai pas envie de l'entendre aboyer à l'autre bout du fil… Mais pourriez-vous contacter ce spa et leur communiquer mes coordonnées ? Pour qu'ils puissent me joindre en cas de problème.

— Vous ne préférez pas lui parler directement ? demanda Beth, étonnée.

Seb haussa les épaules.

— Mon oncle déteste qu'on s'inquiète pour lui. Et, par-dessus tout, il déteste que je m'immisce dans sa vie. En tout cas, merci pour votre excellent travail de recherche !

Mais, alors qu'il se dirigeait vers la salle d'attente pour accueillir son patient suivant, il pensa que son grand-oncle ne lui en voulait pas seulement de se faire du souci pour lui. Il aurait certainement souhaité que Seb soit différent, et qu'il s'intéresse à l'avenir de Cantrell Holdings. En conséquence, il se montrait souvent désagréable avec Seb. Désagréable, hautain et presque méprisant.

Alors pourquoi je m'acharne à vouloir prendre soin de lui ?

La réponse s'imposa aussitôt à son esprit. Arthur était le seul parent de Seb, et lui-même était le seul parent d'Arthur. Il veillait donc sur son grand-oncle même si ce dernier ne cessait de le repousser, de le rejeter.

Oui, même si, en vérité, Seb mourait d'envie de se détourner à jamais de cet homme aussi riche qu'insupportable, il s'efforçait d'être tel un proche, bienveillant et à l'écoute. Mais c'était dur… Très dur.

— Jodie, oh non ! Il faut déjà que je m'en aille ! s'exclama Ellie Cray en plein milieu du cours.

— Ce n'est pas grave, assura Jodie. Tu profiteras mieux du cours la prochaine fois.

Réussissant fièrement à rester debout sur sa planche, Ellie, la plus âgée des futures surfeuses, lui désignait son père qui lui faisait signe depuis la plage.

— J'espère ! Mais aujourd'hui mes parents viennent me

chercher plus tôt que d'habitude. On retrouve ma tante Hazel au ferry et on va manger tous ensemble. Oh ! Jodie, dommage que je sois obligée de partir déjà...

Jodie lui sourit gentiment tout en gardant l'œil sur ses cinq autres élèves, qui se débrouillaient plus ou moins bien au milieu des vagues. La houle était légère, mais la moindre vague était un obstacle éprouvant.

— Ne t'inquiète pas, on se retrouvera samedi prochain. Laisse ta planche après la balise de marée haute et régale-toi ce midi !

— Merci, Jodie !

Et, sur son surf, la jeune fille fila sans tomber à l'eau. Jodie la suivit du regard, rassurée de la voir atteindre le rivage, puis elle reporta l'attention sur son groupe.

C'était une belle matinée et tout se passait à merveille. Il fallait juste rester dans cette partie de la baie, car de l'autre côté se dressaient de dangereux rochers, et le courant devenait plus fort. Des bouées délimitaient les zones.

— Jodie ! s'écria soudain Katie, l'une des plus jeunes stagiaires. Regarde !

Jodie se retourna aussitôt, et ce qu'elle aperçut lui donna la chair de poule.

— Tu as vu ce vieux monsieur ? C'est celui à qui tu parlais, non ? Il vient de récupérer la planche d'Ellie ! lança Katie avec stupeur.

Jodie sentit son souffle se bloquer. *Je rêve ou quoi ?* Le vieillard était déjà dans l'eau, allongé sur le surf d'Ellie...

Et évidemment il dérivait vers l'extrémité rocheuse de la baie. Le courant était trop fort.

— Hé, vous ! Revenez !

Comme si son cri avait pu avoir un effet...

Embarqué sur les flots, le vieil homme ne fit même pas un signe en direction de Jodie. Comme s'il était inerte.

— Plage ! Et restez groupées ! ordonna Jodie à ses élèves.

L'une des premières règles qu'elle leur avait inculquées,

c'était de lui obéir instantanément si elle criait « plage ». Elle n'avait jamais eu à utiliser ce mot d'ordre durant les deux années qu'elle venait de passer sur l'île Kirra. Elle l'avait instauré en cas d'accident, de requin à l'horizon…

Là, c'était une tout autre situation. Un apprenti surfeur du quatrième âge était en train de se comporter de manière suicidaire. Sous ses yeux.

Les filles obtempérèrent aussitôt. *Formidable*. Mais l'homme, lui, semblait ne rien entendre, délibérément ou non. Allongé sur son surf, il laissait les vagues l'emmener vers la partie la plus dangereuse de la crique…

En un clin d'œil, Jodie remarqua que Mack accourait vers le rivage. Il avait vu ce qui se passait. Mais Mack n'était pas un sportif. Âgé d'une soixantaine d'années, il souffrait d'embonpoint… Il ne fallait surtout pas qu'il se jette à l'eau pour tenter de sauver son client ! Il se mettrait en danger !

C'est alors que le drame se produisit. Une vague plus forte souleva le vieil homme et sa planche comme s'il s'agissait de bois flotté. La houle les fit basculer dans une masse d'écume blanche et les projeta vers les rochers…

Seb avait fini de soigner un ulcère de la cornée. Ron Harvey, son patient, avait été blessé alors qu'il plantait des clous dans de la tôle ondulée. Un éclat de ferraille lui avait méchamment abîmé l'œil. L'accident s'était produit une semaine plus tôt, et Seb faisait tout son possible pour empêcher que Ron perde la vue. Il ne pourrait pas recourir aux stéroïdes tant qu'une amélioration ne survenait pas, mais aujourd'hui la taille de l'ulcère avait légèrement diminué. L'espoir d'une guérison devenait possible.

— Qu'est-ce que vous avez dit ?

Ce que Beth venait de lui apprendre le stupéfiait tellement que ses gestes se figèrent un instant.

— Mon oncle Arthur est parti… faire du surf ?

Il regarda sa réceptionniste avec ahurissement.

— C'est une blague ?

— Hélas, non. La réceptionniste du spa est très jeune, et elle ne connaît pas encore les règles de respect de la vie privée des clients de l'établissement ! Apparemment, votre grand-oncle est parti prendre un cours de surf.

— Un cours de surf... Je rêve, marmonna Seb.

Son propre père lui avait raconté des anecdotes au sujet de son grand-père et d'Arthur, le frère de ce dernier. Arthur avait fait du surf dans sa jeunesse, mais il n'était pas monté sur une planche depuis au moins cinquante ans. Il avait passé sa vie à travailler dans l'entreprise familiale, à gagner des millions... Une fortune colossale.

Et voilà qu'il voulait surfer malgré son problème cardiaque, ses genoux défaillants et tout le reste...

C'est peut-être ma faute...

Quelques semaines plus tôt, il s'était fortement disputé avec Arthur. Le vieil homme voulait absolument que Seb prenne sa place à la tête de Cantrell Holdings. Ou, en dernier recours, qu'il lui donne un héritier.

« Tu ne penses donc pas à fonder une famille ? avait lancé Arthur. Tu es tellement obsédé par ton travail... »

« Moi, je suis obsédé par mon travail ? avait rétorqué Seb. Toi, tu ne penses qu'à ça ! Montre-moi que tu t'intéresses à autre chose ! Prends des vacances au lieu de te focaliser sur la fortune que tu gagnes et ne dépenses jamais. »

Et maintenant Arthur était donc parti... surfer. C'était insensé.

— Ne vous inquiétez pas, dit Beth, devinant les pensées de Seb. La réceptionniste du centre de spa m'a dit que la monitrice était un médecin local. Apparemment, elle enseigne le surf à temps partiel pour le plaisir, mais c'est un médecin extrêmement compétent. Elle empêchera votre oncle de se mettre en danger.

— Sauf que personne n'a jamais réussi à empêcher Arthur de faire ce qu'il voulait, marmonna Seb.

Malgré tout, il était rassuré. Après tout, si Arthur tenait à courir des risques, c'était son choix, n'est-ce pas ?

Mais, alors qu'il s'apprêtait à aller chercher son prochain patient, les mots de Beth résonnèrent à son esprit.

« Apparemment, elle enseigne le surf à temps partiel pour le plaisir. »

Existait-il vraiment un monde où un médecin pouvait donner des cours de surf pour le plaisir ?

Sur la plage, Jodie piqua un sprint pour rejoindre Mack.

— Ce type est fou ! s'écria le chauffeur de taxi.

D'un doigt, il désigna l'endroit où le vieil homme avait été englouti.

— Il va se noyer !

— Je vais le chercher.

— Non, doc, c'est trop dangereux...

Mais Jodie plongeait déjà.

Ce qu'elle s'apprêtait à faire allait à l'encontre de la première règle des sauveteurs. *Sauver autrui, oui, sauf si on se met soi-même en danger.* Toutefois, elle surfait depuis l'adolescence et elle était une excellente nageuse. *J'ai confiance... J'y arriverai...*

Jodie se lança dans un crawl puissant, nageant sous l'eau, les yeux grands ouverts, ignorant la piqûre du sel...

Et quelques instants plus tard, ô miracle, elle vit le vieil homme qui coulait tel un poids mort.

Le reste ne fut que pur réflexe. Elle l'attrapa et le tira vivement contre elle. Le ressac essayait de lui arracher le corps inerte mais, au prix d'un effort colossal, elle tint bon. Elle parvint à porter la victime jusqu'au rivage, où Mack l'attendait pour l'aider, l'air affolé.

Galvanisée par l'adrénaline, Jodie reprit son souffle et, avec Mack, transporta le vieil homme sans connaissance sur le sable un peu plus loin. *Pourvu qu'il respire encore...*

2

Évidemment, l'accident s'était produit en l'absence de Misty et Angus. Habituellement, l'île Kirra comptait trois médecins, mais Misty et Angus, qui étaient mariés et parents, avaient choisi ce week-end pour se reposer à Brisbane. Misty, de nouveau enceinte, avait besoin de souffler après des jours et des jours de travail non-stop : six semaines auparavant, une tempête tropicale avait ravagé l'île, causant des dégâts considérables. Flotte de pêche saccagée, toitures des maisons arrachées, fenêtres brisées...

Les habitants avaient œuvré avec acharnement pour déblayer les débris et tenter de réparer les dommages. En raison du nombre de blessés, les trois médecins avaient dû travailler à temps plein pour faire face.

Pas de chance que je sois seule à la clinique, mais je vais assurer, se dit Jodie. Elle s'était éraflé la jambe et le bras sur des rochers en extrayant le vieillard inconscient des vagues, mais elle n'avait pas pris le temps de se soigner.

Observant Arthur Cantrell qui était alité et sous sa surveillance, Jodie songea qu'elle serait forcément obligée de rester à la clinique jusqu'à ce qu'on puisse le transférer à l'hôpital général de Brisbane. Personne, pas même Martin, son collègue infirmier et secouriste, ne pourrait la remplacer.

Miraculeusement, nul massage cardiaque n'avait été nécessaire pour réanimer le vieil homme. M. Cantrell était sain et sauf. Au premier abord, il souffrait juste de quelques plaies et d'un bras cassé. Une conséquence probable de la rapidité avec laquelle Jodie et Mack avaient porté le rescapé sur la plage. Encore heureux qu'ils ne lui aient pas fracturé l'omoplate et la clavicule. Seule une légère fracture de l'humérus était à déplorer.

Jodie lui avait administré un antibiotique pour prévenir une infection pulmonaire, avait stabilisé son bras cassé, puis placé un oreiller confortable sous la tête du vieil homme ; elle le laissait maintenant s'apaiser.

En effet, *a priori*, il n'avait rien de vraiment grave, sauf que sa tension artérielle dépassait 20... Et la bosse sur son épaule n'était pas due à la fracture mais à un implant, Jodie le savait.

— Monsieur Cantrell, je vais maintenant vous poser quelques questions pour compléter mon diagnostic et établir votre dossier de transfert à Brisbane.

Le vieil homme émit un grognement sourd et détourna le regard.

Je sens qu'il ne va pas être très coopératif...

— Vous portez un pacemaker et un défibrillateur implantés ?

— Oui.

— Vous avez donc souffert de graves problèmes cardiaques. Quand ?

— Il y a quelque temps. Deux fois. Je vais bien, ça va.

— Votre pouls est trop rapide, et votre pression sanguine, beaucoup trop haute, fit remarquer Jodie. Je ne suis pas habilitée pour les soins en cardiologie, et je ne dispose pas du matériel nécessaire. Il faut que j'appelle mes collègues de Brisbane pour vous transférer à l'hôpital.

— Transférer ? Et puis quoi encore ? J'irai nulle part, marmonna le vieux monsieur.

— Vous devez être pris en charge et...

— Si vous insistez, je vous poursuivrai pour non-respect de mes droits, lâcha Arthur Cantrell en lui adressant un regard noir. Demandez au chauffeur de taxi de me ramener au spa.

Et en attendant fichez-moi la paix. Trevor revient avec mon hélicoptère demain. Il me ramènera chez moi et tout ira bien.

Jodie réprima un soupir d'agacement. Décidément, cet homme continuait à être des plus désagréables.

— Vous êtes sous ma responsabilité. Je suis obligée de suivre un protocole pour assurer votre santé. Je peux contacter quelqu'un de votre famille ? Un parent ? Ou un ami ?

— Pour quoi faire ? Je me débrouille très bien tout seul ! Je vous dis que je veux retourner au spa ! Vous n'avez même pas à leur raconter ce qui s'est passé.

— Vous êtes têtu, répliqua Jodie. Mais moi aussi ! Je ne vous laisserai pas repartir d'ici sans être certaine que tout ira bien pour vous. Je vous rappelle que je suis médecin… Pas seulement monitrice de surf.

M. Cantrell soutint le regard de Jodie. Colère et défi se reflétaient dans ses prunelles délavées.

— Très bien, appelez mon petit-neveu. À mon avis, sa présence ne servira à rien, c'est un individu parfaitement égoïste… Enfin, il viendra si je le lui demande.

Jodie téléphona donc à un certain Sebastian Cantrell. Elle appela à trois reprises, laissant des messages à chaque fois.

Ce Sebastian Cantrell semblait injoignable.

Elle se résigna alors à passer la nuit à la clinique, au chevet de son patient acariâtre. Puis elle envoya un texto à Martin pour qu'il prévoie d'accompagner M. Cantrell dans son hélicoptère privé le lendemain. Martin reviendrait à Kirra par le ferry.

Et si ce vieux bonhomme refuse de se faire soigner une fois à Brisbane, tant pis pour lui !

Mais, pour le moment, il était sous la surveillance de Jodie.

Elle s'obligea à garder son calme. Habituellement, seuls des problèmes mineurs étaient traités sur place. Petite blessure ou plaie, souci intestinal… Cette fois, l'enjeu était tout autre. *Et on n'a pas l'équipement adéquat en cardiologie*, se répéta-t-elle. Il lui faudrait rester ultra-vigilante pendant encore plusieurs heures. *Au moins, je n'aurai pas l'occasion de me souvenir, de réfléchir...*

Oui, situation oblige, Jodie chasserait de son esprit tout ce qui lui revenait en mémoire ce samedi-là.

À 21 heures, alors qu'elle n'avait pas bougé du fauteuil placé à côté du lit d'Arthur, son téléphone sonna.

— Allô ?

— Docteur Tavish ? demanda un homme à la voix calme, posée. Sebastian Cantrell. Je crois que j'ai manqué votre appel.

— Trois... Vous en avez manqué trois.

Jodie s'en voulut de se montrer aussi sèche, mais elle était de plus en plus endolorie et fatiguée.

— Ah, excusez-moi, j'étais occupé... Je faisais du surf, expliqua son interlocuteur, comme si c'était tout à fait normal.

Du surf ? Allez-y, mettez du sel sur la plaie !

Le vieil homme avait affirmé que la présence de son petit-neveu ne servirait à rien et, à cet instant, Jodie était prête à le croire.

— Votre grand-oncle a lui aussi essayé de faire du surf. Malheureusement, il a failli se noyer.

— Quoi ?

S'apercevant qu'Arthur l'écoutait, elle mit le téléphone sur haut-parleur.

— Il est à côté de moi et entend notre conversation. Arthur, me permettez-vous de dire à votre neveu dans quel état vous vous trouvez ?

Elle obtint un vague hochement de tête. Les analgésiques rendaient le vieux monsieur un petit peu moins agressif. Là, il avait les yeux qui se fermaient, mais luttait visiblement pour rester éveillé.

— Votre oncle est d'accord. Donc voici la situation : il est hospitalisé dans notre petite clinique de Kirra. Il a un bras fracturé et des lésions sans gravité, bien que douloureuses, forcément. C'est son état cardiaque qui est le plus préoccupant.

Il y eut un silence au bout du fil.

— Dites-moi, c'est vous qui êtes médecin et donnez aussi des cours de surf ? demanda Sebastian Cantrell d'un ton indigné. Vous avez laissé mon oncle surfer comme ça ? Sans aucune précaution préalable ? Ce n'est pas sérieux !

Jodie inspira et expira doucement. *Reste calme.*

— Votre oncle ne se trouvait pas sous ma surveillance à ce moment-là.

— Mais il était avec vous ?

Bon sang, qu'insinue-t-il ? Il va me faire un procès ?

— On parlera de ça plus tard, monsieur Cantrell. Je vous expliquerai tout. Pour le moment, une seule chose compte réellement : votre oncle a besoin d'être transféré à l'hôpital général de Brisbane, mais il refuse catégoriquement ce transfert.

— Je peux décider pour lui. Je suis sa personne de confiance, affirma Sebastian d'un ton agacé. Il doit être admis en cardiologie au plus vite.

— Je suis bien d'accord.

Jodie regarda Arthur, qui se renfrogna encore davantage et secoua la tête.

— Passez-le-moi, déclara alors Sebastian, devinant probablement la réaction du vieil homme.

Une fois de plus, Arthur esquissa un signe négatif.

— Dites-lui de me ficher la paix, marmonna-t-il. Non, dites-lui plutôt de venir me chercher le plus vite possible. Il peut se faire conduire à bord de mon hélicoptère.

Il éleva la voix pour que Sebastian puisse l'entendre.

— Entendu, Seb ? Rapplique ! Sinon, cette doctoresse zélée ne me laissera pas repartir au spa !

Puis il ferma les yeux et refusa de prononcer un mot de plus.

— Docteur Tavish ?

Au bout du fil, la voix masculine semblait maintenant résignée.

— Oui.

Jodie n'en pouvait plus, de ces deux individus.

— Je dois m'organiser pour venir chercher mon oncle.

— Quand ?

— Demain matin.

— Seulement demain matin ? s'écria-t-elle. Dommage que vous ne puissiez pas plus tôt. Parce que, franchement, la famille, c'est la famille, ne put-elle s'empêcher d'ajouter.

C'était loin d'être une réponse professionnelle, mais elle était exténuée, elle avait mal à la jambe… Et toute cette situation l'horripilait.

— J'ai des choses à faire, répliqua sèchement Sebastian. Je ne suis pas à la disposition de mon oncle. Mais je serai là demain matin.

— Parfait. Eh bien, espérons que tout se passera bien pour votre oncle cette nuit, murmura Jodie, dépitée.

Et elle raccrocha.

— Il ne s'intéresse pas du tout à moi, lâcha Arthur alors que Jodie posait son téléphone. Quand je vous disais que sa présence ne me servirait à rien… Il ne s'intéresse qu'à ses propres passions égoïstes et stupides. Il a hérité de l'argent de la famille, de l'argent gagné grâce à notre entreprise, notre entreprise familiale, quand même ! Mais il n'a aucun sens des responsabilités familiales. C'est un miracle qu'il soit encore dans le pays. Il dépense l'argent des Cantrell dans des pays sous-développés de manière inconséquente…

— Bon, il vient vous chercher demain matin, déclara Jodie avec philosophie.

— Seulement parce que vous lui avez tenu tête.

Jodie croisa le regard fatigué du vieil homme.

— J'ai quatre-vingt-six ans, mais mon cœur semble avoir vingt ans de plus. J'aurais dû mourir aujourd'hui, grommela-t-il en levant les yeux au ciel.

— Vous vouliez mourir ?

Arthur secoua la tête.

— Pas avant d'avoir balancé mes quatre vérités à cet imbécile de neveu. Vous savez, tout ce que je voulais, c'était une leçon de surf !

— Et vous avez volé la planche d'une de mes élèves, rappela Jodie avec sévérité. Si vous vouliez vous venger de ma non-disponibilité, vous avez réussi, précisa-t-elle en esquissant une moue. Je n'ai pas pu retourner chez moi, ni me soigner...

Elle portait à présent une jupe et un chemisier – les vêtements de rechange qu'elle laissait toujours à la clinique. Elle leva la jambe pour montrer les écorchures le long de son mollet gauche.

— Vous avez vu ce que je me suis fait en plongeant pour vous sauver ?

Le vieux monsieur contempla les plaies et une expression de lassitude mêlée de culpabilité se refléta dans son regard.

— Je suis désolé, lâcha-t-il avec un soupir. Sincèrement. Sans vous, je ne serais plus en vie.

— Il y a de fortes chances, en effet. Vous avez couru un très grand danger.

— Je sais. Ça fait réfléchir, tout ça.

Arthur ferma brièvement les yeux, puis ses prunelles fixèrent étrangement Jodie.

— Vous resterez auprès de moi pendant que je dors ?

— Évidemment. Vous êtes sous ma surveillance. J'ai peur pour votre cœur, avoua Jodie.

— Ne vous inquiétez pas, je survivrai encore cette nuit. À propos de cœur, je crois bien que vous, vous êtes une femme de cœur...

Puis il referma les paupières, cédant enfin à l'épuisement, à l'effet des médicaments et à son grand âge.

Une femme de cœur... Il a raison... Si seulement je pouvais être différente !

Jodie récupéra les oreillers d'une autre chambre de la clinique, les plaça en haut du dossier du fauteuil près du lit de son patient, s'installa et essaya de se reposer.

En vain.

Les yeux mi-clos, elle songea que forcément elle resterait vigilante. En alerte. *Et j'ai tellement sommeil malgré tout...*

Elle aurait peut-être dû appeler Angus et Misty pour qu'ils reviennent... Ils auraient pu prendre le dernier ferry. Mais ils n'avaient pas eu de congés depuis si longtemps, et ils avaient prévu d'emmener Forrest, leur enfant de neuf ans, au carnaval de Brisbane demain. *Non, aujourd'hui,* réalisa Jodie, car il était plus de minuit.

Elle pensa alors à Forrest, excité au plus haut point à l'idée de découvrir ce carnaval avec Misty, Angus et la petite Lily. La famille de Forrest... Qu'avait-elle dit à Sebastian au téléphone ? « La famille, c'est la famille. » Forrest avait eu des débuts difficiles, mais maintenant il avait des parents qui l'adoraient, une petite sœur qu'il aimait, une mamie, un chien... Une famille.

Alors les souvenirs affluèrent de nouveau. Hali... Son bébé... Elle avait dû fêter ses quinze ans aujourd'hui. *Non, elle a eu quinze ans hier. J'ai encore raté son anniversaire...*

Des larmes lui piquèrent les paupières, coulèrent sur ses joues. Jodie attrapa des mouchoirs en papier et se moucha tout en pleurant silencieusement. Puis elle ferma les yeux, s'imprégnant de cette immense tristesse qui la submergeait comme un tsunami... Un chagrin inconsolable.

Lorsqu'elle s'extirpa de sa torpeur, quelques instants plus tard, Jodie s'aperçut qu'Arthur la contemplait fixement. La lampe de chevet baignait la pièce d'une faible lumière.

— Vous êtes enrhumée ? grommela-t-il. Il ne manquait plus que ça. C'est contagieux, je parie.

— Je n'ai pas de rhume.

Un long silence s'établit. Jodie se rendit alors compte à quel point l'atmosphère était étrange dans cette clinique où personne d'autre qu'eux ne se trouvait. Peut-être qu'Arthur y fut sensible car, lorsqu'il reprit la parole, sa voix s'était un peu adoucie.

— Alors vous avez pleuré. Pourquoi ?

— Je n'ai pas pleuré.

— Foutaises. C'est à cause d'un homme ?

— Pas du tout. J'ai mal à la jambe.

Le vieil homme fronça les sourcils tout en continuant à scruter Jodie d'un air perplexe.

— Si c'est douloureux, pourquoi vous ne prenez pas un antalgique ?

Irritée, Jodie se redressa dans son fauteuil.

— Je suis ici pour veiller sur vous...

— Et je vous en suis reconnaissant. Merci d'être là. Et merci de m'avoir sauvé la vie, ajouta Arthur à contrecœur. J'ai encore des choses à faire sur cette terre, comme discuter sérieusement avec mon neveu. Je pourrai le faire.

Il esquissa une grimace.

— En attendant, si vous avez un calmant pour moi, je suis preneur.

Parfait. Je peux cesser de l'écouter et jouer mon rôle de médecin...

Jodie s'affaira. Prise de tension – toujours beaucoup trop élevée. Choix du dosage de médicaments. Elle regretta d'être seule responsable à ce stade. Elle était si fatiguée, emplie d'émotions... Des émotions à ignorer, mélange de doutes, d'appréhension, de sentiment d'impuissance, de lassitude.

Une fois qu'elle se fut de nouveau installée dans son fauteuil, elle espéra qu'Arthur se rendormirait. Mais il l'observait toujours aussi attentivement.

— Alors pourquoi vous avez pleuré ?

Profondément agacée par un tel entêtement, Jodie haussa les épaules.

— Ce ne sont pas vos affaires.

— Je m'en doute. Mais j'aimerais bien que vous me racontiez... Il me semble que, comme vous m'avez sauvé la vie, je peux effectuer un geste pour vous aider, non ? Vous voulez que je règle un problème d'argent ? Que j'embauche un tueur à gages pour éliminer l'imbécile qui vous fait de la peine ? Dites-moi.

Désarçonnée, Jodie ne put s'empêcher de rire.

— Merci, mais honnêtement je n'ai pas besoin d'un tueur à gages…

Elle le contempla à son tour, et soudain la curiosité l'emporta.

— Sérieusement, vous pourriez faire ce que vous venez de me proposer ?

— Je peux tout faire. Tout. J'ai une fortune colossale qui ne me sert à rien… Quant à mon neveu, il gaspille son héritage, dépense l'argent sans compter… Il est la seule famille que j'ai, mais c'est comme si j'étais seul. Et vous ? Vous avez une famille ?

— Je… Non, avoua-t-elle avec franchise.

Le vieil homme la regarda avec encore plus d'insistance.

— Alors pourquoi vous avez pleuré ?

— Justement parce que je n'ai pas de famille, murmura Jodie, oubliant soudain toute réserve. Hier, c'était l'anniversaire de ma fille, mais je l'ai perdue il y a quinze ans.

— Vous avez perdu votre fille ? Comment ça ?

Jodie se ressaisit. Comment avait-elle pu lui révéler ce qui la désespérait tant ? La fatigue, la douleur mêlées à son chagrin avaient eu raison d'elle. Alors qu'elle ne parlait jamais de Hali à personne.

— Je ne veux plus rien dire.

— Pourtant… Enfin, si vous l'avez perdue il y a quinze ans, c'est que vous avez donné naissance à votre fille quand vous étiez très jeune, souligna Arthur. Vous étiez vous-même une enfant.

— J'avais quinze ans, avoua-t-elle.

Elle faillit se mordre la langue d'avoir dévoilé son lourd secret.

— Et vos parents ?

— Je ne les ai pas vus depuis des années. Monsieur Cantrell, s'il vous plaît…

— Vous êtes donc aussi seule que moi, déclara-t-il d'un ton amer. Je parie que vous aimeriez avoir une famille qui s'intéresse à vous.

Jodie garda le silence, abasourdie, choquée… et meurtrie.

— Je suppose que oui. Mais vous avez quand même votre neveu, même si vous ne paraissez pas l'apprécier beaucoup. Et moi j'ai mon travail, mes collègues, ma passion pour le surf... Monsieur Cantrell, je ne sais pas pourquoi je vous ai parlé, ajouta-t-elle en s'efforçant de se ressaisir. Ce que je viens de vous dire est privé. Puis-je vous demander de respecter cela ?

— Je n'ai personne à qui raconter quoi que ce soit, marmonna Arthur. Pas de femme pour me plaindre. Pas de famille pour me supporter. Et, vous, vous ne devriez plus pleurer...

Sa voix prit une intonation plus basse.

— Les familles ne font que vous décevoir, encore et encore, et plus vite vous l'accepterez, plus vite vous chasserez toute envie de liens familiaux, mieux vous vous porterez.

— Pourtant, vous souhaitez pouvoir parler avec votre petit-neveu, fit remarquer Jodie.

— Oui, et je n'ai aucune chance d'y parvenir. Il me faudrait un miracle.

Puis, au grand soulagement de Jodie, Arthur Cantrell ferma les yeux. La conversation était terminée.

3

À 9 heures le lendemain matin, l'hélicoptère privé d'Arthur Cantrell se posa sur le terrain situé entre la clinique et la mer. Jodie observa l'atterrissage par la fenêtre. Le pilote resta à bord. L'autre passager – le fameux petit-neveu si peu estimé par Arthur Cantrell – se dirigea vers la clinique d'un pas décidé, tel un homme en mission.

Grand et mince – très mince –, avec des cheveux bruns et une peau hâlée, il portait un pantalon chino beige clair et une chemise à col ouvert dont les manches étaient retroussées. Il marchait vite, comme si le temps lui manquait.

Elle non plus n'avait pas de temps à perdre. Si aucune autre urgence ne survenait, et dès que son difficile patient aurait été transféré, elle pourrait rentrer chez elle et, ô soulagement, se reposer. On était dimanche, et Angus et Misty seraient de retour plus tard dans l'après-midi. Une fois ses collègues revenus, elle pourrait dormir pendant vingt-quatre heures !

Ragaillardie à cette perspective, Jodie se rendit à la réception pour aller à la rencontre du nouvel arrivant.

— Monsieur Sebastian Cantrell ?

— Docteur Cantrell, corrigea-t-il d'un ton abrupt. Mais vous pouvez m'appeler Seb.

Docteur ?

Jodie eu du mal à cacher sa surprise. Ça ne collait pas avec la description donnée par Arthur.

— Vous êtes docteur… en philosophie, peut-être ?

— En médecine. Je suis ophtalmologue.

Elle le dévisagea, incrédule.

— Vraiment ?

— Eh oui. Je sais, ajouta-t-il d'un air sombre, devinant visiblement ses pensées. Arthur a dû vous affirmer que je ne valais pas grand-chose. Peut-être est-ce vrai pour lui, et peut-être est-ce aussi quelque chose que je devrais penser de moi-même, mais c'est une autre histoire. Quoi qu'il en soit, je suis médecin, et je peux ramener mon oncle à Brisbane. Je l'ai fait admettre à l'hôpital privé de South Brisbane. C'est le seul établissement assez luxueux pour satisfaire ses exigences, et suffisamment équipé en cardiologie pour une intervention en urgence si besoin. Son état est stable ?

Jodie acquiesça, s'efforçant de se ressaisir.

— Pour l'instant, tout va bien.

— Parfait, procédons au transfert et…

Tout à coup, Seb aperçut la jambe blessée de Jodie et fronça les sourcils.

La jupe qu'elle avait enfilée la veille au soir lui arrivait au genou et était légèrement évasée. Elle portait un chemisier à fleurs et des sabots de bloc opératoire. Ses chaussures de plage avaient disparu dans les vagues lorsqu'elle avait sauvé Arthur.

Mais ce n'étaient pas ses sabots que Seb contemplait. Il examinait les plaies brunies sous l'antiseptique qu'elle avait appliqué à la hâte un peu plus tôt.

— C'est hier que vous vous êtes fait ça ?

— Oui. Plonger et ramener votre oncle n'a pas été simple. Il y a des rochers non loin du rivage.

— Je vois. Il vous doit une fière chandelle. Et vous semblez épuisée, dit Seb en regardant Jodie dans les yeux.

— La nuit a été longue.

— Vous avez dû rester ici toute seule ? Sans renfort ?

— Il n'y en a pas le week-end.

— Alors vous avez dormi ici ?

Seb paraissait déconcerté.

— Dormir ? Oh ! non... Je veillais sur votre oncle. J'ai essayé de me reposer malgré tout.

— Bravo. Vous êtes très engagée dans votre métier.

Les yeux bruns de Seb ne la quittaient plus, comme pour lire en elle. Jodie sentit un trouble étrange l'envahir, mais elle n'y prêta pas attention.

— Je fais juste mon travail, dit-elle en haussant les épaules. Je ne pouvais pas laisser votre oncle tout seul, n'est-ce pas ? On a une responsabilité en tant que médecin...

Un silence s'installa. Comme s'il était gêné, Seb passa une main dans ses cheveux, ses longs doigts s'enfonçant dans ses mèches brunes en bataille. Jodie remarqua alors qu'il avait les traits tirés. Lui aussi devait être fatigué.

À ce moment-là, le téléphone sonna à la fois sur la ligne de la clinique et sur l'appareil de Jodie. Cette sonnerie synchronisée signifiait que c'était une urgence.

— Excusez-moi, dit-elle à Seb avant de se détourner pour décrocher.

Son dernier appel à partir du combiné de la ligne fixe avait été à un fournisseur de produits pharmaceutiques, et Jodie était restée en attente pendant une quinzaine de minutes. Le téléphone était donc toujours sur haut-parleur, ce qui rendait la voix de l'homme à l'autre bout du fil aussi claire que s'il était dans la pièce.

— Doc ? C'est Cliff Michaels.

Cliff et sa femme tenaient un magasin de matériel de surf dans la petite ville de Kirra.

— Bonjour, Cliff. Que se passe-t-il ?

— C'est Ruby. Elle et ses copains ont décidé de construire un abri avec une plaque de tôle emportée par le vent pendant la tempête, tu sais ? Mais ils ont fait ça dans ma remise sans que je m'en aperçoive. Ruby a enfoncé un clou dans la tôle et… Et résultat, elle se retrouve avec un éclat métallique dans l'œil. Elle a très mal et elle saigne. Je peux te l'amener ?

— Bien sûr, répondit-elle, réprimant une envie de gémir.

Tant pis pour son repos tant espéré…

— Je suis à la clinique. Venez tout de suite.

Elle coupa la communication et poussa un long soupir. Seb l'observait attentivement. Il résuma la situation :

— Un œil gravement blessé.

— Eh oui, dit-elle d'un ton las. Ruby a dix ans, et elle a un fort caractère. Elle est très courageuse. Je ferai ce que je peux, mais elle devra probablement être hospitalisée à Brisbane.

Elle réfléchit.

— Je vous demanderais bien de la ramener avec vous, mais je ne suis pas sûre qu'elle puisse prendre l'avion. Il y a un ferry à midi…

— Je vais vous aider. Je suis ophtalmologue.

— Oui, mais…

Jodie s'interrompit, consciente d'avoir été influencée par le jugement négatif d'Arthur sur son neveu car elle n'éprouvait pour lui qu'une confiance très relative.

— Votre oncle doit être transféré au plus vite, rappela-t-elle.

— Sauf qu'il a choisi de passer la nuit ici, dans votre clinique, à ses risques et périls. Et, si son état est stable, son transfert peut attendre encore une heure. Son état est bien stable ? demanda Seb de nouveau.

— Oui.

— Eh bien, voilà, dit-il avec un sourire.

Jodie garda le silence, prise de court. Le sourire de Seb le rendait si… séduisant, tout à coup. Séduisant et gentil. Très gentil.

— Je sais ce que mon oncle pense de moi et peut-être a-t-il raison, déclara Seb. Mais, de temps en temps, mes compétences s'avèrent utiles. En l'occurrence, je crois que je suis au bon endroit au bon moment, et peut-être vous dois-je quelque chose, tout comme Arthur. Laissez-moi juste le temps de lui expliquer la situation, en insistant sur le fait que nous avons une dette à votre égard. Ensuite, je dois voir quel équipement vous possédez. Et ensemble, docteur Tavish, nous nous occuperons de Ruby.

Arthur considérait peut-être son neveu comme un bon à rien, mais, à peine cinq minutes après l'arrivée de Ruby, Jodie jugeait Sebastian autrement.

La petite Ruby se tenait blottie contre son père, une compresse sur l'œil, échevelée et clairement apeurée.

— Coucou, dit Seb en se mettant à la hauteur de l'enfant. Tu es Ruby, c'est ça ? Moi, je m'appelle Seb et je suis un médecin spécialiste des yeux. C'est une chance que je sois ici, en visite chez le Dr Jodie, alors que tu t'es blessée à l'œil. J'imagine que ça doit faire très mal, mais ne t'inquiète pas, on va arranger ça. Est-ce qu'on peut t'installer sur le canapé pour que le Dr Jodie et moi puissions te soigner ?

Seb avait trouvé le ton juste : direct, rassurant, chaleureux. Cliff déposa sa fille sur le canapé, et Ruby, s'enfonçant dans les coussins, attendit calmement que le médecin l'ausculte.

S'approchant, Jodie remarqua que la lésion sur la paupière de l'œil gauche saignait encore légèrement. Bien que Ruby soit généralement peu bavarde, Seb parvint à la faire parler en quelques secondes.

— Alors, quelle sorte d'abri tu voulais construire ? demanda-t-il tout en examinant la blessure oculaire. Quand j'avais ton âge, mes copains et moi avions trouvé un vieux matelas qu'on avait utilisé pour bâtir le toit de notre cabane. Mais lorsque la pluie est tombée, le matelas s'est effondré et on a été obligés de tout apporter à la déchetterie. J'ai eu de sérieux ennuis ce jour-là...

Ruby paraissait captivée. Jodie, étrangement émue, assista

Seb pendant son examen méticuleux. Cliff s'était assis en retrait, et l'anxiété se lisait sur son visage.

Avant l'arrivée du père et de la jeune blessée, Seb avait trouvé, dans le matériel de la clinique, ce dont il avait besoin. Il s'empara d'une loupe et invita Ruby à fixer un point au plafond.

— Le Dr Jodie va agiter ses doigts au-dessus de ma tête. Peux-tu compter combien de doigts elle lève ? Maintenant, elle va tenir tes paupières écartées pour que tu ne clignes pas des yeux. Est-ce que tu peux essayer ?

La petite fille réussit à faire ce qu'il demandait.

— Je vois quelque chose, déclara Seb au bout d'un moment. Un petit morceau de métal. Tu as dû frapper ce clou très fort, Ruby. Heureusement, il ne semble pas avoir atteint l'intérieur de l'œil.

Il continua son examen, rassurant Ruby et le père de celle-ci.

— L'éclat ne s'est pas enfoncé très profondément, mais on doit l'enlever très vite pour éviter toute complication. Ruby, on pourrait te transférer à l'hôpital de Brisbane, mais on perdrait du temps. Je peux te soigner ici. Ça te va ?

Ruby hocha la tête. Cliff s'approcha, curieux, impressionné, et Jodie seconda alors Seb pour cette opération de microchirurgie aussi rapide qu'impeccable.

Seb procéda avec une précision admirable, utilisant une aiguille montée sur du coton pour retirer délicatement l'éclat. Quand il retira le morceau de métal, un soulagement palpable régnait dans la pièce. Seb appliqua une pommade antibiotique et un double pansement pour protéger l'œil.

— Votre fille devra quand même aller à Brisbane dès demain pour le suivi, dit-il à Cliff. Je vais organiser un rendez-vous pour demain en fin de matinée, je connais l'équipe du service d'ophtalmologie. En attendant, rentrez tranquillement chez vous, et reposez-vous.

Cliff le remercia vivement et prit sa fille par la main. Une fois qu'ils furent partis, Seb sourit à Jodie.

— Tout va bien ?

— Très bien… Merci infiniment. Vous nous avez rendu un fier service.

— J'ai juste fait mon travail, et comme je n'avais pas d'autre engagement que de ramener mon oncle…

— Et surfer, rappela Jodie en souriant à son tour. J'aime aussi beaucoup le surf.

— C'est ce que j'ai cru comprendre.

Les yeux de Seb s'attardèrent sur Jodie.

— La mer nous fait du bien, pas vrai ?

— Oh oui…

Jodie fut incapable de détacher son regard de celui de Seb.

— Encore merci. Sans vous, on aurait dû transférer la petite Ruby en urgence.

— Mais tout va bien, maintenant. Bon, je vais m'occuper d'Arthur, qui doit commencer à s'impatienter.

Alors qu'il s'éloignait pour aller voir son grand-oncle, Jodie ressentit soudain une inexplicable sensation de vide. Désemparée, elle entreprit de désinfecter et ranger le matériel médical. S'activer lui évitait de penser. Toujours. *La nuit et la matinée ont été longues, il est temps que je me repose…*

4

Cinq mois plus tard

— Me marier ? C'est une plaisanterie ?

Ce matin, Arthur Cantrell avait été enterré. Si Seb l'avait souhaité, il aurait pu organiser une petite cérémonie privée. Cependant, conformément au programme préalablement payé par Arthur, une luxueuse entreprise de pompes funèbres avait orchestré des funérailles grandioses, dignes du statut social des invités aux obsèques : des personnalités du monde politique, d'éminents responsables d'entreprise... Tout le gratin du monde financier australien s'était réuni. Ils avaient assisté à la commémoration, serré la main de Seb – il n'y avait aucun autre membre de la famille –, puis étaient repartis aussi vite que possible.

Personne n'éprouvait d'affection à titre personnel pour Arthur. À son âge, sa mort subite suite à un accident cardiaque n'avait surpris personne. Les gens présents ne partageaient qu'un seul et unique intérêt : savoir qui prendrait les rênes de la gigantesque société Cantrell Holdings.

Ce pourrait être lui, Seb...

Moi ?

L'incrédulité le saisit. Compte tenu de l'animosité qui l'avait opposé à son oncle, il n'avait jamais envisagé une telle possibilité.

Mais ce qu'on venait de lui annoncer était à proprement parler hallucinant.

Il regarda le trio d'avocats qui se trouvait en face de lui. Avec une telle fortune en jeu, le cabinet avait manifestement jugé que l'annonce de cette nouvelle ne pouvait ressortir de la responsabilité d'un seul juriste...

L'associé principal avait lu à voix haute le testament d'Arthur.

Seb resta silencieux quelques secondes, stupéfait.

— Est-ce que j'ai le choix ?

Il avait à peine pu prononcer ces mots tant sa gorge était nouée.

— Son testament initial était ferme, expliqua l'avocat principal, le visage grave. Mais, après l'incident survenu sur l'île Kirra, votre grand-oncle a décidé d'ajouter une deuxième clause.

Il lança un coup d'œil perplexe à Seb.

— Nous ignorons l'identité de ce Dr Tavish, mais cette femme a dû fortement l'impressionner ! Compte tenu de la gravité de la situation et du caractère unique de ce legs, nous avons décidé de l'informer immédiatement. Une lettre recommandée a dû lui parvenir, à l'heure qu'il est.

— Mais c'est absurde.

— Hum... Nous avons aussi douté de la légalité de cette décision dès que nous en avons pris connaissance, déclara le plus jeune des avocats, l'air désolé. Votre oncle était âgé et souffrait de sérieux problèmes de santé. Nous avons d'abord pensé que le conseil d'administration de Cantrell Holdings pourrait invoquer une déficience mentale. Mais votre oncle a veillé à ce que la clause soit irréfutable. Il a consulté l'un des meilleurs neurologues de Brisbane, et un avis médical est joint au testament pour stipuler qu'il était tout à fait sain d'esprit. En conclusion, nous sommes certains que ce qu'il a décidé ne peut pas être contesté.

— C'est absurde, répéta Seb, fixant le document comme s'il allait lui exploser en pleine figure.

— Certes... Cependant, c'est ce que votre oncle a décrété. Vous aurez peut-être besoin de temps pour y réfléchir... et de consulter vos propres avocats ? Les directeurs actuels de l'entreprise Cantrell le feront certainement.

Un sourire amusé détendit le visage sévère de l'homme de loi.

— Est-ce que cette... Jodie Tavish est une personne que vous envisageriez d'épouser ?

— Vous plaisantez ?

De plus en plus surréaliste, songea Seb, abasourdi.

L'idée de se marier avec une femme qu'il n'avait rencontrée qu'une fois était insensée. Et même le mariage, d'ailleurs ! Il n'avait jamais trouvé le temps pour ça, et n'en trouverait peut-être jamais. De plus, il se souvenait à peine de cette inconnue.

Des images et souvenirs épars surgirent à son esprit. Il revit le Dr Jodie Tavish, épuisée après avoir sauvé, soigné et veillé Arthur, blessée, à bout de forces, mais encore vive et généreuse. Une femme remarquable. Et très belle. Blonde, de longs cheveux noués en queue-de-cheval, des yeux d'un bleu perçant, une bouche sensuelle...

Une femme vraiment remarquable. Mais me marier ? Moi ?

— Les contreparties semblent... favorables, précisa l'avocat.

— Favorables ? C'est à mon avis une plaisanterie d'un goût douteux.

— Je crains que non.

L'avocat principal commençait déjà à ranger son dossier dans son porte-documents.

— Comme l'a indiqué mon confrère, vous voudrez peut-être consulter vos propres avocats, mais au final ce sera clairement à vous – et au Dr Tavish – de décider.

— Évidemment, dit Seb d'un ton sec. Nul ne peut vraiment me conseiller pour cette affaire si personnelle... qui implique une entreprise entière.

Merci, Arthur... Tu m'as joué un sacré tour, là...

Il était 11 heures du matin, et exceptionnellement elle ne travaillait pas. Misty s'occupait des consultations à la clinique, tandis qu'Angus était de garde pour les visites à domicile et les urgences. Jodie venait de s'accorder une excellente séance de surf, et elle se retrouvait libre jusqu'à la fin de cette journée… Une très belle journée.

De retour chez elle, elle prit une douche, revêtit un short et un T-shirt, puis emprunta le chemin de la plage pour gagner le petit centre-ville. Elle avait envie d'un bon café accompagné d'un croissant…

Ou plutôt de deux croissants. Le surf lui avait ouvert l'appétit !

Elle récupéra son courrier et échangea quelques potins avec Dot, la postière, avant de se diriger vers la boulangerie. Là, elle commanda un café, un croissant et un petit pain fourré à la framboise, puis s'installa sur le tronc d'un palmier qui avait été abattu par la récente tempête. La plupart des débris avaient été enlevés, mais ce tronc demeurait sur place, offrant un siège pittoresque avec vue sur la baie. C'était parfait.

Ou presque parfait.

Une seule chose ternissait la légèreté que Jodie avait éprouvée jusque-là : la lettre recommandée que Dot venait de lui remettre.

Pendant des années, chaque enveloppe officielle de ce genre lui avait fait espérer que Hali essayait de la contacter. Mais elle avait été trop souvent déçue pour croire encore à cette possibilité. Dans le document signé par elle et ses parents des années auparavant, la clause bannissant tout contact ultérieur s'avérait irrévocable.

Ça doit concerner mon appartement, se dit-elle en mettant la lettre de côté le temps de savourer l'une de ses viennoiseries. Elle possédait toujours un petit pied-à-terre à Melbourne, et il y avait parfois des affaires à régler. Elle termina donc son croissant, se lécha les doigts, but quelques gorgées de café, puis décacheta l'enveloppe.

— Quoi ? s'exclama-t-elle à haute voix.

Le café éclaboussa le dessus de la lettre. Elle se leva, secoua le liquide qui maculait l'épais papier, ignora les taches sur son short et essaya de déchiffrer les mots sous les marques brunes.

Il n'était pas question de Hali ni de son appartement. C'était un courrier juridique d'un cabinet nommé Noah, Bartram et... Le nom disparaissait sous les éclaboussures de café.

Chère Madame Tavish,

Nous avons le regret de vous informer du décès de notre client, M. Arthur George Cantrell.

Sa vue se brouilla. La suite n'avait aucun sens.

[...] le legs est le suivant :

La somme d'un million de dollars est léguée au Dr Jodie Catherine Tavish à la condition absolue qu'elle épouse mon petit-neveu, le Dr Sebastian Michael Cantrell. Ce mariage doit avoir lieu dans l'année civile suivant mon décès, et le mariage doit être considéré comme authentique. Le Dr Tavish est également tenue de signer un accord établissant un fonds fiduciaire qui impliquera toute future progéniture issue de ce mariage, afin de faciliter le maintien du nom Cantrell et donnant ainsi à cette descendance une participation essentielle dans la direction de la société connue collectivement sous le nom de Cantrell Holdings...

— Aïe !

Le café renversé lui avait brûlé le genou et, jusqu'à cet instant, Jodie ne l'avait même pas remarqué.

Confuse, elle se leva, laissa la lettre, le café restant et le petit pain à la framboise sur le tronc d'arbre lui servant de banc, et alla aux toilettes de la boulangerie pour appliquer un peu d'eau froide. À son retour, elle découvrit qu'une mouette lui avait piqué sa viennoiserie et renversé le reste de son café.

— Ridicule ! lâcha-t-elle à voix haute en regardant le petit pain disparaître dans le bec de l'oiseau.

Puis elle jeta un nouveau coup d'œil à la lettre tachée de café et esquissa un sourire. Bien sûr, elle avait déjà eu des demandes en mariage auparavant. Mais, pour le coup, ça dépassait l'entendement. Comment une telle proposition était-elle possible ? Elle avait soigné le vieil Arthur pendant moins de vingt-quatre heures, et elle avait rencontré son petit-neveu une fois.

— Totalement ridicule !

Elle retourna au bureau de poste, acheta une carte postale et emprunta un stylo à Dot. Autant en finir rapidement. Elle rédigea sa réponse en bonne et due forme.

J'ai bien reçu votre lettre m'informant des conditions de la succession de M. Arthur Cantrell. Veuillez considérer cette lettre comme mon refus catégorique d'un tel legs. Pourriez-vous également informer le Dr Sebastian Cantrell qu'il est hors de question que j'accepte cette offre ? Je vous en remercie par avance.

Était-ce suffisant ? La lettre qu'elle avait reçue semblait être un document juridique sérieux. Elle signa donc soigneusement sa réponse, inscrivit son nom en caractères d'imprimerie et demanda à Dot de la cosigner. Elle paya ensuite un supplément pour l'envoyer en recommandé, remit la lettre à Dot et alla s'acheter un autre café. Puis, rassurée, elle s'offrit un autre croissant.

5

Deux semaines plus tard

Jodie venait de terminer son service – elle était de garde le matin toute la semaine – et avait quitté la clinique à 15 heures.

Je vais pouvoir faire du surf !

Cette perspective lui donnait déjà des ailes.

Elle longea le chemin qui suivait le bord de mer jusque chez elle et, après le dernier virage, s'avança d'un pas léger vers sa petite maison. Elle aperçut alors, devant, un homme de grande taille et très mince.

Jodie se figea.

Lui ? Que fabrique-t-il ici ?

C'était le Dr Seb Cantrell qui se tenait sous le porche !

Un mélange de stupeur et de méfiance l'envahit aussitôt. Cet homme si riche dénotait devant son modeste bungalow. Certes, il était habillé de manière décontractée, avec un pantalon chino et une chemise à col ouvert, mais il ne ressemblait pas du tout à un touriste en quête de détente sur l'île. Même dans cette tenue, il avait l'air... professionnel. Comme s'il était au travail.

— Bonjour, docteur Tavish, dit-il en venant à sa rencontre.

— Bonjour, docteur Cantrell.

Un court silence s'établit.

— Qu'est-ce qui vous amène ? demanda-t-elle sans détour.

— Vous vous en doutez, non ?

Jodie le contempla. Seb paraissait épuisé, comme quelqu'un qui dormait mal. Peut-être était-il simplement éprouvé par le décès de son grand-oncle.

— Cette lettre absurde du cabinet d'avocats d'Arthur Cantrell, je suppose. Je leur ai répondu de façon ferme et définitive. Pas question de jouer ce jeu-là, ajouta-t-elle. On ne m'achète pas. Et je vous présente toutes mes condoléances.

Visiblement pensif, Seb hocha la tête et demeura silencieux.

— Comment est-il mort ? demanda Jodie.

— Dans son sommeil. Je parie qu'il aurait aimé tirer les ficelles pendant encore dix ans.

— Je suis désolée.

De nouveau, ni l'un ni l'autre ne parlèrent. Seb observait attentivement Jodie. Des loriquets se disputaient bruyamment dans les eucalyptus derrière la maison. Leurs cris semblaient irréels.

— Docteur Tavish, sérieusement, je pense que je dois vous épouser, déclara soudain Seb.

Jodie haussa les épaules et effleura le téléphone dans sa poche. Elle devrait peut-être passer un appel urgent à Misty et Angus. *Venez vite, apportez des sédatifs et une camisole de force. Mon interlocuteur est sous l'emprise d'une drogue hallucinogène…*

— Eh bien, sérieusement, ça n'arrivera pas ! Je l'ai précisé dans ma lettre. Désolée, docteur Cantrell, mais je ne suis pas à vendre. Maintenant, si vous voulez bien m'excuser…

— Pas même pour un million ?

Jodie éprouva une bouffée d'irritation.

Pour entrer chez moi, je dois passer devant lui… Embarrassant !

Peut-être pourrait-elle prétexter une course en ville ? S'excuser ? S'enfuir ?

— Pas même pour un million. C'est absurde et ridicule.

— Je sais, et je vous présente mes excuses.

Seb s'ébouriffa les cheveux et ébaucha un sourire contrit.

— Je ferais peut-être mieux de m'expliquer.

Comment expliquer une telle proposition ?

Mais l'épuisement qui se lisait sur le visage de Seb fit hésiter Jodie. Après tout, elle pouvait lui accorder cinq minutes.

— D'accord. Mais je ne vous invite pas à entrer. Restons ici, sous le porche.

Pour se rassurer, elle songea qu'il y avait quelques familles sur la plage non loin. Si Seb se montrait trop insistant, voire agressif, elle pouvait toujours appeler à l'aide !

Mais en réalité Seb n'avait pas l'air d'être le genre d'homme nécessitant une camisole de force. Il paraissait seulement... épuisé. Profondément épuisé. Pourquoi ?

— Expliquez-moi, dit-elle, consciente que son intuition de médecin reprenait le dessus. Et asseyez-vous.

Il plaisanta :

— Vous allez me faire payer une consultation. Parce que vous êtes médecin, n'est-ce pas ?

— Vous le savez aussi bien que moi, répliqua Jodie. Je parie que vous avez tout vérifié : mes antécédents, mes études et mon parcours professionnel avant de me demander en mariage.

— C'est mon grand-oncle qui a fait la demande...

Il esquissa une moue ironique.

— Ou plutôt qui l'a ordonnée.

— Pff... C'est totalement risible. Je devrais vous inviter à embarquer sur le ferry au plus vite !

Seb eut un sourire forcé.

— Vous avez le droit de vous moquer. Mais il faudrait que vous puissiez comprendre...

— Donc expliquez-vous. Il s'agit du testament de votre grand-oncle quelque peu farfelu, si je ne m'abuse.

— Bien sûr. Farfelu, imprévisible, cocasse et très difficile à gérer pour moi aujourd'hui. Mais dites-moi franchement...

Une lueur indéfinissable se refléta dans les yeux de Seb.

— L'idée de gagner un million de dollars ne vous plaît donc pas ?

— Arrêtez ce cinéma ! Je ne suis pas à vendre ! s'écria Jodie, indignée.

— Bon, je n'insiste pas, soupira Seb en s'asseyant sur l'une des marches du perron. Mais, si vous le voulez bien, je vais vous raconter l'histoire de mon grand-oncle, qui était à la tête de Cantrell Holdings et qui a rédigé ce testament surprenant.

Jodie prit place à côté de lui.

— Surprenant ? C'est le moins qu'on puisse dire. Je vous écoute.

— Vous savez que Cantrell Holdings est une entreprise très importante dans le domaine du minerai ?

— Vaguement. J'ai déjà vu le nom de votre société dans la presse.

— Bon. En fait, toute ma famille est riche, mais elle ne l'a pas toujours été. Mon arrière-grand-père est né dans une ferme au fin fond du Queensland, un endroit qu'il a vite détesté. Il est parti étudier l'ingénierie. À la mort de son père, il est retourné à contrecœur à la ferme, à une époque où la sécheresse forçait de nombreux agriculteurs à abandonner leurs terres. C'est à ce moment-là qu'il a découvert du charbon d'excellente qualité. Avec le soutien de quelques amis, il a acheté discrètement des terres là-bas, et il a acquis des droits d'exploitation. Il a ensuite contacté de petites sociétés minières, et leur a proposé de partager les bénéfices. En quelques années, il a pu racheter les parts de ses associés, prendre le contrôle de l'exploitation minière, et l'entreprise a toujours prospéré.

— Les Cantrell exploitent des mines, c'est ça ?

— En quelque sorte, oui. Mon arrière-grand-père a eu deux enfants : Arthur, mon grand-oncle, et Frank, mon grand-père. Frank est mort peu après la naissance de mon père, et Arthur ne s'est jamais marié. Arthur a donc dirigé l'entreprise.

— Je ne vois pas le rapport avec cette ridicule histoire de mariage…

Seb lui lança un regard un peu agacé. Manifestement, elle interrompait un récit qu'il souhaitait clore rapidement.

— J'y arrive. À la mort de mon grand-père, mon père s'est retrouvé propriétaire de la moitié de la société. Mais il détestait le monde des affaires, et il a vendu sa part à Arthur. Même si Arthur s'y est violemment opposé, mon père a suivi sa propre passion : la médecine, plus précisément l'ophtalmologie, comme moi aujourd'hui. C'est dans ce contexte qu'il a rencontré ma mère, également spécialiste des yeux. Ensemble, ils ont utilisé les fonds tirés de la vente des parts de la société pour créer une fondation dont le but est de fournir des soins ophtalmologiques cruciaux à Al Delebe.

— Al Delebe ? répéta Jodie, étonnée et soudain plus intéressée.

— Vous n'en avez probablement jamais entendu parler. C'est une minuscule nation africaine coincée entre deux autres, bien plus grandes et guerrières. Une nation tellement petite et déchirée par les conflits que rares sont les organisations humanitaires présentes sur le terrain. Mes parents étaient des aventuriers intrépides. Ils y sont allés pour leur lune de miel et, au lieu de faire du tourisme, ils se sont retrouvés à soigner des yeux. Aujourd'hui, leur travail se perpétue... Et il est vital, ajouta Seb. C'est un pays où règnent la chaleur, la poussière, la pauvreté, le manque d'éducation, la misère... Jodie, là-bas, avec moins d'argent que ce que coûte, ici, un repas basique, on peut opérer une cataracte et rendre la vue à quelqu'un. On peut prévenir la survenue de glaucome chez les enfants, la cécité... Et soigner bien d'autres pathologies oculaires.

Jodie l'observa en silence, touchée.

— Magnifique...

— Oui, c'est magnifique. Sauf qu'aujourd'hui l'argent a été presque entièrement dépensé. Mes parents ont bâti un hôpital et recruté du personnel soignant, qu'ils ont bien sûr payé alors qu'eux-mêmes travaillaient quasiment bénévolement.

— Ils continuent encore à ce jour ?

Seb secoua la tête d'un air sombre.

— Ils ont été tués pendant une guérilla à la frontière, il y a douze ans.

— C'est triste.

— Oui, c'est triste. Ils aimaient ce petit pays, ils aimaient ce qu'ils faisaient et ils connaissaient les risques. Je regrette simplement qu'ils n'aient pas eu plus de temps devant eux pour mener à bien leur mission.

— Je comprends bien. Mais... Et vous, dans tout ça ? demanda Jodie, sincèrement curieuse.

— J'ai travaillé là-bas. Beaucoup. Maintenant, je dirige les opérations depuis Brisbane.

Jodie garda le silence, perplexe.

— Tout cela est passionnant, mais je ne vois toujours pas le rapport avec moi et ce mariage insensé.

— En fait, c'est très simple : si vous ne m'épousez pas, la fondation devra mettre la clé sous la porte parce qu'on n'aura plus un sou.

Jodie resta bouche bée.

— Arthur a détesté que mon père refuse de s'impliquer dans l'entreprise, déclara Seb. Pour lui, c'était comme trahir la famille. Alors, parce qu'il était un combattant dans le monde des affaires, Arthur a tout donné à l'entreprise Cantrell. Son âme, son sang, sa vie, ses espoirs...

— Et il a eu envie de faire du surf alors qu'il avait plus de quatre-vingts ans ! rappela Jodie. Il avait de l'énergie à revendre !

— C'était ma faute, je crois. Arthur et moi avons eu une grosse dispute juste avant qu'il ne vienne sur l'île. Il savait que la fondation manquait de fonds, qu'elle ne pourrait pas continuer longtemps, et il faisait pression sur moi pour que je m'implique dans l'entreprise familiale. Il m'accusait de ne penser qu'à mes « bonnes actions », comme il disait. Je lui ai répondu qu'il ne pensait qu'à l'argent qu'il pouvait gagner en détruisant la planète. Parce que, comme vous pouvez l'imaginer, l'extraction de minerai ne fait pas du bien à la Terre... Mais je m'inquiétais aussi pour sa santé. Je l'ai provoqué en le défiant d'envisager autre chose que le travail. Il a décidé de tenter le surf, conclut Seb d'un ton ironique.

Jodie ne put s'empêcher de sourire.

— Une forte tête, votre grand-oncle.

— C'est le moins qu'on puisse dire. Et son testament me met aujourd'hui au pied du mur. J'ai deux options. Soit je poursuis ma vie telle que je l'ai menée jusqu'à présent, et je n'hérite de rien. La même équipe dirigera Cantrell, les bénéfices, ainsi que la fortune personnelle d'Arthur, seront affectés à la poursuite de l'exploitation du charbon et à une énorme exploration gazière au large de la côte. Ces deux activités causeront des dommages environnementaux incalculables. Tous les bénéfices seront distribués aux actionnaires. De nombreuses personnes deviendront riches...

— Mais pas vous, précisa Jodie.

— Pas moi.

Le visage de Seb s'assombrit.

— J'avais espéré qu'il me léguerait au moins une partie de la société. Je n'aurais pas pu influencer la façon dont elle était gérée, mais j'aurais pu vendre mes parts et utiliser l'argent pour permettre à la Fondation Al Delebe de continuer à fonctionner quelques années de plus.

Il se tut, contemplant la plage. Les bruits des enfants jouant sur le sable s'étaient estompés. Tout semblait étrangement silencieux, tout à coup.

— Mais il y a une autre option, celle où j'interviens, déclara Jodie, qui comprenait tout, maintenant.

— Exactement. Ce mariage.

— Ce mariage... avec moi. C'est insensé, affirma Jodie, curieusement chamboulée.

Seb haussa les épaules.

— Insensé ? Pas tant que ça, si on se place du point de vue de mon oncle. Arthur était obsédé par la famille. Et vous n'avez aucune idée de la pression qu'il a exercée sur moi pour que je m'implique dans la société. La première version de son testament, qui laissait tout aux actionnaires, a manifestement été rédigée par frustration, puisqu'il s'était résigné à ce que je ne m'engage pas. Puis il vous a rencontrée.

— Je ne vois pas pourquoi ça a changé la donne...

Seb plongea son regard dans celui de Jodie, et elle vit ses prunelles pétiller.

— Vous l'avez clairement impressionné, voilà tout. Vraiment impressionné... Tellement qu'il a pensé à un autre moyen de me forcer la main : faire en sorte que je vous épouse.

Jodie eut soudain la sensation d'être prise au piège.

— N'importe quoi.

— Pas pour lui. Arthur a dû voir en vous une épouse idéale.

— Une épouse idéale ?

Seb esquissa un semblant de sourire.

— J'imagine, oui. Votre physique, votre métier, votre caractère ont dû lui plaire.

— De plus en plus absurde.

Pour qui me prennent-ils, tous les deux ?

— Je ne pense pas, répliqua Seb. J'essaye d'imaginer ce qu'Arthur a vu en vous. Dire qu'il était misogyne serait un euphémisme – il n'avait pas de temps pour les femmes –, mais vous lui avez sauvé la vie. Peut-être a-t-il voulu vous récompenser de cette manière ? Après tout, il a ajouté cette clause de mariage après avoir été hospitalisé dans votre clinique.

Jodie se contenta de secouer la tête. C'était tellement ahurissant !

— Le problème est qu'on devrait vivre ensemble pendant au moins deux ans afin de convaincre les juristes que notre mariage est authentique, précisa Seb. Le plan d'Arthur prévoit que vous recevrez un million de dollars, que j'hériterai de sa fortune personnelle... Mais il évoque aussi la possibilité que nous ayons des enfants.

— Quoi ? s'écria Jodie, de plus en plus estomaquée. C'est délirant, vous ne trouvez pas ?

L'air ennuyé, Seb leva une main comme pour écarter la réaction instinctive de Jodie.

— Je vous en prie, écoutez-moi. Si cela se réalisait, toutes les actions de la société seraient placées dans un trust familial, le Cantrell Family Trust, jusqu'à ce que les enfants qu'il a suggéré que nous ayons soient majeurs. La société ne pourrait pas être vendue avant leur majorité, mais il a décidé que, même si je m'obstinais à travailler à l'étranger, lorsque les enfants auraient grandi, ils prendraient la direction de l'entreprise, et les Cantrell régneraient encore et toujours.

Elle le regarda fixement, incrédule et presque amusée par ce qui ressemblait terriblement à une farce grotesque.

— C'est fou. Fou, fou, fou. Un trust ? Des enfants ? Et pourquoi pas la lune ?

— Les avocats semblent penser que nous ne serions pas obligés d'en avoir.

Seb soupira.

— Mais Arthur a dû supposer que ça pourrait arriver si... s'il nous forçait à vivre ensemble. Ce n'est hélas pas de la folie mais la décision d'un vieil homme tout-puissant qui était désespéré de ne pas avoir de descendant... Un certificat médical signé d'un éminent neurologue stipulant qu'Arthur était sain d'esprit au moment de la rédaction de l'acte a été joint au testament final.

Soudain oppressée, Jodie se leva, gagna le jardin et se concentra sur sa respiration. Elle regarda la mer, régula son rythme cardiaque, prit une grande inspiration et retourna sous le porche.

Ce n'est pas Seb qui me manipule mais ce vieillard arrogant... Seb est une marionnette...

Elle ne pouvait pas en vouloir à Seb, n'est-ce pas ?

— De combien d'argent parlons-nous ? demanda-t-elle, de guerre lasse.

Seb lui précisa alors l'étendue de la richesse personnelle

d'Arthur et celle de l'entreprise. Il expliqua tout le bien que cette fortune engendrerait dans un pays où régnait la misère, et comment l'entreprise minière des Cantrell pourrait être réorientée vers la production d'énergie verte, pour réparer les dégâts environnementaux causés par les fouilles et l'extraction. Il parla avec passion, engagement et émotion, tant et si bien que Jodie fut troublée.

— Mais… et vous ? demanda-t-elle, cherchant des failles dans ce que Seb venait de lui confier. Pourquoi n'êtes-vous pas à Al Delebe, si cette fondation vous tient tant à cœur ?

— Pour des raisons que je pourrai vous expliquer en temps voulu. Mais, pour le moment, sachez que je travaille depuis Brisbane. Où nous vivrions, si vous acceptez de devenir… mon associée, ajouta-t-il avec un bref sourire. Vous auriez toujours la possibilité d'exercer votre métier, mais vous n'en auriez pas besoin. Bien sûr, toutes vos dépenses seraient prises en charge. Votre héritage serait un bonus.

— Je serais votre associée, répéta Jodie d'un ton ironique. Et je gagnerais un million de dollars à ne rien faire. Hum… Où est l'entourloupe ? Et dites-moi, s'il vous plaît, comment pouvez-vous sérieusement vous occuper de ce qui est si important pour vous, à savoir guérir de maladies oculaires des habitants de ce pauvre petit pays d'Afrique, en étant ici, en Australie ?

Seb se leva et vint vers elle. Il la regarda en silence quelques instants, soucieux.

— J'ai passé beaucoup de temps là-bas quand j'étais enfant, avec mes parents. J'ai été scolarisé à la maison, mais, dès que j'ai pu, mon père et ma mère m'ont fait travailler avec eux. Je me chargeais de tout ce dont je pouvais m'occuper. Mais à l'adolescence j'ai attrapé la dengue. J'avais quatorze ans, et heureusement j'étais en pleine forme. Je n'ai contracté qu'une forme bénigne.

— C'est une fièvre terriblement infectieuse transmise par les moustiques…

— Exactement. J'ai été soigné, puis mes parents ont décidé

de me transférer en Australie. Ils avaient eu peur pour moi... Donc je me suis retrouvé en pension à Brisbane. J'avais le droit d'aller les voir uniquement pendant la saison sèche. Je passais les vacances chez des amis en Australie durant la saison des pluies. J'avais presque terminé mes études universitaires quand mes parents ont été tués pendant une guérilla. Je suis retourné là-bas pour aider à rapatrier leur corps, et j'ai de nouveau attrapé cette maladie. Mais encore une fois ça n'a pas été trop grave ...

— Une deuxième infection est pourtant censée être sévère.

— Je sais, mais je m'en suis plutôt bien tiré. J'ai eu de la chance.

Jodie hocha la tête, sceptique.

— Et j'ai eu envie de poursuivre le travail de mes parents sur place, ajouta Seb. J'ai été vacciné. J'ai pris toutes les précautions possibles, mais il y a dix-huit mois la dengue a de nouveau frappé et, cette fois, a failli me tuer. Je suis peut-être idéaliste, mais je ne suis pas suicidaire, ajouta-t-il avec un haussement d'épaules. Les pays tropicaux me sont définitivement interdits. Je travaille aussi dur que possible en étant ici. Je sais que je pourrais faire plus là-bas, mais...

— Mais vous n'êtes utile à personne si vous êtes mort.

— Non.

Maintenant, Jodie comprenait vraiment tout.

— Alors quand votre oncle vous décrivait comme un bon à rien...

— C'était sa manière de dire qu'il n'appréciait pas mon propre engagement professionnel. J'assure la gestion et le management de la fondation depuis Brisbane. Je crée des tutoriels en ligne pour former notre personnel, et je collecte des fonds. Je travaille sans arrêt...

— Vous vous reposez quand même ?

Seb lâcha un rire bref.

— Il y a une raison pour laquelle je ne suis pas marié : je n'ai tout simplement pas le temps. Si vous m'épousez, vous me verrez à peine.

Jodie resta sans voix quelques instants.

— Mais je vous répète qu'il n'y aura pas de mariage…

— Vous voulez dire que vous ne l'envisagerez même pas ? Pas du tout ?

— Non ! Bon sang, comment est-ce que ça pourrait fonctionner ? s'exclama Jodie.

Seb prit une grande inspiration.

— Ce serait faisable. On aurait besoin d'un logement digne de ce nom, appartement ou maison, où on pourrait chacun posséder notre propre espace. Mais mes avocats m'ont conseillé de prévoir par exemple une salle de bains aménagée pour deux, et une chambre qui semble partagée. Personne ne viendra vérifier au milieu de la nuit, mais en cas de contrôle on sera prévenus moins d'un jour à l'avance. Et cela pourrait arriver. Les personnes qui gèrent actuellement la société, les petits actionnaires, ont beaucoup à perdre si on se marie. La façade de notre mariage devra être maintenue pendant quelques années. Mais on resterait indépendants. Je suis très occupé et vous auriez la possibilité de surfer autant que vous le voudriez, d'exercer la médecine à temps partiel… Quant aux enfants, eh bien…

Il hésita avant de reprendre :

— Il y avait une lettre avec le testament. Mon oncle a écrit que vous étiez en manque d'enfants.

Jodie resta muette, choquée comme si elle venait d'être giflée. *En manque d'enfants… Non, en manque de mon enfant… De ma fille, qui a aujourd'hui quinze ans…*

— Jodie ?

Il avait dû percevoir son recul instinctif. Elle leva les mains comme pour repousser Seb.

— Impossible.

— Jodie, pardonnez-moi si j'ai…

— Laissez tomber. Je ne veux pas de bébé.

Il la regardait toujours avec attention, les sourcils froncés, comme s'il lisait la douleur qu'elle s'efforçait de cacher.

— Alors tant mieux, parce que je n'en veux pas non plus, déclara-t-il, même s'il paraissait toujours perplexe. Notre mariage serait comme un accord commercial, contractuel, un partenariat d'affaires, vous voyez ? On sera peut-être obligés de participer à quelques collectes de fonds en tant que couple, ce genre de choses. Mais, Jodie…

— Pas de « mais ».

Elle ferma les yeux un instant, essayant désespérément de rassembler ses idées, de se ressaisir. C'était un projet totalement insensé. Hors de question d'y penser, encore moins de l'imaginer…

Mais…

Il y avait des « mais ». Elle le savait. Du plus profond d'elle-même s'élevait une voix qui essayait de se faire entendre à travers la panique qu'elle éprouvait, qui lui disait que ce serait peut-être une occasion fabuleuse de réaliser tout ce dont elle avait envie.

Toute sa vie - enfin, toute sa vie depuis Hali -, elle s'était battue pour rester à l'écart. La douleur qu'elle avait ressentie à l'époque, la perte de sa fille, le rejet absolu de ses parents, l'avaient profondément meurtrie. Elle n'avait jamais pu se lier sérieusement avec un homme, et ne comptait que quelques rares amis, dont Angus et Misty faisaient partie. Seuls le surf et le travail lui importaient. *Et, si cet homme me dit la vérité, je serai suffisamment aisée pour réaliser des tas d'actions positives… Je ferai du bien aux autres…*

— Ce serait pour deux ans, rappela alors Seb sans la quitter des yeux. Vous resteriez indépendante. Jodie, vous pouvez considérer cette proposition comme une offre professionnelle très généreuse. Il n'y a pas beaucoup d'emplois qui s'accompagnent d'un salaire d'un million de dollars payé d'avance.

— Je me fiche de votre argent.

Vraiment ? Imagine tout ce que tu pourrais entreprendre et concrétiser…

— Mais allez-vous y réfléchir ?

La voix de Seb était douce, maintenant, comme s'il sentait qu'elle hésitait.

C'est tellement fou...

Jodie se sentait étourdie, comme si elle était au milieu d'un rêve bizarre, lourd, dont elle voulait s'extirper de toutes ses forces.

Mais la voix de Seb prouvait que ce n'était pas un rêve. Le regard de Seb exprimait à quel point c'était sérieux. Les enjeux étaient énormes.

— Écoutez, j'ai besoin de faits, dit-elle, profondément déstabilisée. Et j'ai besoin de temps. Je veux tout savoir sur votre fondation. Je veux des faits sur Cantrell Holdings et je veux des faits sur vous. Communiquez-moi tout ce que vous vous pouvez, et ne laissez rien de côté... Rien. Et j'ai besoin de temps pour me forger ma propre opinion, de manière indépendante, sans être influencée.

— On a un mois. Moi aussi, j'ai besoin de tout savoir sur vous.

— Ce sera facile. Votre oncle a déjà dû faire des recherches, et je ne cache rien. Donnez-moi deux semaines, Seb, et on en reparle.

— Vous voulez dire que vous y réfléchirez ?

— Peut-être.

— Il n'y a personne d'autre dans votre vie ? Pas de fiancé, conjoint...

— Non. Ça ne vous regarde pas, mais...

Jodie ne put s'empêcher de laisser échapper un soupir.

— ... je n'ai jamais eu le temps d'avoir une relation.

Seb ébaucha un sourire.

— Alors on est deux. En tout cas, je vous enverrai tous les documents nécessaires et utiles. Tout ce que je vous demande, c'est de les examiner en gardant l'esprit ouvert.

— Je ferai de mon mieux.

Et Jodie sourit à son tour.

6

Il ne lui avait pas menti.

La Fondation Al Delebe, les tutoriels en ligne réalisés par Seb, l'engagement pour que les plus démunis aient accès aux soins... Tout était vrai.

Jodie avait lu les documents que Seb lui avait transmis en temps et en heure, visionné de nombreuses vidéos, exploré différents sites web...

Aucune entourloupe n'était possible. Les témoignages foisonnaient, les résultats médicaux, la prophylaxie permettant d'éviter la survenue de maladies oculaires, tout cela était bien réel. Le Dr Sebastian Cantrell semblait être une personne généreuse, sincère, honnête, un excellent médecin, engagé...

Et en plus c'est un homme magnifique, s'avoua Jodie malgré ses réticences à envisager cette question purement physique.

Elle se confia alors à ses amis Misty et Angus. Ces derniers, d'abord estomaqués par ce qu'elle leur révélait à propos de Seb, l'encouragèrent à bien réfléchir avant de refuser l'incroyable proposition de mariage. Après tout, que perdrait-elle à dire oui ? Rien. Au contraire, elle aurait tout à gagner... Au sens propre comme au figuré. Elle pourrait continuer à vivre comme d'habitude. Elle ne serait nullement liée à Seb. Et, si elle le voulait bien, elle recevrait un million de dollars sur son compte en banque.

Quand même. Il y avait de quoi hésiter avant de décliner, non ?

Sauf que je n'accepterai pas pour l'argent. Je ne veux pas de cet argent... Si je dis oui, c'est pour que Seb puisse hériter de la fortune de son grand-oncle, et continuer son impressionnant travail dans les meilleures conditions possibles !

Lorsqu'elle exposa sa façon de voir les choses à Angus et Misty, ils lui sourirent avec indulgence et l'encouragèrent de nouveau à aller de l'avant. Les motivations de Jodie étaient sincères, liées à l'admiration qu'elle éprouvait à présent pour le travail de Seb, ils le savaient.

Ce jour-là, le cœur battant, en proie à un profond sentiment d'irréalité, Jodie décida d'envoyer un simple SMS à Seb. Une seule phrase :

C'est d'accord.

Son téléphone sonna très peu de temps après.

— Vous m'annoncez une excellente nouvelle ! déclara Seb à l'autre bout du fil.

Sa voix était joyeuse, mais Jodie perçut une pointe d'incrédulité. S'étonnait-il qu'elle ait finalement accepté ?

— Vous paraissez surpris.

— Surpris ? Disons que je suis étonné et content. Qu'est-ce qui vous a convaincue de vous embarquer avec moi dans cette étrange aventure ?

Jodie opta pour la franchise.

— Ce que j'ai découvert sur vous m'a plu. J'aime votre engagement en tant que médecin. On partage forcément quelques valeurs humanistes, vous et moi... Et ce que vous avez mis en place dans ce pays, Al Delebe, est admirable.

Ses paroles furent accueillies par un long silence. L'espace d'un instant, elle fut de nouveau envahie d'un doute désagréable. *Et si tout cela n'était qu'une farce ?*

— Merci, dit alors Seb. Merci beaucoup. Je suis touché par votre réaction, votre soutien... Je me suis aussi renseigné sur votre parcours professionnel, et j'ai bien vu que vous étiez également très impliquée.

Il s'éclaircit la voix et reprit :

— Donc vous acceptez mon offre ?

— Eh bien... oui. Si on se met d'accord sur les conditions de notre arrangement, précisa Jodie en retrouvant son calme.

Assise sur un banc devant la plage, elle était en short, T-shirt et tongs – sa tenue habituelle dès qu'elle ne travaillait pas à la clinique. Elle avait terminé son service en milieu d'après-midi, et Misty avait pris la relève.

— Vos conditions seront les miennes. Vous savez que la somme d'un million de dollars vous sera...

— Je ne veux pas d'argent, déclara Jodie. J'accepte parce que je suis solidaire. Votre grand-oncle Arthur vous a piégé dans sa stratégie désespérée... Il voulait vous obliger à vous associer à l'entreprise familiale, et ça vous empêche de poursuivre librement votre action, non ?

— Exact.

— En plus, vous avez été fragilisé par la dengue... Et cette infection virale peut être mortelle, ce qui complique votre situation. Par conséquent, et pour le bien de tous les enfants et de tous les adultes d'Al Delebe, vous êtes obligé d'obéir à Arthur... qui m'a contrainte de m'associer à vous. Eh bien, qu'à cela ne tienne, allons-y gaiement ! conclut Jodie.

— Gaiement, dites-vous ? Avec joie !

Seb lâcha un petit rire amusé.

— Dictez vos conditions. Comme je vous l'ai dit, elles seront miennes, et nous évoquerons de nouveau la question de la contrepartie financière voulue par mon oncle... Mais plus tard.

Jodie sentit un immense sourire s'épanouir sur ses lèvres. C'était tellement incroyable ! Comme un jeu auquel elle venait de gagner.

— Alors, mes conditions seront les suivantes...

Elle prit une profonde inspiration et laissa son imagination vagabonder. *Puisque tout est possible…*

— Notre mariage sera très joyeux et, je l'espère, inoubliable. Ce sera une grande fête qui se déroulera ici, sur cette île Kirra où j'aime travailler, et où tout le monde me connaît. Donc nous devrons inviter tout le monde. Je voudrais également porter une robe de rêve… Même si, au quotidien, je suis une femme aux goûts très simples. Enfin, je vous demanderai de partager ma modeste maison. On y vivra comme des gens… ordinaires. Ici. Vous intégrerez un peu mon univers.

Cette fois, Seb éclata de rire.

— Entendu. Votre univers. Et organisons des festivités auxquelles tous les habitants seront conviés.

— Tous, oui ! Enfants compris. Je veux qu'il y ait plein d'enfants.

Soudain, Jodie éprouva une étrange exaltation.

— Puisqu'on va jouer la comédie, autant que ce soit une magnifique pièce dont nous serons les principaux acteurs… en secret. Personne d'autre que nous ne sera au courant, je l'ai bien compris. Sauf mes deux bons amis et collègues Angus et Misty, également médecins ici, précisa-t-elle. C'est grâce à eux que j'ai accepté. Ils m'ont fait remarquer tous les avantages de notre… contrat.

— Je les en remercierai quand je les rencontrerai.

Jodie sourit.

— Ils sont adorables, vous verrez. Et très amoureux l'un de l'autre. Misty attend un troisième enfant. En tout cas, sans eux, je ne serais pas en train de vous parler à cet instant.

Elle sentit que Seb l'écoutait avec attention.

— Encore une fois, merci à eux. Effectuez tous les achats que vous désirerez, et envoyez les factures à ma secrétaire. Choisissez votre robe de rêve… Pour les réjouissances du jour J, si vous connaissez des personnes qui, localement, veulent proposer des activités ludiques, des spectacles ou autres animations, n'hésitez pas à accepter. On devra aussi contacter un traiteur, voire plusieurs, pour organiser un buffet somptueux.

— Absolument. Il faudra également publier les bans, ici, à Kirra. Un délai de quatre semaines est requis avant la célébration officielle du mariage. Ça nous laisse le temps de tout mettre en place.

— Eh oui. C'est… juste parfait. Mon oncle ne s'était pas trompé en vous choisissant, ajouta Seb. Vous êtes parfaite.

— Pour jouer la comédie, oui… Exceptionnellement. Au nom de la médecine.

— Oui, au nom de la médecine. Merci à vous, Jodie… Ah, au fait, on devrait commencer à se tutoyer pour que ça semble plus vrai, vous ne croyez pas ?

— Évidemment. Quand on se verra, on se dira « tu », ça va de soi, déclara Jodie, pragmatique.

— On devrait se revoir avant la cérémonie… au moins une fois, mais avec le travail qui m'attend dans les jours prochains j'ai peur de ne pas réussir à me libérer, avoua Seb, un peu gêné.

— Comment ça ? Vous n'aurez pas de temps à consacrer à votre future épouse ? répliqua Jodie sur le ton de la plaisanterie. Ça promet !

De nouveau, Seb se mit à rire.

— La question épineuse du planning est l'un des grands problèmes récurrents de ma vie. Jusqu'à présent, je n'ai pas encore pu le résoudre. Alors on se retrouve dans quatre semaines ?

— Oui, dans quatre semaines.

— Encore merci.

— Je vous en prie… Au nom de la médecine, avons-nous dit.

— C'est ça. La médecine nous unit… Au revoir, Jodie.

— Au revoir, Seb.

Après avoir coupé la communication, le dos appuyé contre le dossier du banc, Jodie resta songeuse. Elle s'apprêtait à vivre quelque chose d'insensé… Complètement fou. Même si la solidarité était bel et bien sa principale motivation, elle s'étonnait elle-même de l'engouement qu'elle ressentait à présent pour ce projet hors du commun. Elle aurait aimé pouvoir en parler à ses parents, mais, bien sûr, ils ignoreraient tout de ce qu'elle allait faire. Quant à sa fille… *Ne pense pas à Hali maintenant !*

Mais elle ne put maîtriser la soudaine tristesse qui s'abattit sur elle. C'était comme un tsunami à chaque fois. Imprévisible et foudroyant.

Face à la mer, les yeux rivés sur les vagues si calmes, Jodie s'obligea à revenir à l'instant présent. Quatre semaines… Elle avait quatre semaines pour se préparer à devenir Mme Sebastian Cantrell. Il était l'un des hommes les plus fortunés d'Australie. Ce n'était pas rien… Et elle serait son épouse !

Je vais d'abord en parler à Isabelle Grundy, et le bouche-à-oreille suivra… En très peu de temps, toute l'île sera au courant.

Isabelle était l'une des plus anciennes autochtones, une femme de quatre-vingt-quatorze ans qui vivait seule en dépit d'un handicap moteur l'obligeant à se déplacer en fauteuil roulant. Jodie, qui la soignait régulièrement, admirait la robustesse inouïe de la vieille femme.

Oui, Isabelle se chargerait de transmettre la nouvelle…

Et la fête commencerait.

7

Quatre semaines plus tard

La falaise surplombait l'océan, agréablement balayée par la brise. Le sol recouvert d'herbe verte et de petites fleurs sauvages évoquait une prairie où des moutons auraient pu paître tranquillement… Un décor naturel apaisant, bucolique à souhait. Cette île est superbe, songea Seb en regardant autour de lui une fois de plus.

Il reporta son attention vers le chemin bordé de bougainvillées qu'emprunterait Jodie. *Ma fiancée… Mon étonnante fiancée… J'ai hâte de la revoir…*

Les habitants de l'île avaient accueilli la nouvelle avec une joie d'abord teintée d'incrédulité, lui avait-elle confié. Lorsqu'ils avaient appris que Jodie s'apprêtait à épouser l'un des hommes les plus riches d'Australie, et qu'il s'installerait sur Kirra, ils avaient imaginé que le mariage serait une cérémonie privée, réservée à une élite triée sur le volet.

Mais Jodie avait surpris tout le monde en annonçant que l'événement serait public. Stupeur générale ! Et émerveillement suivi d'une mobilisation aussi enthousiaste que collective.

La veille, Jodie avait fait découvrir à Seb l'endroit où la fête se déroulerait : cette magnifique étendue verdoyante au-dessus du niveau de la mer, au bout de l'île, plantée d'eucalyptus bourdonnant d'oiseaux. On avait rassemblé toutes les chaises disponibles et érigé une arche florale avec l'océan en toile de fond. L'effet était spectaculaire.

— Magnifique, n'est-ce pas ? avait dit Jodie d'un ton léger. Mais je n'arrive pas à croire que seul Angus t'accompagnera.

— Eh oui, il sera mon unique témoin. C'est comme ça.

Seb n'avait pas précisé que sa vie avait été tellement mouvementée qu'il n'avait aucune famille, aucun proche susceptible d'assister à la cérémonie et de l'épauler. Il avait rencontré Angus, le mari de Misty. Angus était venu spécialement à Brisbane pour le voir. À la grande surprise de Seb, cette rencontre s'était transformée en un interrogatoire sur ses intentions envers Jodie... Un interrogatoire plutôt intense. Heureusement, Angus avait fini par se détendre. Tous deux avaient bu un verre ensemble, et une possibilité d'amitié s'était dessinée.

— Je n'ai besoin de personne d'autre, avait-il avoué. Pourquoi me faudrait-il plus de témoins ?

— Parce que ce serait sympa, avait répondu Jodie. Plus drôle aussi, surtout si tu avais également choisi une femme comme témoin. Tiens, elle aurait peut-être arboré une tenue avec des paillettes...

— Des paillettes ? Tes témoins auront des paillettes ?

Jodie avait souri d'un air malicieux.

— Plutôt deux fois qu'une, tu verras.

Songeant à l'évident amusement de la jeune femme, Seb rejoignit Angus sous l'arche florale. Un fort sentiment d'irréalité le gagnait peu à peu.

— Tu es prêt ? demanda Angus en lui adressant un sourire complice.

— Autant que possible...

Comment avait-il atterri dans cette comédie qui relevait à la fois du carnaval et du conte de fées théâtral ? La musique était en train de s'amplifier, et les centaines de participants, tous costumés de façon bigarrée, s'avançaient vers la prairie, encadrant le cortège nuptial…

Et quel cortège ! Jodie n'avait pas plaisanté en le prévenant que tous les enfants seraient bienvenus. Il devait y en avoir une bonne trentaine. Tulle rose, blanc ou bleu, dentelles chatoyantes, paillettes à foison, déguisements de cosmonaute, d'envahisseur de l'espace, de super héros, de chevalier médiéval… Les jeunes invités s'en étaient donné à cœur joie. La seule exigence proposée par Misty – la meilleure amie de Jodie – était que, d'une manière ou d'une autre, chaque fillette ou chaque garçon porte des fleurs.

Les enfants se placèrent par trois le long du sentier, et commencèrent à marcher solennellement au rythme de la *Water Music* de Haendel jouée par le quatuor à cordes local. Cette procession colorée et joyeuse teintait ce moment de merveilleux… Et, malgré lui, Seb éprouva une profonde émotion.

Puis, lentement, les enfants se dispersèrent pour rejoindre leurs parents, et Jodie se retrouva seule.

Seb avait pensé que Misty l'accompagnerait, mais non. Misty demeurait en retrait, assise au premier rang à côté d'une vieille femme en fauteuil roulant – Isabelle Grundy, se remémora-t-il. Une patiente de Jodie qui affichait un sourire rayonnant.

Alors Jodie s'avança et, la contemplant, Seb eut le souffle coupé. Ce n'était pas la Jodie qu'il connaissait. C'était une femme… somptueuse. Sa robe, scintillante d'or et de paillettes, semblait moulée sur son corps. Coiffés d'un diadème de diamants, ses longs cheveux blonds ondulaient en boucles parfaites. Elle était éblouissante, sublime…

Une princesse féerique.

Sa princesse ?

Sa fiancée, en tout cas. Elle marchait vers lui, un magnifique sourire aux lèvres, et, contre toute attente, Seb éprouva un tourbillon de sentiments contradictoires. De la joie mais aussi de la tristesse.

Cette comédie, qui laissait croire à un conte de fées fabuleux, s'achèverait d'ici peu. La magie retomberait brutalement lorsqu'il emménagerait, un peu plus tard, dans la petite maison de Jodie. Elle l'avait invité à visiter les lieux, et il avait été frappé par la simplicité des pièces, du mobilier, du décor. En même temps, depuis les fenêtres du salon, on apercevait la mer au loin. Une vue superbe. Il y avait été sensible. Surtout, il avait aimé le sourire de Jodie quand elle lui avait montré son intérieur. Elle était naturelle. Généreuse. Belle.

Une fiancée de rêve...

Maintenant, Jodie s'approchait de lui, les yeux rivés aux siens. Ses prunelles bleu azur semblaient le sonder, mais Seb y perçut autant de défi que d'amusement.

— Tu es ravissante.

— Merci. Tu es très beau.

Elle ébaucha un sourire mystérieux, gratifia Angus d'un clin d'œil puis chuchota à l'oreille de Seb :

— Je suis prête.

— Prête à prononcer le serment qui t'unira à moi... pour deux ans ? dit-il dans un murmure.

— Oui. Honorons ce contrat au plus vite...

— Pour en finir au plus vite ? lança-t-il avec une pointe d'ironie.

— On pourrait dire ça.

Et Jodie glissa une main dans celle de Seb.

Ce fut une fête extraordinaire, un moment de joie partagée que personne n'oublierait... Et Jodie se rendit compte qu'elle s'amusait réellement beaucoup.

Lorsqu'elle avait proposé l'idée d'une grande célébration collective à Misty, celle-ci avait d'abord été stupéfaite. Puis elle avait réfléchi.

— Voilà qui va remonter le moral de tout le monde ! Depuis la tempête, l'humeur des habitants de l'île est plutôt morose, avait-elle affirmé. Alors oui, mille fois oui pour cette grande fête !

Ensemble, elles avaient donc présenté le projet à l'équipe du maire de l'île, et, exactement comme Misty l'avait anticipé, leur proposition avait été accueillie avec enthousiasme. Le choix du lieu avait été dicté par le bon sens : il fallait un espace assez vaste où les récentes intempéries n'avaient pas causé trop de dégâts. La falaise de la presqu'île où s'étendait une immense prairie plantée s'avérait parfaite : il y aurait de la place pour que tout le monde s'amuse.

Et ce fut le cas. Presque tous les habitants de l'île contribuèrent à cette fête grandiose. Il y eut des châteaux gonflables, des jongleurs, des acrobates, une diseuse de bonne aventure... On insista pour que les mariés soient les premiers à consulter la voyante. Jodie et Seb jouèrent le jeu.

Sous une tente arc-en-ciel emplie de cristaux, d'encens et de babioles, ils s'assirent main dans la main. Une médium, alias Dot Hemming, la responsable du bureau de poste, leur prédit un mariage qui durerait cent ans, douze enfants et un chien.

Jodie ne put s'empêcher de rire en songeant à la réalité. *Je me marie, mais je ne perds pas mon indépendance, et dans deux ans c'est fini !* se répéta-t-elle tout en gardant la main dans celle de Seb.

— Douze enfants ? Alors elle aurait aussi dû voir douze chiens, grommela Seb lorsqu'ils quittèrent la tente. Un seul, ce n'est pas assez, compte tenu de ce qu'elle imagine pour nous.

— Pourquoi pas une licorne ou deux ? répliqua-t-elle. J'avoue que ça me plairait bien.

Seb laissa échapper un rire amusé, et Jodie se détendit davantage encore. Peut-être que toute cette incroyable histoire s'avérerait vraiment positive, en fin de compte. Ils pourraient être partenaires en affaires. Associés. Et amis. Oui, au fond, pourquoi pas ?

Alors que les ombres du crépuscule s'allongeaient sur le gazon, et que l'orchestre local entamait la valse nuptiale, Seb enlaça Jodie et la fit tournoyer sur la piste de danse improvisée.

Je n'aurais pas cru qu'il savait danser ainsi...

Soudain, Jodie se sentit fondre.

Fondre ? Non, ce n'était pas le mot exact. Comment décrire ce qu'elle éprouvait à cet instant ?

Profite de ce moment... Savoure, oui, savoure !

Tout en valsant dans les bras de Seb, Jodie se souvint fugitivement des leçons de danse de salon avec son oncle, dans la petite ville de l'arrière-pays où elle avait grandi. Il lui avait appris à se mouvoir avec aisance et souplesse. Tandis que Seb l'entraînait en rythme, les pieds de Jodie semblaient obéir à une mémoire corporelle secrètement enfouie.

Seb est bien meilleur danseur que mon oncle... Et qu'il est beau !

Non, en vérité, il était splendide. Vêtu d'un smoking noir et d'une chemise de lin clair ornée d'une cravate noire parsemée de minuscules points d'or, c'était le plus bel homme de l'assemblée.

Une sensation troublante envahit Jodie tandis qu'elle examinait son cavalier. Elle sentait la chaleur, la force de Seb... et son eau de toilette aux notes légèrement musquées. Enivrantes.

— Jodie ?

— Oui ?

Elle croisa le regard de Seb.

— Tu vas bien ? demanda-t-il gentiment.

— Bien sûr.

Enfin, j'essaye...

— Parce que tu avais l'air un peu perdue. Bon, tant mieux, si ça va. Amusons-nous. C'est le but, pas vrai ? Oui, amusons-nous, et on gardera des souvenirs uniques au monde, ajouta-t-il avec un sourire entendu.

Jodie acquiesça, mais au fond d'elle-même elle avait l'impression d'être de plus en plus déstabilisée. Pourquoi ? *C'est sa façon de sourire...*

Oui, c'était sûrement l'explication. Le sourire de Seb lui coupait le souffle, éveillant en elle des émotions incontrôlables... Des émotions qu'elle n'avait encore jamais ressenties.

Ils rentrèrent chez Jodie – leur maison, dorénavant ? – à minuit, à bord d'un buggy de plage qui appartenait à la jeune femme. Ils roulèrent environnés d'un joyeux tintamarre causé par des boîtes de conserve attachées à la barre du pare-chocs. Jodie conduisait. Sans gêne aucune, elle avait remonté sur ses cuisses les pans de sa belle robe de mariée afin de pouvoir actionner les pédales du véhicule.

Assis à côté d'elle, Seb la regardait. Après la clameur de la foule, le silence s'imposait. L'ampleur de ce qui venait de se passer le submergeait, et il devinait que Jodie était aussi chamboulée que lui.

Quand ils parvinrent devant le bungalow, il savoura le calme de l'endroit, loin de la musique, des rires et de l'impressionnant vacarme de cette journée.

Jodie coupa le moteur. Seb ne bougea pas, et elle non plus. Ensemble, sans un mot, ils contemplèrent le paysage qui s'offrait à eux. La lune, basse dans le ciel, se reflétait à la surface de la mer, et seul le doux bruit du ressac brisait le silence. Pas même une chouette ne troublait cette quiétude.

— J'ai hâte d'enlever ma robe. J'ai l'impression qu'elle pèse une tonne, fit Jodie avec un drôle de rire.

— J'imagine. La fin de la comédie et du conte de fées a sonné !

— Eh oui.

Seb continua à l'observer. Il aurait aimé mieux la connaître, mieux la comprendre…

Quelle femme mystérieuse, songea-t-il une fois de plus.

Jodie était manifestement appréciée par la communauté de l'île en tant que médecin compétent et attentionné, et pourtant, toute la journée, il avait deviné en elle une profonde solitude. Même quand ils avaient dansé ensemble… Par moments, il avait senti le corps de la jeune femme se fondre contre le sien, mais ça ne durait pas. Vite, elle se rétractait, s'écartait imperceptiblement. Mais il sentait ce mouvement de recul.

Que craignait-elle ? Il lui avait parlé de son passé, mais il ne savait pratiquement rien d'elle.

Oh ! bien sûr, il détenait des informations dites essentielles puisque, après avoir lu le testament de son grand-oncle, il avait entamé des recherches sur Jodie Tavish.

Il savait qu'elle avait vu le jour à Conburrawong, une petite ville à quelque deux cents kilomètres à l'ouest de Brisbane. Les parents de Jodie se nommaient Brian et Evelyn. Brian était pharmacien, Evelyn, bibliothécaire. Tous deux étaient très engagés au sein de l'église locale et du scoutisme.

Seb avait appris que Jodie était fille unique. Elle avait fréquenté l'école de Conburrawong avant de passer ses deux dernières années de lycée en internat à Brisbane. Ensuite, elle avait poursuivi des études de médecine également à Brisbane.

Pendant qu'elle était à l'université, elle avait exercé une série d'emplois à temps partiel. Caissière, serveuse... Des jobs peu rémunérés mais réguliers qui laissaient entendre que sa famille n'avait pas les moyens de l'aider financièrement. Jodie avait accompli un brillant cursus de premier cycle, une formation complémentaire de médecin généraliste, puis une série de stages.

Seb avait découvert que, jusqu'à ce que Jodie s'installe à Kirra, aucun de ses stages n'avait duré plus d'un an, et tous avaient été effectués à mi-temps.

Tout comme son emploi actuel. Médecin à temps partiel, monitrice de surf à temps partiel. De plus, il avait remarqué l'absence des parents de Jodie au mariage.

Était-elle aussi solitaire que lui ?

Pourquoi ?

Gagné par une étrange émotion, Seb garda les yeux fixés sur Jodie. Le visage fin de la jeune femme était éclairé par la lune, et il perçut soudain de légères crispations autour de sa jolie bouche. Elle devait redouter ce moment... Et pour cause. La comédie achevée, place à la réalité : ils n'étaient que deux étrangers l'un pour l'autre.

Il s'éclaircit la voix, rompant le silence le premier.

— Rassure-toi, j'ai la ferme intention de respecter les termes de notre contrat. D'accord, je vais emménager chez toi, mais nous serons comme des colocataires. Rien de plus. En tout bien tout honneur.

— Je n'en doute pas, répliqua-t-elle en lui lançant un bref coup d'œil. Quoi qu'il en soit, et à tout hasard, je te préviens que je suis ceinture noire de karaté.

— Oh ! là là. Je l'ignorais.

Jodie se mit à rire.

— Tout n'est pas consigné dans les données que tu as pu glaner sur moi.

— Je m'en rends compte... Et tant mieux ! Mais... ceinture noire de karaté ?

Seb laissa échapper un rire incrédule.

— Je suis admiratif. Personnellement, je ne maîtrise pas du tout les arts martiaux. Aucun. Mais j'aime nager...

— Moi aussi. J'adore.

— Si on allait prendre un bon bain de mer ?

— Maintenant ?

— Je n'ai pas du tout sommeil. La journée a été... comment dire... agitée.

— C'est certain. Moi non plus, je n'ai pas envie de dormir, avoua Jodie après un court silence.

Elle regarda la mer, visiblement songeuse. Le clair de lune scintillait sur l'eau, formant des ondulations argentées qui jouaient sur le doux ressac. Ce n'était pas une plage de surf, plutôt une baie tranquille.

— Il y aura des poissons de nuit, murmura-t-elle. Des raies, par exemple...

— Tu ne peux pas avoir peur d'une raie si tu es ceinture noire de karaté !

— Peur ? Non. Mais la surprise nous guettera au détour de chaque vaguelette...

Elle haussa les épaules.

— Après tout, j'adore les surprises. Oui, allons nager.

8

Quelle soirée étrange... Tout aussi étrange que la journée qui venait de s'écouler.

Tandis que Jodie s'efforçait d'enlever sa robe, elle entendait Seb dans l'autre pièce, sa chambre. Était-il en train de se débarrasser de son costume ? Lui, il n'avait pas besoin de se battre avec quarante minuscules boutons... *Oh ! ce prix à payer pour être une princesse de conte de fées !*

Cependant, la proposition de Seb – aller nager – résonnait comme un chant de sirène. Tout ce qu'elle désirait à cet instant, c'était enfiler son maillot et retrouver un semblant de normalité.

Mais qu'est-ce qui était dorénavant normal ? Vivre avec Seb ?

Il avait installé ses affaires dans la maison de Jodie la veille au soir, mais il était resté à l'hôtel jusqu'à la cérémonie. Parce que les habitants de l'île trouveraient une telle attitude juste, avait-elle souligné. Seb avait accepté. Autant bien faire les choses.

Néanmoins, si la communauté de Kirra apprenait que Jodie ne passerait pas la nuit avec Seb... Ni celle-ci ni celles à venir... Ils la jugeraient sûrement ridicule. Insensée. Seb était magnifique. Ultra-désirable. Pourquoi n'aurait-elle pas envie de lui ?

Et que pensaient-ils vraiment de ce mariage hors du commun, digne d'un carnaval ?

Après tout, qui s'en souciait, au fond ? Certainement pas elle. N'avait-elle pas déjà affronté, avec ses parents, l'opprobre, le rejet et l'humiliation ? Elle était ressortie indemne de cette épreuve familiale. Enfin, presque indemne.

Cet arrangement entre Seb et elle avait du sens. Seb serait un colocataire et rien de plus. Même si, à cet instant, le mur mitoyen de leurs chambres semblait bien mince.

Jodie remarqua soudain qu'il n'y avait plus de bruit à côté. Seb devait déjà l'attendre.

Un bain de minuit… Était-ce de la folie ?

N'oublie pas que tu as déjà partagé des maisons plusieurs fois, et que tu es déjà allée nager la nuit !

Non, c'était une excellente idée, au contraire.

Le dernier bouton défait, sa robe glissa au sol. Admirant l'étoffe brillante, elle songea à regret qu'elle vendrait sa tenue sur Internet. *Quel gâchis ! J'ai juste fait semblant dans cette robe de rêve…*

Mais elle n'aurait jamais pu vivre cette journée sans jouer la comédie. Si elle s'était simplement rendue au bureau des mariages vêtue de ses vêtements habituels, si elle avait été elle-même, il lui aurait été impossible de prononcer ces vœux qui l'unissaient désormais à Seb Cantrell.

Maintenant, je suis de nouveau moi-même. J'ai un colocataire, et on va se baigner ensemble, c'est tout !

Et elle reprenait sa vie en main.

La princesse de conte de fées s'était évanouie. À sa place se tenait Jodie, sa nouvelle colocataire.

Ma femme.

Officiellement, ce second titre devait être au premier plan, mais Seb savait que Jodie serait simplement la femme qui partageait cette maison avec lui.

Il fallait impérativement que tout se passe selon les conditions qu'elle avait fixées. Tant de choses dépendaient de la capacité de Jodie à tenir le coup. Et Seb sentait que ce n'était pas gagné. Il percevait en elle une réserve, des craintes… Beaucoup de craintes.

En maillot une pièce noir qui soulignait sa taille fine, les cheveux lâchés dans le dos, le visage démaquillé, Jodie lui parut aussi vulnérable que belle.

Elle lui adressa un sourire un peu forcé.

— On y va ?

— Je te suis, dit-il.

Elle s'élança devant lui, connaissant, évidemment, le chemin de la plage. En lui emboîtant le pas, Seb songea qu'ils emprunteraient, ensemble, de nombreux autres chemins, réels ou symboliques. Ce ne serait pas toujours facile, mais il espérait qu'ils y parviendraient. Il le faudrait... Les enjeux étaient de taille.

Humant la brise marine, il résista à l'envie de tendre la main à Jodie. Ils auraient marché côte à côte au clair de lune, et tout aurait été si simple...

N'essaye même pas.

Le silence entre eux semblait comme une barrière tangible qu'ils redoutaient tous deux de briser.

Ils gagnèrent la plage sans échanger une seule parole, laissèrent tomber leurs serviettes sur le sable et entrèrent directement dans la mer.

L'eau était fraîche, délicieusement fraîche après la chaleur et la tension de la journée. Sans hésiter, ils s'avancèrent... Puis Seb plongea dans une vague qui roulait vers eux.

Lorsqu'il remonta à la surface, Jodie avait disparu.

Où est-elle passée ? C'est un dauphin si elle peut rester sous la surface si longtemps !

Il se lança sous une autre vague et, cette fois, poursuivit sous l'eau. Il n'était pas mauvais nageur – il avait appris la natation quand il était enfant, dans la rivière près de la maison familiale –, et il nageait souvent quand il pratiquait le surf. Cependant, il sentait que ses poumons, affaiblis depuis qu'il avait contracté la fièvre de la dengue, ne lui permettaient plus de garder de l'oxygène longtemps.

Lorsqu'il émergea, il se trouvait juste devant Jodie. À un mètre, peut-être moins. Jodie réprima une exclamation de surprise... ou de frayeur.

— Tu m'as pris pour un requin ?

— N'importe quoi. Je te signale qu'ici ce n'est pas assez profond pour les requins.

— Pourtant, je t'ai effrayée, on dirait, fit-il, taquin. Je ne suis que ton mari.

— Très drôle.

Seb s'aperçut qu'ils avaient pied. Tant mieux. Pour parler, ce serait plus agréable. À supposer que Jodie accepte d'échanger quelques mots. Il la sentait maintenant tellement sur le qui-vive, et encline à l'évitement.

— C'est quand même bizarre d'imaginer qu'on est mari et femme, déclara-t-il.

— Une drôle de mascarade. J'espère que ça va bien se passer entre nous.

— Il n'y a pas de raison que ça dérape. Je ne ferai jamais rien qui pourrait te déplaire.

En prononçant ces paroles, il songea qu'il aurait voulu la rassurer vraiment. Mais ça lui paraissait impossible. Il ne la connaissait pas... ou si peu.

— Tu as intérêt à ne pas me déplaire !

— Sinon, tu prévois une prise secrète de karaté ?

Jodie éclata de rire.

Enfin.

— Peut-être, oui... Non, trêve de plaisanterie, je te fais confiance.

— Merci. J'en suis soulagé.

Seb préféra ne rien ajouter. L'ambiance se détendait entre eux, et il voulait que ça continue. Il eut une idée :

— Et si on faisait la course jusqu'au bout de la crique ?

— Je te battrai.

— Essaye un peu...

Elle l'avait bel et bien devancé, et en fut légèrement étonnée. Même si elle était bonne nageuse, la vitesse n'avait jamais été son fort. Elle pouvait surfer pendant des heures, braver des vagues deux fois plus hautes qu'elle, mais elle avait appris depuis longtemps que, dans les courses, la plupart des nageurs hommes la dépassaient.

Seb l'avait dépassée pendant la moitié de la distance, puis, alors qu'elle sentait qu'elle ralentissait, il avait, lui aussi, diminué son allure.

Perplexe, elle réduisit encore son propre rythme, espérant qu'il ne le remarquerait pas. Honnêtement, avait-elle vraiment envie de le battre le soir de leur mariage ?

Les hommes sont fiers... Je ne veux pas le vexer ! Surtout pas aujourd'hui !

Sous le clair de lune, le corps de Seb paraissait musclé, bien que mince. Quand elle l'avait vu en maillot, elle avait remarqué qu'il était bien bâti. Un bel homme, un très bel homme, oui... Et en elle une pulsion irrésistible avait jailli du plus profond de son être. Un désir sourd, brûlant, qu'elle avait vigoureusement chassé en plongeant dans la mer.

Jodie inspira profondément et entama un crawl vigoureux jusqu'aux rochers qui bordaient la baie. Elle se hissa sur l'un d'eux, se retourna et vit Seb la rejoindre en brasse coulée. Il émergea, s'installa près d'elle et poussa un grand soupir.

— Tu m'as battu. Bravo ! Je manque d'entraînement, je crois... Mais j'ai deux ans pour me remettre en forme.

Il a du mal à reprendre son souffle...

Jodie le regarda, soudain inquiète. Son instinct de médecin reprenait le dessus.

— Seb, si j'ai bien compris, tu as attrapé la dengue trois fois ?

— Oui, et la dernière infection m'a mis à terre.

Il avait déjà dû comprendre où elle voulait en venir.

— Et la troisième fois, c'était il y a dix-huit mois ?

— Hé, docteur Jodie, ce n'est pas notre nuit de noces ? fit

Seb dans un sourire. Si je dois prendre rendez-vous, attendons demain matin !

Puis il soupira de nouveau.

— Oui, c'était il y a dix-huit mois et je ressens encore un peu de fatigue.

— Et pourtant tu me mets au défi de faire une course de natation après la grosse journée qu'on vient de passer !

— C'est bon, ne t'inquiète pas. Je vais bien, affirma Seb.

— « Médecin, guéris-toi toi-même », cita-t-elle.

— J'ai juste besoin de temps pour récupérer.

— J'imagine, oui...

Il avait probablement raison. Une fatigue persistante pouvait être un effet secondaire à long terme de la dengue, et de toute manière ce n'était pas le moment de parler médecine.

— Ici, tu retrouveras une bonne forme, assura-t-elle. Une baignade tous les jours... Un peu de surf...

— Et du travail. Je ne serai pas en vacances, pendant les deux prochaines années, rappela Seb.

— Bien sûr, que tu devras travailler. Mais tu devras aussi te détendre.

— Oui, maman, dit-il d'un ton moqueur.

Jodie plongea la main dans l'eau et éclaboussa Seb. Surpris, il s'écarta légèrement en s'essuyant le visage.

— Dans les termes de notre mariage, on aurait dû préciser ceci : aimer, honorer, obéir... et ne pas asperger l'autre.

— Si je veux t'éclabousser, je le fais...

Et, joignant le geste à la parole, Jodie réitéra.

— Et le respect, alors ? rétorqua Seb. Mais puisque c'est comme ça...

Et, à son tour, il éclaboussa Jodie.

Soudain, toute la tension accumulée au cours de cette journée, et peut-être même pendant les dernières semaines, sembla exploser. Un homme et une femme, debout dans la mer avec de l'eau jusqu'à la poitrine, s'arrosaient copieusement l'un l'autre comme si leur vie en dépendait… Les gerbes d'écume qu'ils lançaient l'un vers l'autre semblaient les maintenir à distance, et c'était essentiel… bien qu'absurde. Presque dérisoire. Jodie sentit peu à peu que ce qui avait commencé comme une plaisanterie prenait une tournure plus sérieuse… Était-ce de la colère, de la frustration, de la peur qu'ils exprimaient ainsi par ce jeu ?

Je suis en train de faire n'importe quoi !

Que lui arrivait-il ? C'était puéril, ridicule… Et, pourtant, impossible de s'arrêter !

Subitement, Seb lui attrapa le bras et elle se figea.

— Jodie, ça va aller, ne t'inquiète pas… Je t'ai promis de respecter notre accord.

— Oui, et alors ? Heureusement !

— Oui, heureusement. Pourtant, je devine que tu redoutes quelque chose.

— Et moi je devine que tu es très fatigué.

Cette réplique n'avait aucun sens… Elle n'avait rien trouvé d'autre à dire.

Elle essaya de se dégager, mais il ne la lâcha pas.

— Je t'ai expliqué que je me remettais de la dengue. C'est long. Et toi ? De quoi te remets-tu ?

— Je ne me remets pas, avoua-t-elle de façon abrupte.

— De quoi ? Dis-moi.

— Ce ne sont pas tes affaires.

— Je le sais bien, mais… je peux t'écouter, peut-être te comprendre, déclara-t-il avec douceur.

Ils restèrent silencieux un moment. Quand, lui relâchant enfin le bras, Seb lui caressa la joue, Jodie sentit un long frisson la parcourir. Elle avait l'impression qu'il cherchait des larmes sur sa peau dégoulinante d'eau de mer.

Comment savait-il qu'elle avait envie de pleurer ?

Au même instant, quelque chose frôla la jambe de Jodie.

Qu'est-ce que c'était ? Des algues ? Non, quelque chose de solide... Et en mouvement !

Malgré elle, elle poussa un cri et, dans un réflexe viscéral, sauta dans les bras de Seb. Il l'attrapa aussitôt et la tint fermement tandis qu'elle nouait les cuisses autour de sa taille.

— On aurait dit un mérou, dit-il, visiblement partagé entre étonnement et fou rire. Un très gros mérou. J'ai juste eu le temps d'apercevoir son ombre au clair de lune. Il t'a heurtée... Et toi, tu as littéralement volé dans mes bras !

— Pardon... En général, les mérous se méfient des humains, et s'il y a du bruit ils s'enfuient ! Celui-là devait être caché sous le rebord du rocher et on l'a dérangé...

— Probablement.

Seb se dirigea vers le rivage en la portant toujours.

— C'est bon, pose-moi, s'il te plaît.

— Quand on sera en sécurité sur le sable. La galanterie n'en demande pas moins.

— Seb...

— Tu ne peux pas jouer les princesses sans qu'un preux chevalier ne te rende la pareille, répliqua-t-il d'un ton faussement sévère. D'ailleurs, où est mon épée ?

À son grand étonnement, Jodie s'entendit rire. Rire ! Elle se retrouvait dans les bras de cet homme et...

Et pourquoi ne pas en profiter ?

N'était-il pas son mari ?

Un faux mari...

À cet instant, elle aurait dû exiger qu'il la relâche. Elle se serait mise à l'abri là où elle se réfugiait depuis toujours : en elle-même, bien caparaçonnée, en sécurité dans sa solitude.

Mais un tourbillon d'émotions inconnues l'envahissait. Une petite voix intérieure lui soufflait qu'elle pouvait se laisser aller, prendre du plaisir comme elle l'avait déjà fait dans le passé...

Non, surtout pas ! Il est mon colocataire !

Sauf que c'était un si bel homme... Et si gentil, si prévenant...

Seb la déposa doucement à l'endroit où ils avaient laissé leurs serviettes.

— Tu es en sécurité, maintenant, jolie Jodie.

— Merci de m'avoir sauvée d'un… mérou, répondit-elle en s'enveloppant dans un drap de bain. C'est plutôt comique, au fond. Je ne pensais pas que je réagirais ainsi !

Levant les yeux vers lui, Jodie le vit sourire et, alors, quelque chose en elle fondit comme neige au soleil.

Ce n'était pas ce qui était censé se passer. Elle n'avait pas le droit d'éprouver cette émotion-là. Cette attirance, ce désir, cette… admiration.

Et pourquoi ? De quoi avait-elle peur ?

Ai-je peur ?

Elle s'était fermement résolue, des années plus tôt, à être libre et indépendante. Elle avait été mise à la porte par ses parents à l'âge de quinze ans, et avait dû vivre avec sa tristesse, sa déception… Tout ça parce que d'autres personnes avaient décidé de son sort à sa place. Elle s'était alors promis que plus jamais elle n'agirait en fonction de ce qu'on attendait d'elle. De ce qu'on exigeait d'elle.

Ce qui était exigé, là, maintenant, c'était qu'elle garde ses distances.

La voix de la raison – celle qu'elle avait entraînée pendant si longtemps – lui ordonnait de ne pas s'approcher de Seb. Mais une autre voix lui soufflait d'écouter ce qu'elle ressentait réellement. Ce qu'elle voulait au fond d'elle-même, vraiment, profondément.

Jodie ne s'écarta pas quand Seb s'assit sur le sable près d'elle. Absorbée dans ses pensées, les yeux rivés sur la mer, elle se rappelait tout ce qu'elle avait lu et vu sur lui… et en lui. Elle se souvint des images de Seb à Al Delebe, œuvrant pour le bien de tant de monde. Seb découvrant la petite maison de Jodie et souriant gentiment, et même humblement. Il avait accepté de vivre sur l'île Kirra, et il continuerait à travailler pour Al Delebe depuis Kirra ou Brisbane. Toutefois, elle savait que ce n'était pas pour lui qu'il agissait. Il y avait tant d'enjeux, tant d'actions qu'il voulait et pouvait accomplir pour le bénéfice de personnes démunies. N'était-ce pas merveilleux ? Louable ?

Il est si…

Impossible de trouver l'adjectif adéquat. La logique lui manquait. Son cœur battait trop vite, trop fort…

Au milieu de sa confusion, Jodie se rendit compte qu'elle n'éprouvait qu'une envie : se lover contre Seb. Se blottir dans ses bras, goûter le sel sur sa peau… Capituler… Se donner. Tout oublier et savourer cet instant. Elle avait déjà eu des amants ; bien sûr, qu'elle en avait eu – cette désastreuse expérience à l'adolescence ne l'avait pas éloignée à jamais des hommes. Cependant, ses relations avaient été éphémères. Elle ne s'était pas attachée, même si, parfois, elle avait cru être sur le point de tomber amoureuse…

Alors pourquoi pas m'accorder une parenthèse avec Seb ?

Pourquoi ne pas profiter de cette nuit, de ce moment… Ou même des deux années à venir pour vivre quelque chose d'inoubliable ?

Seb la regardait, toujours souriant, et ce sourire était à la fois tendre et interrogateur.

Cet homme n'est pas comme les autres…

Alors, face à ce sourire, les voix intérieures de Jodie se turent. Plus aucun argument raisonnable ne s'imposait. Sans plus réfléchir, elle noua les mains autour du cou de Seb et elle l'embrassa sur la bouche. Ce fut comme un choc ardent. Il avait des lèvres tièdes, frémissantes de désir contenu…

Les derniers scrupules qu'elle ressentait s'évanouirent et elle eut l'impression de devenir lave brûlante.

Approfondissant leur baiser, Seb l'enlaça avec passion, et lui caressa la nuque, le dos, les seins… Leurs corps se frôlèrent, se pressèrent l'un contre l'autre, avides. Ils s'étreignirent fougueusement et, mêlant leurs souffles, s'allongèrent sur le sable tiède.

Lui, cette nuit, maintenant...

C'était tout ce qui comptait.

Les peurs pouvaient s'envoler au large et disparaître à jamais.

9

Ils se réveillèrent enlacés dans le grand lit de Jodie. Le choix de la chambre s'était imposé tout naturellement, Seb ayant meublé la sienne d'un lit simple pour y installer un bureau et des dossiers en nombre. Il espérait pouvoir continuer à vivre comme il l'entendait. Sauf que la vie avait eu son mot à dire… Et il sentait déjà que tout avait changé.

Une vraie nuit de noces, voilà ce qu'ils venaient de partager ! Ils étaient rentrés chez Jodie en riant, main dans la main comme deux amoureux… Malgré l'élan irrésistible qu'il éprouvait, cette attirance teintée d'émerveillement pour Jodie, un doute brutal s'était emparé de lui.

— Jodie, tu es sûre ? avait-il demandé.

Elle s'était contentée de rire et, une fois à la maison, s'était blottie de nouveau contre lui pour l'embrasser longuement, attisant davantage encore le désir fou qu'il ressentait.

— Je sais ce que je fais, Seb Cantrell, avait-elle affirmé tout en lui mordillant le lobe de l'oreille. D'accord, compte tenu des circonstances, j'aurais dû rester rationnelle et raisonnable, mais j'ai tellement envie de toi… Et toi ? Tu es sûr ?

Seb n'avait pas eu besoin de répondre.

Durant les heures suivantes, et jusqu'à l'aube, ils avaient fait l'amour avec délice et passion.

Quelle amante fabuleuse, songea-t-il en humant le parfum

de la jeune femme lovée dans ses bras. Du bout de la langue, il goûta le sel qu'elle avait gardé sur sa peau dorée par le soleil. Des mèches soyeuses de ses longs cheveux blonds retombaient sur les épaules de Seb… Et il eut soudain l'impression d'être au paradis. D'instinct, il resserra son étreinte.

— Coucou, murmura-t-il tandis qu'elle lui lançait un regard embrumé de sommeil.

— Coucou. Tu as l'air heureux, chuchota-t-elle en souriant.

— Je le suis. Je me sens en pleine forme, même si on n'a pas beaucoup dormi.

— Moi aussi…

Jodie s'étira en effectuant un mouvement si sensuel qu'il dut résister pour ne pas lui faire de nouveau l'amour. Elle le sentit car elle ébaucha un petit sourire un peu coquin tout en s'écartant de lui. D'un doigt, elle lui caressa doucement le torse, et il frissonna.

— Ce n'était pas censé arriver, mais bon, après tout, on a bien le droit de s'accorder des moments de plaisir, non ? murmura-t-elle.

— Oh oui… Tous les soirs pendant les deux prochaines années !

Jodie prit appui sur un coude pour le regarder. Une lueur amusée et rêveuse brillait dans ses yeux bleus.

— Une nuit, déjà… Ensuite, on verra.

Elle sembla se forcer à revenir à la réalité.

— Seb, tu le sais, ça ne peut pas être un vrai mariage.

— Ou alors on jouerait avec le feu, répondit-il, envahi d'une étrange émotion. Si on voulait être amants pendant deux ans, on serait obligés de supporter nos petits défauts. Ronfler, par exemple.

— Quoi ?

Jodie le regarda d'un air stupéfait.

— J'ai ronflé ?

— Non, mais ça aurait pu arriver !

Il ajouta sur le ton de la plaisanterie :

— Dans la liste des choses qui fâchent, il y a la manière

d'utiliser un tube de dentifrice. Il paraît que plein de couples se séparent à cause de ce genre de détails du quotidien.

— Seb, nous ne sommes pas un couple.

— Non, je le sais bien…

Mais on est mariés. Sans être mariés.

Où cet accord secret entre eux les mènerait-il ? Quelles règles de conduite devraient-ils suivre ? En fait, Seb n'en avait aucune idée.

— Au fond, qu'est-ce qui nous empêcherait d'être un vrai couple ? demanda-t-il alors sans réfléchir.

— Impossible ! répliqua aussitôt Jodie.

— Pourquoi ?

— Parce que je ne te connais pas.

— Un bon argument, je l'avoue.

Il lui effleura la joue, traçant un tendre sillon le long de la pommette. Jodie avait la peau veloutée, le regard brillant, et sans maquillage, au réveil, elle était d'une beauté éclatante. Cependant, sous l'effet de la caresse, elle sembla se crisper légèrement, même si une lueur de désir traversait ses prunelles.

— Je suis une solitaire.

— Je le vois bien. Moi aussi, figure-toi. On n'a pas envie ni besoin de partager notre tube de dentifrice ! Mais deux solitaires peuvent s'amuser ensemble tout en continuant à mener leur vie de solitaire, tu ne crois pas ? Seuls quand il le faut, ensemble quand on le veut.

Jodie lui lança un coup d'œil perplexe.

— Ce serait vivable, à ton avis ? Possible ?

— Je n'en ai aucune idée. Mais peut-être pourrions-nous essayer. Et, s'il s'avérait que ça nous plaît, qu'on est bien tous les deux, qui sait, on…

— Seb, je n'aurai pas d'enfants.

Ce fut une déclaration aussi soudaine que brutale.

Seb resta silencieux, embarrassé. Jodie s'allongea à nouveau, mais cette fois-ci elle évita de le toucher. Elle contempla ostensiblement le plafond.

— Jodie, si on voulait des enfants, il faudrait que je te demande de m'épouser, dit-il finalement.

— C'est déjà fait.

— Non, c'est mon grand-oncle qui, indirectement, t'a demandée en mariage. Il nous a forcés tous les deux à nous retrouver dans cette situation hautement improbable.

Seb prit une inspiration, essayant de réfléchir posément.

— Arthur nous a obligés à nous marier. C'était du chantage.

— Exactement. Il nous a piégés, murmura la jeune femme en haussant les épaules. Résultat, on est mari et femme, et en bonus on a passé la nuit ensemble.

— Il serait content, car c'est probablement ce qu'il voulait.

— Certainement. Il veut aussi qu'on ait des enfants.

— Il voulait. On parle au passé.

— Tu as raison. Mais c'est un passé qui se prolonge jusqu'à maintenant, et pendant encore deux ans.

Seb lui caressa la hanche, en admirant l'arrondi gracieux. Son corps effleurait encore celui de Jodie. Un peu. Un bout de peau contre celle de la jeune femme... Chaude et douce. Son désir se raviva, mais il l'ignora.

Il fallait qu'il respecte la distance qu'elle souhait rétablir entre eux. La nuit précédente, ils s'étaient abandonnés au fantasme, au rêve, à l'irréalité magique qui avait prévalu la journée durant. Mais, à cet instant, il était au lit avec une femme qui n'éprouvait qu'une envie : partir. Le quitter.

— La suite des événements n'a plus rien à voir avec mon oncle, dit-il prudemment. Il ne nous contrôle pas. Hier soir, on était consentants, toi et moi. Tu ne t'es pas sentie obligée ?

— Obligée ? Oh non...

Jodie ébaucha un sourire. Les commissures de ses lèvres s'ourlaient si joliment, c'était craquant.

— Si je suis honnête, je dois même dire que c'est un peu moi qui t'ai obligé...

— On a décidé ensemble, affirma-t-il. Je ne regrette rien. J'ai passé une nuit merveilleuse…

— Moi aussi.

Se détendant enfin, Jodie se blottit de nouveau contre lui.

— Je n'ai pas spécialement envie d'avoir des enfants, assura-t-il en lui caressant les cheveux. Et toi ? Pourquoi ce refus si catégorique ?

— Parce que.

— Parce que quoi ? Tu as peur ? Quelqu'un t'a fait du mal dans le passé ?

— Non.

— Vraiment ?

Jodie laissa échapper un soupir.

— Laisse tomber, Seb. Mon passé ne regarde que moi. Si nous étions vraiment mariés…

— Même dans ce cas, je n'insisterais pas pour en savoir plus. Si tu ne veux pas te confier, je le respecte.

— Parfait.

Elle ferma les yeux un court moment, puis elle se redressa et lui lança un regard déterminé.

— Sur ce, passons à autre chose !

Elle roula sur le côté et se leva, restant un moment debout, nue, belle, un sourire distant et presque impersonnel aux lèvres. Puis elle attrapa son peignoir et s'en enveloppa d'un geste rapide.

— Assez parlé sérieusement… J'ai faim ! J'ai envie de pain grillé et de café.

— Je vais te préparer tout ça.

Jodie secoua la tête.

— C'est gentil, mais avant j'ai besoin d'une douche. Je prendrai mon petit déjeuner sous le porche. Seule. On reprend notre vie chacun de son côté.

Seb masqua la vive déception qui l'envahissait.

— Bon… Si tu veux, il en sera ainsi. Et ce soir ?

— Ce soir ?

Jodie l'observa avec une étrange indulgence dans le regard.

Mon Dieu, qu'elle est belle...

Seb eut du mal à ne pas tendre la main pour l'attirer contre lui, l'embrasser à pleine bouche, lui donner encore du plaisir...

— Il est trop tôt pour savoir de quoi le soir sera fait. Peut-être que je t'inviterai de nouveau à te glisser sous les draps avec moi ! ajouta-t-elle, mutine. J'ai aimé cette nuit... J'en aimerai probablement d'autres.

— Bonne, très bonne nouvelle. Et si je veux t'inviter dans mon petit lit ? demanda-t-il, soudain plus optimiste.

— Chaque invitation sera examinée en temps et en heure !

Et elle sourit de nouveau, redevenant une femme maîtresse de son monde.

— On peut très bien passer du bon temps ensemble. Ce n'est pas interdit, lâcha-t-elle alors. Au contraire...

— Au contraire, oui, répéta Seb.

Et il lui sourit, pressentant que quelque chose d'indescriptible était en train de se jouer entre eux.

Sous la douche, Jodie régla le jet à une température fraîche, ferma les yeux et chassa de son esprit le vacarme des dernières vingt-quatre heures, le mettant délibérément au point mort. Du moins, elle essaya... En elle, le calme n'était pas au rendez-vous.

J'ai l'impression de fonctionner en pilote automatique...

Après s'être lavée et séchée, elle enfila un short et un T-shirt, prépara du pain grillé et un café, et sortit s'asseoir sur le perron, bien consciente que Seb était toujours dans la maison.

Dire que je tenais à ce qu'on soit clairement séparés, comme de vrais colocataires...

Tout aurait été plus simple si son pseudo-mari n'avait pas été aussi magnifique. S'il n'était pas si sexy. S'il ne lui avait pas donné l'impression d'être la femme la plus désirable qu'il ait jamais tenue dans ses bras.

Peut-être est-il ainsi avec toutes ses amantes...

L'idée la fit sourire. Un peu. Elle n'avait pas du tout prévu de se poser ce genre de questions le lendemain de son faux mariage... Cela allait à l'encontre de tout ce qu'elle s'était promis.

Et pourquoi avoir parlé d'enfants ? Je joue avec le feu... Je risque de souffrir si je continue comme ça...

Il fallait impérativement qu'elle se ressaisisse et qu'elle reprenne le contrôle de sa vie.

Va-t-on de nouveau faire l'amour ?

La question s'imposa à elle, perturbante, troublante.

Jodie sentit sa gorge se nouer. Si elle s'écoutait, oui, bien sûr, mille fois oui, elle se donnerait encore et encore à Seb. Elle avait adoré la nuit qu'ils avaient passée ensemble... Adoré les caresses qu'il lui avait prodiguées, la sensualité qu'il avait révélée, l'érotisme spontané de leurs étreintes jusqu'à l'aurore... Dans les bras de Seb, elle s'était abandonnée au plaisir comme jamais. Un désir puissant l'avait envahie, un désir insatiable qui la tenaillait d'ailleurs encore.

C'est de la folie... Pure folie...

Elle était célibataire, seule, et comptait bien le rester !

À ce moment-là, comme par hasard, la porte-moustiquaire s'ouvrit et se referma avec fracas. Elle se retourna et vit Seb sortir de la maison, une tasse de café à la main.

Les marches de la véranda étant larges, il s'assit le plus loin possible d'elle. Jodie lui adressa un bref sourire, presque par politesse. Leur cohabitation commençait réellement à cet instant...

Je n'ai rien à craindre. Il est honnête et il m'a promis de respecter mes conditions... Ce n'est qu'un contrat entre nous !

C'est alors qu'une voiture s'engagea dans l'allée.

Tiens, Angus et Misty ? Pourquoi viennent-ils ce matin ?

Le véhicule se gara à l'ombre d'un eucalyptus. Les amis de Jodie ainsi que leurs enfants, Forrest et Lily, apparurent, souriants et rieurs. Forrest arborait encore son déguisement de cosmonaute choisi pour le mariage. Jodie sourit, songeant que de nombreux enfants de l'île porteraient sûrement des costumes fantaisistes pendant encore un bon moment.

— Bonjour ! s'exclama joyeusement Misty.

Enceinte de huit mois, elle marchait lentement.

— Félicitations à vous, jeunes mariés ! Nous vous apportons votre cadeau.

— Notre cadeau ?

Jodie se leva, déconcertée. Cette visite était bien trop inattendue... Trop familiale. Puis sa perplexité se mua en stupeur quand Forrest attrapa, dans la voiture, un chiot.

— Alors, comment s'est passée la nuit de noces ?

Angus, le médecin en chef de l'île, affichait un large sourire en regardant Jodie et Seb.

— Vous voulez nous en parler ?

Puis il secoua la tête, l'air malicieux.

— Hum... Non, ne dites rien. De toute façon, on ne veut rien savoir.

— Au contraire, on veut tout savoir ! s'exclama sa femme. Du moins ce que vous voudrez bien partager. Jodie, ma chérie, nous sommes tout ouïe.

— Devant Forrest ? rétorqua Angus.

Mais Jodie ne les écoutait plus. Toute son attention se focalisait sur le petit chien blotti dans les bras de Forrest. Un chiot couleur chocolat, aux poils dorés et duveteux, aux yeux brillants comme de l'or. Forrest avait du mal à le tenir car l'animal se tortillait dans tous les sens.

Jodie se ressaisit tant bien que mal.

— Seb, voici Forrest et Lily, dit-elle, présentant les enfants de ses amis. Tu connais déjà Angus et Misty. Et comment s'appelle ton chien ? demanda-t-elle à Forrest.

— Ce n'est pas mon chien. C'est le vôtre ! s'exclama gaiement Forrest.

— Le nôtre ? répéta Jodie, abasourdie.

Elle chercha à croiser le regard de Misty. Celle-ci lui sourit, affichant une moue espiègle.

— Jodie, ma chérie, je sais que tu ne t'engages pas dans ce mariage, mais on ne pouvait pas faire autrement... Après tout, tu t'es quand même mariée ! Et, quand on a eu notre Biggles, tu as craqué, tu te souviens ? Il t'adore. Il te fait toujours la fête quand tu viens à la maison.

Elle s'interrompit et contempla alternativement Seb et Jodie.

— Angus et moi connaissons les conditions de votre mariage. Nous comprenons qu'il s'agit d'un contrat à durée déterminée. Mais ça ne vous empêche pas d'adopter cette petite chienne... qui s'entendra bien avec Biggles. Elle s'appelle Freya, ajouta-t-elle en désignant le chiot.

Misty marqua une nouvelle pause avant de reprendre d'un ton victorieux :

— Donc, au bout de deux ans, si vous décidez vraiment tous les deux de vous quitter, et si vous n'êtes pas tombés amoureux... de Freya, je veux dire, ajouta-t-elle précipitamment, alors nous la reprendrons.

Jodie échangea un coup d'œil avec Seb, également muet de stupeur.

— Rassurez-vous, petite Freya vient d'une portée de Craig McConachie, ce qui signifie qu'il y a une file d'attente si vous ne voulez absolument pas d'elle maintenant, précisa Misty.

Un chien ? Je vais devoir m'en occuper...

Atterrée, Jodie secoua la tête. Elle ne voulait ni engagement ni émotions fortes. Elle tenait absolument à rester seule. Libre.

Mais elle vit Seb prendre le chiot dans ses bras. Il le contemplait avec une évidente tendresse.

Qu'avait dit Misty ? « Si vous n'êtes pas tombés amoureux »...

Misty parlait évidemment de l'animal. Mais Jodie s'aperçut vite que Seb n'était pas insensible à la présence du petit chien. En jean délavé et T-shirt, pieds nus, il le caressait doucement. L'attendrissement se lisait sur son visage. Lui, il était tombé amoureux de Freya en une fraction de seconde. Comment était-ce possible ? Pourquoi avait-elle l'impression d'être, elle, indifférente ?

Forrest la dévisageait d'un air inquiet.

— Tu n'es pas allergique, au moins ?

Il n'avait que neuf ans, et il s'interrogeait sur la réaction de Jodie.

— Miriam, à l'école, est allergique. Elle voulait un chien et elle a dû prendre un caniche. Il paraît que le caniche ne donne pas d'allergie.

— Jodie ne peut pas être allergique, déclara Misty. Tu as vu comme elle câline Biggles, et Biggles est un chien allergène. Très allergène, ajouta-t-elle d'un air entendu. Il laisse des poils partout.

— Alors, Jodie, tu veux Freya ? demanda Forrest d'un ton où perçait toujours de l'inquiétude.

Soudain, tous les regards convergèrent vers Jodie.

Chacun savait que Seb était déjà conquis.

Tenant toujours le chiot, qui continuait à gigoter, Seb contemplait Jodie d'un air interrogateur.

— Jodie, je comprendrais si tu n'étais pas d'accord, dit-il, s'adressant uniquement à elle. Freya nécessitera beaucoup d'attentions, ma chérie, et je serai à Brisbane trois jours par semaine. Je pense que c'est à toi de décider.

« Ma chérie »...

Elle soutint le regard de Seb. Peut-être à cause de son timbre de voix, de sa façon de la regarder, elle sut qu'il avait deviné son besoin de solitude complète.

En même temps, comment aurait-il pu percevoir à quel point la souffrance demeurait présente en elle ? Le manque, le vide, la tristesse... Qui, parmi les gens autour d'elle à ce moment-là, avait connu la douleur de la perte ?

Là, il s'agit d'un chien ! Pas un enfant... Un chien !

Pourquoi était-ce si terrifiant ? C'était comme se tenir au bord d'un gouffre, un pas en avant et...

« Ma chérie »... Il m'a dit « ma chérie »...

— Jodie ? demanda Seb avec douceur, en s'approchant d'elle, le chiot toujours dans les bras.

L'espace d'un instant, elle crut qu'il allait le lui mettre dans les bras et, instinctivement, elle esquissa un pas en arrière.

Misty, Angus et leurs enfants gardaient le silence. Ils ne comprenaient vraisemblablement pas ce qui se passait, mais ils sentaient qu'il y avait là un enjeu très important.

Seb posa le chiot délicatement à terre.

— Jodie, je ne ferai rien sans ton accord. Je ne te cache pas que j'aimerais beaucoup adopter cette petite chienne. Alors je te propose ceci : si, à la fin de notre contrat, tu ne veux pas qu'elle reste avec toi, je la prendrai avec moi.

Jodie resta muette, le cœur battant.

— Pas d'engagement à l'issue de nos deux ans, ajouta Seb. Mais si tu ne souhaites pas l'adopter aujourd'hui...

— Je pourrais l'aimer immensément, murmura-t-elle.

— J'en suis certain.

Seb plongea son regard dans celui de Jodie.

— Ce serait encore un saut dans l'inconnu ? Oui, c'est vrai... Mais qu'est-ce que la vie, sinon une succession de sauts ?

Jodie sut alors qu'il l'avait comprise. Il avait pleinement capté la peur qu'elle éprouvait.

Comment ? Mystère. Tout ce qu'elle savait, c'était qu'elle avait le choix entre reculer... et sauter.

Le chiot se dandinait sur le sol en couinant. Puis il leva ses grands yeux vers Jodie comme pour l'implorer et agita la queue avec espoir.

Comment pourrais-je craindre quoi que ce soit de ce petit animal ?

Alors, consciente que tout le monde la contemplait, Jodie s'agenouilla et souleva le chiot. Et, tandis que ses bras enveloppaient affectueusement son petit corps chaud et frétillant, elle se demanda pourquoi ça lui semblait plus réel, et plus terrifiant, que les vœux qu'elle avait formulés la veille.

Les sentiments et émotions qu'il avait éprouvés en câlinant le chiot étaient indicibles. Inimaginables.

Toute sa vie, Seb avait été un solitaire. Il avait été aimé, bien sûr, mais... Son père et sa mère étaient passionnés par leur travail, si passionnés que la naissance de leur fils avait été considérée comme une... erreur. Une fois, sa mère lui avait même avoué avec franchise qu'ils avaient bien trop de choses à accomplir pour s'octroyer la liberté d'être parents.

Certes, ils l'avaient choyé du mieux qu'ils pouvaient, mais Seb avait dû s'adapter à leurs besoins. Peu disponibles, ses parents le confiaient souvent à la garde d'autres personnes. Ils l'avaient envoyé en Australie, dans un pensionnat, dès que son état de santé avait posé problème.

Pour ses parents, l'idée de s'arrêter, de prendre du temps pour humer une fleur, admirer des papillons, était inconcevable. Tout comme l'idée de posséder un chien...

Ou de tomber follement amoureux ?

Seb contempla Jodie, qui à présent caressait la petite Freya, un sourire extatique aux lèvres.

D'elle, les parents de Seb auraient dit, critiques, qu'elle perdait son temps, parce qu'elle n'exploitait pas pleinement ses compétences, et qu'elle ne s'engageait pas totalement pour la communauté. Après tout, Jodie exerçait la médecine à temps partiel ! Elle aimait surfer. Elle aimait aussi, sans doute, le farniente et refusait de se lier réellement à autrui.

Mais elle devait forcément avoir ses raisons. Lesquelles ?

Quelque chose de grave a dû se produire dans la vie de Jodie...

Il pensa de nouveau à la nuit qu'ils avaient passée ensemble, à la passion torride qui les avait animés, à leurs étreintes ardentes...

Que cachait Jodie ? Quel secret douloureux dissimulait-elle ?

Il avait deux ans pour le découvrir.

Ou davantage, si jamais il réussissait à la convaincre de s'intéresser au combat qu'il menait...

De s'intéresser à lui, aussi. Vraiment. Et à cet instant, en voyant Jodie câliner tendrement le petit chien, visiblement émue, Seb songea que, peut-être, l'impossible pourrait devenir possible. Pour elle comme pour lui.

10

Seb s'acharnait au travail. Beaucoup... Vraiment beaucoup. Jodie s'en rendait compte mais, naturellement, qu'aurait-elle pu lui dire ?

Depuis leur mariage, trois mois plus tôt, il n'avait pris que trois jours de repos. Un peu grâce à elle... Parce qu'elle avait insisté, inquiète de le voir s'échiner de la sorte. Il partait si tôt à Brisbane, revenait tard, des dossiers sous le bras. Elle l'entendait parler longtemps au téléphone avec ses associés en Australie ou à Al Delebe.

Seb s'était octroyé son premier congé pour assister aux funérailles d'Isabelle Grundy, la vieille patiente de Jodie qui avait rendu l'âme. Presque tous les habitants de l'île avaient assisté aux obsèques, rendant ainsi un bel hommage à l'une de leurs doyennes.

Ensuite, il n'avait pas travaillé à l'occasion de la naissance d'Alice, la dernière-née de Misty et Angus. La veille, les heureux parents avaient présenté leur petite fille à tout le monde ! S'en était suivie une cérémonie de baptême, puis une fête avec de la musique, des rires, un copieux buffet...

Grisés par l'ambiance joyeuse, Seb et Jodie avaient dansé jusqu'à l'aube, oubliant leur retenue habituelle et leurs soucis respectifs. Mais les excès de cette soirée avaient mené à la troisième trêve de Seb, car, durant la nuit, il avait souffert de fortes crampes abdominales.

Ce matin, il se sentait mal, mais il serait quand même allé travailler si Jodie, endossant son rôle de médecin, ne lui avait pas vivement conseillé de rester au lit. Elle avait même dû faire preuve d'autorité, Seb ne l'écoutant pas dans un premier temps...

Il ne va pas bien...

Sauf qu'il ne présentait aucun autre symptôme plus précis que ces maux d'estomac.

Depuis qu'elle cohabitait avec Seb, qu'elle partageait ses repas de plus en plus souvent avec lui, Jodie avait bien remarqué que par moments il se renfermait, visiblement mal en point. S'il avait été son patient, elle l'aurait envoyé à Brisbane consulter un spécialiste, mais elle ne pouvait pas se permettre d'intervenir. Il avait eu une chance extraordinaire de survivre à trois crises de fièvre sévère provoquée par la dengue. Mais son corps était éprouvé et il luttait contre la fatigue en permanence.

— Je m'inquiète pour toi, avoua-t-elle, observant Seb.

Alité, il était pâle, les yeux fébriles.

— Tu ne devrais pas. J'ai pris soin de moi pendant plus de trente ans, grommela-t-il.

Elle détourna le regard, blessée et ennuyée par cette réaction qui l'excluait.

— Jodie, s'il te plaît, ne te vexe pas, ajouta Seb, devinant ses pensées. C'est cette satanée dengue. On m'a prévenu qu'il me faudrait des années pour récupérer de la dernière infection. Ça va et ça vient, et c'est toujours quand je l'oublie qu'elle se manifeste de nouveau avec une extrême virulence. La plupart du temps, je réussis à poursuivre ma vie comme si de rien n'était. Mais, quelquefois, c'est impossible. Mme la Dengue est plus forte que moi et me rattrape. Comme maintenant.

Il marqua une pause.

— D'après le Pr Martin, responsable des maladies tropicales

à l'Institut du Queensland du Nord, j'agis comme il faut. Je fais régulièrement des analyses de sang, je suis surveillé… Tout va bien.

— Tu as donc consulté un spécialiste, dit Jodie, soulagée.

— Bien sûr. Je suis responsable de ma santé.

Elle garda le silence et, percevant sans doute l'inquiétude qu'elle éprouvait toujours, il lui prit la main et l'embrassa.

— Je ne cours aucun risque… Je fais attention. Mais ça me touche que tu te soucies de moi.

Jodie lui sourit, étrangement émue.

— Eh oui. On vit ensemble. Je t'observe… Et je suis médecin avant tout, que veux-tu. Bon, repose-toi.

En quittant la chambre, elle songea qu'ils suivaient dorénavant une routine bien établie. Seb travaillait trois jours par semaine à Brisbane, mais il embarquait à bord du ferry pour rentrer à la maison le soir. Jodie exerçait comme d'habitude à la clinique de l'île, effectuait des visites à domicile, s'adonnait au surf quand elle le pouvait, jouait avec la petite Freya, qui grandissait à vue d'œil… Elle s'efforçait de ne pas avoir l'impression d'attendre constamment le retour de Seb.

Mais, même lorsque Seb était de retour, il travaillait, à son bureau, au téléphone, toujours actif, débordé, soucieux. Parfois, il devait rester davantage à Brisbane, et passer du temps dans l'entreprise Cantrell, discuter avec le personnel, la direction… Il lui expliquait qu'il voulait mieux comprendre les enjeux économiques et écologiques en cours afin de voir ce qu'il pourrait améliorer pour que Cantrell Holdings respecte davantage l'environnement.

Il travaillait, travaillait, et la plupart du temps restait distant, presque à l'écart de Jodie.

Sauf la nuit.

La nuit, ils partageaient son lit et elle aimait ça. Elle aimait faire l'amour avec Seb, elle aimait se donner à lui, elle aimait se lover contre lui sous les draps, elle aimait la chaleur et la moiteur de leurs corps unis pour quelques heures. Ensuite, pendant la journée, ils étaient séparés.

Et de toute façon, d'ici deux ans, tout se terminerait. Ils se diraient merci... et au revoir. Mais, de plus en plus, il lui semblait qu'ils repoussaient les limites de leur accord...

Quelles limites ? En vérité, elles étaient floues. Mal définies. La limite des deux années était la seule chose qui l'avait persuadée de s'engager dans cette aventure. Sauf que Seb, par des sourires, des mots, des allusions, lui donnait souvent l'impression de vouloir aller plus loin avec elle.

C'est aussi inattendu que bizarre, et ça me perturbe, s'avoua Jodie.

Ainsi, quelques jours plus tôt, alors qu'il revenait de Brisbane, il avait longuement câliné leur petite chienne tout en souriant à Jodie. Il l'avait regardée avec une étrange intensité, comme s'il voulait exprimer quelque chose. Quoi donc ? Une envie de famille ?

Une famille, ça prend du temps, et ce temps il ne l'aurait jamais !

Chassant tant bien que mal les interrogations qui tourbillonnaient dans son esprit, Jodie gagna le coin bureau qu'elle avait aménagé dans son salon. Le calme régnait. Seb sommeillait. Freya dormait, roulée en boule sur son coussin. Contemplant le chiot, elle se sentit soudain submergée par une tendresse inconnue.

Ces derniers temps, cette sensation la surprenait de plus en plus fréquemment. C'était apaisant et déstabilisant à la fois. Jodie n'avait jamais ressenti de telles émotions. De l'attachement... De l'admiration... De la douceur... Tout cela grâce à cet animal innocent...

Et Seb. La présence de Seb.

Cela lui procurait une impression irréelle de stabilité. Comme si elle avait un foyer. Une famille.

La gorge nouée, Jodie s'assit à sa table de travail, prit un stylo, un bloc de papier, arracha une feuille et commença à écrire une lettre. La lettre qu'elle avait souvent rédigée mentalement, sans avoir jamais le courage de passer à l'acte.

Quinze ans plus tôt, elle avait fait adopter sa fille. Après un accouchement laborieux dont elle se souvenait à peine – elle se rappelait seulement que ça avait duré très longtemps, qu'elle avait souffert et eu très peur –, elle avait tenu son bébé dans ses bras pendant une dizaine de minutes à peine. Ensuite, on le lui avait enlevé.

Jodie se souvenait s'être sentie hébétée, perdue, impuissante, tandis qu'à son chevet sa tante lui expliquait les solutions négociées par des adultes : les parents de Jodie, les travailleurs sociaux qu'elle ne connaissait pas. Les mots restaient gravés à son esprit : « Cette adoption passe par une agence intermédiaire. Les parents adoptifs doivent adresser un rapport à cette agence tous les six mois, pour faire le point sur les progrès accomplis, mais ces informations resteront entre eux et pour eux. Comme tu es mineure, tes parents pourront y accéder, et pour toi ce ne sera possible que lorsque tu seras majeure. Mais il ne devra y avoir aucun contact entre vous. Toutefois, lorsque l'enfant aura dix-huit ans, et si elle le souhaite, elle pourra te contacter par l'intermédiaire de la même agence. Tu voudras peut-être la rencontrer à ce moment-là, si elle est d'accord. »

Alors pourquoi espérer un contact maintenant ? Pourquoi la présence de Seb lui donnait-elle l'impression d'avoir la force de solliciter les parents adoptifs ? Et même de remettre en cause la décision de la tante de Jodie ?

À quinze ans, elle n'avait pas eu le courage de poser des questions. Elle avait accepté ce que sa tante lui avait affirmé parce qu'elle n'avait pas eu la force de se battre. De toute façon, la situation, toute la situation lui était insupportable. Elle était vidée, perdue, démunie... Sans rien.

Une fois Hali disparue, Jodie s'était retrouvée en proie à une honte tellement profonde et incrustée en elle qu'elle s'était détestée. Mettre au monde un enfant et l'abandonner ensuite... Comment pourrait-elle jamais espérer que Hali la comprenne et accepte de la revoir ? Et si, en essayant de reprendre contact,

Jodie abîmait les relations entre Hali et ses parents adoptifs ? Et si Hali la considérait avec le mépris qu'elle méritait ? Alors Jodie n'avait pas osé... Elle avait obéi à la règle édictée par sa tante et les responsables de l'époque : pas de contact. Rien.

Et elle avait érigé des barrières. Elle les avait construites avec tant de soin qu'elle les avait crues inébranlables.

Sauf que maintenant tout changeait.

Qu'est-ce qui, dans la façon dont Seb la tenait dans ses bras avant de partir pour Brisbane, ou le soir, au lit, lui donnait l'impression que ces barrières s'effondraient ? Toutes les barrières.

Impossible de répondre à cette question. Mais en cet instant Jodie éprouvait une seule certitude : elle devait écrire aux parents adoptifs en passant par l'agence.

Je sais que cela va vous paraître inattendu, et je comprendrais que vous et/ou votre fille...

Elle hésita. Devait-elle écrire « votre fille » ?

Elle décida que oui et se força à continuer.

Je comprendrais que vous et/ou votre fille ne le souhaitiez pas, mais si, en votre âme et conscience, vous pouviez trouver la possibilité de me permettre de rencontrer...

C'était si difficile.

Jodie froissa la feuille et essaya encore. Et encore.

Cinq tentatives plus tard, elle se sentait toujours hésitante, emplie de doutes et d'appréhension.

Voyant que Freya la regardait d'un air inquiet, elle se leva et s'approcha de la petite chienne, qui lui lécha gentiment la main comme pour lui dire : « On est ensemble, quoi qu'il arrive. »

— Oui, toi, moi... et Seb, chuchota Jodie.

Et elle se demanda pourquoi il lui semblait important – vital, même – que Seb soit inclus dans cette pensée.

Attention, Seb ne fera pas toujours partie de ta vie...

Mais, lorsqu'il la prenait dans ses bras, jouant le jeu de ce mariage de façade, elle pouvait croire le contraire. Son corps s'abandonnait. Elle s'apaisait.

Alors pourquoi ne pas envoyer la lettre ?

Si jamais on ne répond pas, ou si on refuse ce que je souhaite tant, Seb me consolera… et je pourrai faire face…

— Allez, fais-le, murmura-t-elle.

Et elle glissa le feuillet dans l'enveloppe.

Un peu plus tard, promenant Freya sur le chemin de la plage qui menait jusqu'à la poste, Jodie se répéta qu'elle avait vraiment raison d'essayer de contacter sa fille. Elle se donnait une chance de vivre des moments extraordinaires…

Un peu comme avec Seb. Elle ne se fermait plus en sa présence… Au contraire.

Il avait mal au ventre, et cela ne faisait qu'empirer. Syndrome du côlon irritable. C'était ce que le médecin lui avait diagnostiqué plus d'une fois. « Trois infections de la dengue, Seb. C'est du jamais-vu. Personne ne résiste à ce point ! Vous avez lu la liste des médicaments que vous avez avalés pour combattre le virus et rester en vie, ici comme là-bas, à Al Delebe ? C'est impressionnant. Ça vous a sauvé, mais vos tripes réagissent forcément. Vous savez combien de temps il faut à la flore intestinale pour se rétablir, même après une courte cure d'antibiotiques… Votre système digestif a besoin de temps. Et de repos. Je vous conseille de vous reposer le plus possible, régulièrement… »

Sauf que je ne le fais pas, ou si peu.

En revanche, il mangeait bien, prenait des probiotiques, suivait les préconisations…

Mais il ne levait jamais le pied.

Les complexités juridiques liées à la gouvernance de Cantrell Holdings lui donnaient du fil à retordre. Il avait commencé à mettre en place une équipe afin de mener l'entreprise dans la direction qu'il souhaitait, mais pour le moment il se sentait responsable de tout. Et ça faisait beaucoup.

Il avait réduit ses activités médiatiques en tant que représentant de sa fondation pour dégager suffisamment de temps auprès de ses associés de Cantrell Holdings. Comme on ne cessait de l'interroger de façon plutôt indiscrète sur son mariage, il employait dorénavant un service de presse et de communication pour répondre aux journalistes avides de potins mondains. Mais il lui restait encore des tonnes de travail à accomplir afin de tout gérer au mieux.

Hélas, physiquement, il n'en pouvait plus.

Il faut que je dorme la nuit…

Mais, la nuit, Jodie le laissait être plus proche d'elle, plus intime. Elle l'invitait à la prendre dans ses bras, à l'enlacer tendrement, sensuellement et plus encore… Comment résister ?

Il avait envie d'elle, c'était aussi simple que cela. Plus il passait de temps avec elle, plus il était clair pour lui que, même si leur mariage avait commencé par être simulé, il avait envie que cette union devienne réelle.

Pourquoi ? Les réponses étaient évidentes… Jodie était belle, désirable, tendre, drôle, forte. Aussi incroyable que cela puisse paraître, son grand-oncle semblait lui avoir choisi la fiancée idéale !

Ironie du sort, elle m'oblige à m'adapter à ses conditions…

Et il avait tout accepté pour épouser Jodie.

En somme, aujourd'hui, il se sentait profondément attiré par elle mais il doutait qu'elle s'intéresse vraiment à ce qu'il entreprenait professionnellement. Elle s'était affirmée solidaire, oui, mais de façon éphémère. Elle passait du bon temps avec lui, rien de plus.

Je suis injuste ! Sans elle, je n'aurais pas reçu les fonds pour continuer le travail à Al Delebe…

Jodie lui avait permis cette formidable avancée.

Et elle avait accepté un chèque d'un million de dollars. Que comptait-elle en faire ? Mystère, mais ce n'était pas à lui de le demander. Peut-être qu'au bout de deux ans elle abandonnerait complètement la médecine pour surfer à plein temps !

Il n'en serait pas surpris. Il savait qu'elle se tenait à distance de ses patients – ce qui ne l'empêchait pas d'être un bon médecin –, des habitants de l'île et de lui-même.

Ce n'était que la nuit que les murs invisibles qu'elle avait érigés semblaient s'effriter. Et, la nuit, elle était si différente... Chaleureuse, sensuelle, merveilleuse amante... Elle l'accueillait en elle et cédait au plaisir comme s'ils étaient vraiment amoureux, mari et femme.

Comment pouvait-il se détourner de tels moments et dormir, ainsi que son médecin le conseillait ?

Impossible...

Mais il avait mal au ventre.

11

Le téléphone de Jodie sonna à minuit.

Elle n'était pas de garde. Elle se trouvait là où elle désirait être plus que n'importe où ailleurs : blottie dans les bras de Seb, au chaud, en sécurité, comblée d'amour. Elle n'était pas de garde, se répétait-elle, non...

Mais Seb s'agitait déjà, et la sonnerie persistante les força tous deux à se redresser.

Seb alluma la lampe de chevet, s'appuya contre l'oreiller et lui lança un coup d'œil inquiet. Il avait déjà compris que c'était grave. Le téléphone d'un médecin ne sonnait à cette heure qu'en cas d'urgence.

En s'emparant de son portable, Jodie se rappela que les appels étaient automatiquement transférés vers le téléphone d'Angus, qui était de garde. Cependant, c'était le nom d'Angus qui s'affichait sur l'écran.

Ella pressa la touche pour répondre, essayant d'ignorer l'appréhension qui l'envahissait déjà.

— Allô...

— Jodie ?

— Oui.

Et les derniers vestiges de la délicieuse tranquillité qu'elle éprouvait s'évanouirent.

— Un minibus s'est écrasé, annonça Angus d'un ton nerveux.

Des jeunes campaient au bout de l'île. Des étudiants étrangers. D'après ce que j'ai compris, ils sont allés au pub. Je ne sais pas qui conduisait… L'un d'eux ? En tout cas, Les Irvine, qui était aussi au pub, est parti en même temps et a tout vu. Il conduisait derrière eux et a dit que le bus slalomait sur la route. Il a téléphoné au sergent Cody lorsqu'ils ont dévié de la chaussée au niveau de la presqu'île de Needle Bluff. Ils ont foncé tout droit vers les rochers qui surplombent la mer. Cody arrive. Les est en train de descendre le long de la paroi rocheuse… Le dénivelé fait environ trente mètres. Il pense qu'une douzaine de jeunes se trouvaient à bord de ce van. Tu peux venir ? Et Seb ? On va avoir besoin de tout le monde.

Il avait parlé d'une traite.

Seb se levait déjà. La voix forte d'Angus résonnait dans le silence de la chambre.

Une douzaine d'enfants. Et elle connaissait Needle Bluff. *Mon Dieu…*

— On arrive.

Le minibus avait dévalé les rochers et s'était couché sur le côté. Quand Jodie et Seb parvinrent sur place, Les était déjà en bas de la paroi. Il avait dû voir les phares de leur voiture et, criant pour se faire entendre au-dessus du bruit du ressac, leur indiqua le chemin à emprunter.

Jodie leva un pouce en guise de réponse. Elle prit l'une des grosses torches qu'ils avaient emportées et s'apprêtait à bifurquer vers la gauche quand Seb lui saisit la main.

— Attends, j'ai besoin de vérifier certaines choses.

Surprise, la jeune femme s'immobilisa.

Seb avait suivi une formation en secours d'urgence quand il était à Al Delebe. Ce qui lui permettait de mieux évaluer les situations, d'anticiper sur ce qu'il fallait faire ou éviter.

Là, il remarqua que la lune était presque pleine. Cela jouerait sur la marée. Le minibus se trouvait sur une corniche rocheuse déjà balayée par des vagues puissantes.

L'un des adolescents était en train de se débattre pour s'extirper du véhicule à travers le pare-brise cassé. Il y avait déjà quatre enfants hors du bus, affalés sur les rochers, hébétés.

— On a peut-être une demi-heure avant que la mer s'engouffre dans le véhicule. Sauf que le vent vient du sud et forcit de seconde en seconde. Peut-être moins d'une demi-heure, alors, précisa Jodie. Et il faudra au moins trente minutes pour que le continent nous envoie des renforts.

— On a peu de marge pour réussir ce sauvetage, mais on va y arriver.

— Il le faut. Misty est en train de prévenir les habitants, ajouta Jodie. Elle active tout notre réseau de secours. Mais elle aurait aimé être avec nous.

— Elle fait ce qu'elle peut. Elle doit s'occuper de son bébé.

Il enlaça brièvement Jodie.

— Viens. Allons les soigner.

La suite fut un véritable cauchemar. Des jeunes blessés, certains couverts de sang, affolés, emplissaient le minibus. Les Irvine aida à faire sortir six d'entre eux par le pare-brise fragmenté. Certains adolescents se pétrifiaient, bloquant le passage aux autres.

Ce n'est pas bon... Pas bon du tout, songea Jodie, consternée.

Par où commencer ?

Tout à coup, la voix de Seb s'éleva, couvrant les sanglots et les cris.

— Écoutez-moi tous ! Je suis le Dr Cantrell, et on va vous tirer de là !

Jodie éprouva une bouffée de reconnaissance en l'entendant parler.

— Il faut briser la vitre arrière, déclara-t-il. On n'a pas d'autre solution.

Il fit le tour du bus, torche en main, pour vérifier que personne n'était coincé en dessous. Jodie l'imita.

— Éloignez-vous de la vitre arrière. Protégez votre visage des débris. Servez-vous de votre corps comme d'un bouclier pour vous-même et pour vos camarades ! ordonna Seb.

Les Irvine venait de ramasser un bâton solide, et il était prêt à fracasser la vitre.

— Jodie, va à l'avant et aide qui tu pourras, recommanda Seb.

Puis il s'adressa aux adolescents encore emprisonnés à l'intérieur du véhicule.

— La fenêtre arrière est dégagée ?

— La voie est libre, répondit une voix.

— Alors on vous libère !

Il y eut un grand fracas, des bruits de verre brisé, puis des exclamations soulagées pendant que les jeunes sortaient. Douze. Aucun ne semblait gravement blessé, mais certains souffraient de lacérations profondes et de fractures. Tous devraient être hospitalisés pour être examinés, mais pour le moment on ne déplorait aucun décès.

Sauf qu'on comptait normalement treize passagers.

Bientôt, ils furent rejoints par Angus, Martin – un infirmier de la clinique où travaillait Jodie – et les habitants de l'île que Misty avait contactés. On installa des projecteurs. Jetant un coup d'œil circulaire, Seb remarqua que trop de monde affluait sur la corniche. *Une marée humaine, pour le coup…* Et ça compliquait la situation.

Angus, Jodie et Martin s'efforçaient de travailler aussi vite que possible, vérifiant les voies respiratoires, stoppant les hémorragies, essayant de stabiliser les blessures et de calmer la panique croissante. Les blessés légers furent encouragés à grimper en haut de la paroi rocheuse, et à se mettre hors de portée de l'eau. Mais la marée montait si vite qu'il fallut aussi déplacer les adolescents souffrant de graves lésions.

Il leur faudrait un hélicoptère, des civières, des ponts aériens... Une armée... *Un miracle*, songea Seb, toujours dans le minibus.

Restait une adolescente piégée dans la carcasse métallique. Une jeune fille âgée d'environ dix-huit ans.

Aidé par Cody, un policier local aussi grand que robuste, Seb poussa vigoureusement les sièges écrasés, puis il essaya de dégager la dernière victime, qui, à moitié évanouie, gémissait de douleur. En vain. Cody détacha alors un appui-tête qui les empêchait de voir ce qui bloquait la jeune fille, et Seb frissonna en comprenant ce qui se passait. Le bras de l'adolescente, passé par la fenêtre, était coincé sous la façade latérale et écrasée du bus. *Mon Dieu...*

Au même instant, une nouvelle vague déferla, et l'eau grimpa de cinq bons centimètres dans le véhicule. Seb éclaira la jeune fille, et ce qu'il découvrit lui fit froid dans le dos. Son bras était à moitié amputé. *On n'a pas le choix...*

— J'ai besoin de Jodie, dit-il à Cody. Angus est trop grand pour pouvoir se tenir ici. Expliquez à Jodie qu'on doit faire une anesthésie d'urgence pour une amputation. Elle doit apporter tout le matériel nécessaire. Vite.

Elle n'était pas anesthésiste. Elle n'était pas formée pour ce genre de secours. Qui d'autre qu'elle, pourtant, aurait pu assurer avec Seb ?

Anesthésier un patient gravement blessé, sur un sol chaotique inondé d'eau de mer, dans un bus accidenté, relevait du cauchemar...

Mais Seb ne laissa pas à Jodie le temps de se laisser gagner par l'appréhension.

— J'ai travaillé dans un pays en guerre pendant une bonne partie de ma vie, lui dit-il simplement. Je ne suis pas chirurgien, mais j'ai déjà été confronté à ce genre de situation. On va y arriver.

Au fond d'elle-même, Jodie était terrifiée, mais elle devrait faire face, elle aussi. Viendrait le temps des questions, plus tard, si tout allait bien... Si le sauvetage qu'ils orchestraient aboutissait. *Et il faut qu'on y arrive... Il le faut !*

Dès qu'elle eut rampé dans le chaos de métal enchevêtré pour rejoindre Seb, ce dernier se comporta comme s'ils se retrouvaient au bloc dans des circonstances tout à fait normales. Sa voix calme donnait l'impression qu'en cet instant rien ne sortait de l'ordinaire. Ses instructions étaient précises, empreintes d'autorité naturelle et rassurantes.

Avant qu'elle se faufile dans le bus, Jodie avait rapidement détaillé avec Angus ce dont Seb et elle auraient besoin. Tandis qu'elle se glissait dans l'espace exigu, tirant le sac de matériel derrière elle, elle songea que Seb ne s'était sûrement posé aucune question sur leurs capacités à intervenir en urgence.

Avait-il souvent vécu ce genre de situations quand il se trouvait à Al Delebe, ce petit pays en guerre ? En tout cas, Seb s'avérait particulièrement efficace.

Jodie organisa l'éclairage, trouva un endroit hors de portée de l'eau pour ranger leurs instruments, puis échangea rapidement, à voix basse, avec Seb au sujet de l'anesthésie et des risques encourus.

Dire que c'est lui qui va sauver cette ado...

L'eau de mer continuait à monter lentement. À l'extérieur, des bruits s'élevaient : cris des sauveteurs, sanglots des jeunes effrayés... Elle entendait un hélicoptère qui tournait peut-être en rond en essayant de trouver un endroit où atterrir.

Peut-être que cet hélicoptère amènerait quelqu'un de plus qualifié qu'elle pour aider Seb, pensa-t-elle alors que l'anesthésie faisait son effet. Mais, à ce moment-là, Seb s'adressa à elle :

— Prête ? Oublie tout le reste, il n'y a que ce qu'on fait là, tout de suite, qui compte.

Et il avait raison.

Jodie se concentra. C'était une intervention difficile, ô combien délicate. Ils se battaient ensemble pour sauver une vie. Seule, elle n'aurait pas pu y parvenir. Elle n'aurait pas eu les compétences. Mais, accompagnée de Seb, elle y arriverait.

Et Seb n'a pas de meilleure personne-ressource que moi…

Alors, pendant cette terrible intervention chirurgicale, la phrase commença à résonner dans sa tête.

Elle représentait la meilleure personne-ressource pour Seb.

Maintenant, oui, mais à d'autres moments également. Il avait eu besoin d'elle pour obtenir l'autorité officielle lui permettant d'intervenir dans la direction de l'entreprise Cantrell. Il avait besoin d'elle pour poursuivre son action à Al Delebe. Il avait eu besoin d'elle pour le réconforter, le réchauffer, lui donner de la force quand tant de gens dépendaient de lui, lorsque le poids des responsabilités lui avait semblé trop lourd…

En regardant Seb se démener pour secourir l'adolescente, elle réalisa soudain que tout, dans sa manière d'œuvrer, son habileté, son assurance, prouvait que l'horreur avait fait partie de sa vie. *Depuis toujours ?*

Au fond, c'était un privilège de collaborer avec lui. Quelle chance de pouvoir seconder cet homme. D'être une… aide. *Une aide.* Le mot lui semblait à la fois dévalorisant et réaliste. Car elle était bel et bien en train d'aider Seb. Sur cette île où elle vivait et travaillait. L'accident de bus et ses conséquences relevaient de sa responsabilité. Alors oui, pour le moment, elle assistait Seb, et c'était très bien ainsi.

Cessant de réfléchir, Jodie réagit en phase avec Seb, passant le matériel, tamponnant, ajustant sa lampe frontale ou les autres éclairages afin de permettre à Seb de se concentrer sur le nécessaire. Il s'acharnait, accomplissant à lui tout seul le travail d'une équipe.

Enfin, il recula, utilisant toute sa force pour dégager la pauvre adolescente, laissant le bras coupé là où il reposait. Il lui maintint la tête au-dessus de l'eau et regarda Jodie.

— Voilà. Sortons de là, dit-il calmement.

Jodie ressentit une bouffée d'émotion. Il venait d'accomplir un miracle. Comme il en avait certainement réalisé bien d'autres auparavant. Cet homme s'engageait. Il s'engageait magnifiquement pour le bien d'autrui.

Contrairement à moi...

Depuis des années, elle craignait les autres et refusait de se lier réellement. Ses seuls amis, Angus et Misty, étaient surtout des collègues. Elle aimait rester en retrait. Pourquoi ? Elle avait toujours cru que la solitude la sauverait, elle... Mais n'était-ce pas plutôt de l'égoïsme de sa part ? Une fuite en avant qui ne la menait nulle part ?

Jodie croisa le regard de Seb, et son cœur battit plus fort. Elle aurait voulu le prendre dans ses bras, l'enlacer, effacer, d'une caresse tendre, la tension qu'elle percevait sur son visage. Mais ce n'était ni le lieu ni le moment.

Elle se détourna et se hissa rapidement à l'extérieur de l'épave.

Dehors, c'était le chaos, mais un chaos organisé. Il y avait les ambulanciers de l'hélicoptère, qui avait fini par réussir à atterrir. D'autres secouristes s'étaient déployés pour soigner les blessés. Curieusement, quand Jodie apparut, tout le monde la regarda en silence, attendant qu'elle parle.

— Il a réussi, lança-t-elle d'une voix rauque. Elle est libérée. Vous pouvez aller la chercher et la transporter sur une civière.

Angus s'avança vers elle et la serra très fort dans ses bras. Jodie se laissa faire. Elle avait besoin de ce soutien amical et chaleureux. Oui, elle était une solitaire. Elle l'avait toujours été. Mais, en ce moment, cette volonté d'être seule lui paraissait absurde. Seb se trouvait toujours dans le bus, en train de veiller sur sa patiente, mettant tout en œuvre pour lui sauver la vie. Des habitants de l'île venaient prêter main-forte aux secouristes, aidaient, réconfortaient les blessés... Une formidable chaîne de solidarité s'était créée.

Aucun homme n'est une île, un tout, complet en soi...

Ce vers du poète John Donne lui revint subitement à l'esprit. Jodie avait appris ce poème à l'école à l'âge de quatorze ans, juste avant… Juste avant Hali. Après le drame, la douleur, la peur entourant la naissance de sa petite fille, elle s'était souvent rappelé cette poésie. Elle s'était persuadée que John Donne s'était trompé. Bien sûr, qu'on pouvait être « une île », vivre en totale solitude et ne pas sentir de manque…

Mais à cet instant, tout en enlaçant affectueusement Angus, Jodie songea que c'était elle qui s'était trompée.

Aucune femme n'est une île…

12

Quelle heure pouvait-il bien être ?

Mais quelle importance ? Je me sens si bien…

Jodie émergea doucement du sommeil. Les rayons du soleil filtraient à travers les rideaux, réchauffant la chambre, et elle se laissa encore bercer quelques instants par le rêve qu'elle venait de faire, un rêve joyeux, coloré, où elle tenait la main d'un homme aimé, un homme aux yeux lumineux et au sourire envoûtant, un homme qui la chérissait…

Il devait être tard, mais elle avait eu besoin de dormir longtemps pour récupérer. Les premières lueurs de l'aube commençaient à envelopper l'île quand les derniers adolescents avaient été évacués à bord du troisième hélicoptère sanitaire vers Brisbane.

Par chance, aucun décès n'était à déplorer. Il y avait eu des fractures, des plaies profondes, des blessures qui, espérait-on, guériraient. Mais certaines ne guériraient pas. Une jeune fille devrait désormais vivre privée de son bras gauche, suivre des mois de rééducation et mener une existence bouleversée à jamais.

Instinctivement, les paupières encore closes, elle chercha Seb en tâtonnant. Son lit était devenu un espace partagé, l'endroit intime où leur précieuse indépendance réciproque avait été mise de côté.

Quelle indépendance ? Ce n'était qu'une illusion… *Je me suis vraiment trompée*, s'avoua-t-elle en se remémorant les émotions de la nuit précédente et ce qu'elle avait découvert sur elle-même.

— Seb, murmura-t-elle en se tournant vers lui, désireuse de se blottir contre lui.

Mais il n'était pas là.

Jodie ouvrit l'œil, consulta le réveil posé sur la table de chevet. 11 heures. 11 heures ? Ah, oui... On était lundi. C'était le jour où Seb se rendait à Brisbane. Se serait-il levé à 6 heures du matin pour prendre le ferry qui naviguait vers le continent australien ? Quel courage et quelle détermination, après la nuit éprouvante qu'ils avaient passée !

Seb assumait des responsabilités écrasantes. Comment un homme pouvait-il porter un tel fardeau tout seul ?

J'aurais aimé qu'il soit là, près de moi... Il me manque...

Encore plongée dans un demi-sommeil, Jodie laissa cette pensée s'insinuer en elle. Puis, peu à peu, elle prit conscience du monde extérieur. La vie continuait... Elle n'allait pas se prélasser au lit alors que Seb était déjà au travail !

Devait-il faire face aux nombreuses consultations qui l'attendaient à l'hôpital ? Ou était-il happé par d'interminables réunions avec ses collègues de l'entreprise Cantrell ? Il peinait à s'imposer, du moins avait-elle cette impression. Seb était davantage un médecin qu'un homme d'affaires, or, pour intervenir au sein de Cantrell Holdings, il fallait agir en tenant compte d'une logique commerciale qu'il ne possédait pas forcément. Même s'il promouvait efficacement la fondation créée à Al Delebe.

Jodie ferma de nouveau les yeux. Elle avait bien envie de continuer à se reposer... Elle pourrait même demander à Angus ou Misty – si cette dernière n'était pas obligée de rester à la maison pour s'occuper de son bébé – de la remplacer à la clinique pendant une heure. Elle avait tellement besoin de souffler... Et elle irait peut-être surfer plus tard ? Rien de tel que les embruns marins pour lui insuffler une merveilleuse énergie...

Soudain, un léger malaise l'envahit. Pourquoi avait-elle l'intuition que quelque chose ne tournait pas rond ?

Confuse, Jodie repoussa les couvertures et se dirigea vers la cuisine. Elle se figea sur le seuil.

D'ordinaire, Seb prenait un rapide petit déjeuner avant de partir travailler. Il lavait tasse, assiette et couverts et les mettait à égoutter. Il donnait aussi à manger à Freya puis la laissait sortir. Mais, aujourd'hui, aucune vaisselle n'avait été utilisée, et Freya dormait toujours dans son couffin, près de la cuisinière.

En voyant Jodie, la petite chienne se tortilla joyeusement, puis elle se leva, s'étira et se dirigea vers la porte.

Seb a dû filer vraiment très tôt pour prendre le ferry !

Jodie ouvrit au chiot. Elle aperçut alors une enveloppe posée en évidence sur la table de la véranda. Du courrier, déjà ? Dot, la postière, avait dû le déposer afin que Jodie n'ait pas besoin de se rendre au bureau de poste. Une gentille attention.

Ce devait être une lettre. Formelle. L'enveloppe de luxe évoquait celle d'un cabinet d'avocats.

Perplexe, Jodie vérifia l'adresse. En général, c'était Seb qui recevait ce genre de correspondance, mais pour le coup elle était bien la destinataire.

Intriguée, elle s'assit sur les marches, prit Freya dans ses bras et, la caressant distraitement, décacheta la missive.

Chère Madame Tavish,

Nous vous écrivons au nom de l'enfant que vous avez fait adopter le...

Son cœur sembla se figer et elle se retrouva en pleurs malgré elle. Essuyant ses joues inondées de larmes, Jodie se força à poursuivre la lecture.

Il semble que Hali soit impatiente de vous rencontrer, et ses parents ont manifesté leur désir d'entrer en contact avec vous. Si vous êtes d'accord, ils ont proposé une rencontre. Vous n'êtes pas obligée de l'accepter, et, si cela vous inquiète, nous vous encourageons à contacter notre avocat dont vous trouverez les coordonnées ci-après…

Jodie contempla la lettre, ses mains tremblantes tenant le papier comme s'il risquait de se désintégrer.

Hali. Mon Hali.

Un éclat de joie la traversa à la pensée qu'ils n'avaient pas modifié le prénom. Elle était donc toujours… son Hali ?

Freya sauta à terre et tourna en rond devant Jodie, impatiente d'obtenir sa friandise quotidienne avant sa gamelle de croquettes : une tranche de pain grillé. Habituellement, c'était Seb qui s'occupait du chien. Un vétérinaire aurait certainement désapprouvé ce rituel et déclaré que les chiens ne devaient pas manger de nourriture humaine. Jodie le rappelait souvent à Seb. « Par chance, aucun vétérinaire n'exerce sur l'île », lui répondait-il en souriant.

Seb… Où es-tu ? Comment vas-tu ?

Jodie se leva et, gagnant la cuisine, posa la précieuse lettre puis entreprit de faire griller du pain. Son esprit était en ébullition. Elle voulait, non, elle devait montrer ce courrier à Seb. Elle désirait partager ce moment extraordinaire avec lui. Peut-être pourrait-elle aller le rejoindre à Brisbane ?

Les parents adoptifs de Hali m'ont-ils écrit après avoir reçu ma propre lettre ? Ou bien nos courriers se sont-ils croisés ?

Mais, au fond, peu lui importait. Seule comptait cette merveilleuse possibilité, cette ouverture qui se dessinait à l'horizon. Ce dont elle avait tellement rêvé, ce qu'elle avait appelé de ses vœux jour après jour depuis tant d'années.

Hali et moi… ensemble ?

Elle aurait besoin de courage pour ces retrouvailles. Et Seb pourrait l'aider à avoir ce courage.

Pourquoi ai-je l'impression qu'avec lui je serai plus forte ?

Bouleversée, impatiente et anxieuse tout à la fois, Jodie lut de nouveau la lettre. Les émotions de la veille lui revinrent en mémoire. Elle avait aimé la façon dont Seb l'avait prise dans ses bras lorsqu'ils s'étaient finalement douchés et endormis, exténués mais unis. Elle avait aimé s'endormir contre lui, laissant ainsi s'évanouir les souvenirs de l'accident et de tout ce qui l'avait remuée pendant ce sauvetage improbable… Sauvetage qu'elle n'aurait jamais pu mener à bien sans Seb.

Solitaire, moi ? Quel mensonge !

Soudain, elle se retrouva à genoux, enlaçant le chiot comme si sa vie en dépendait. Freya marqua un temps d'arrêt, comme si elle était surprise. Puis elle lui lécha affectueusement les mains.

Personne n'a jamais pu être proche de moi… Personne, pas même mon petit chien ! Pourquoi ?

Elle revit le visage de Seb marqué par la fatigue, l'engagement qui avait été le sien, tout ce qu'il avait affronté avec acharnement, jusqu'au bout. Lui, son amant. Son associé. Son… mari.

— Il faut que j'aille le retrouver, murmura-t-elle en regardant Freya.

Elle se redressa et, ignorant le regard interrogateur du chiot, se dirigea vers la salle de bains. Elle devait se préparer au plus vite pour se rendre à Brisbane et rejoindre Seb.

— Oh là là, j'allais oublier ton pain grillé et tes croquettes !

Jodie retourna hâtivement dans la cuisine pour remplir la gamelle de Freya et lui donner la friandise tant attendue. Puis elle fila vers la salle de bains.

Elle ouvrit la porte et se figea.

Seb était écroulé sur le sol, inconscient, baignant dans une mare de sang.

Mon Dieu…

Il est mort ?

Jamais Jodie n'oublierait ces secondes où, frénétiquement, agenouillée auprès de Seb, elle effectua les gestes de premiers secours.

S'obligeant à garder la tête froide, elle trouva un pouls, rapide mais faible. Seb était toujours en vie.

Ne panique pas... Évalue la situation et agis !

Du sang... Il avait vomi du sang ? Du sang clair, frais. Il n'était pas évanoui depuis longtemps. *Mais tant de sang, qu'est-ce que c'est ?*

Instinctivement, elle dégagea les voies respiratoires de Seb et le plaça en position latérale de sécurité. Puis elle s'obligea à réfléchir posément. Du moins, elle essaya.

Vomissements de sang... Qu'est-ce qu'il a ? Un ulcère à l'estomac ? Une tumeur maligne ? Non, ne pense pas à ça... C'est autre chose...

Jodie chassa l'angoisse qui menaçait de la submerger. Seb avait le teint blême. Combien de sang avait-il perdu ? Beaucoup trop, c'était évident.

Elle avait besoin d'aide. Maintenant.

Angus... Misty...

Elle se releva et courut jusqu'à la cuisine. Freya crut que c'était un jeu. D'instinct, Jodie prit une tranche de pain grillé, l'envoya dans la cour devant la maison, et la petite chienne bondit après. Puis elle s'immobilisa et se retourna vers Jodie d'un air inquiet, comme si elle sentait qu'il y avait quelque chose d'anormal.

Jodie attrapa son téléphone et appela Angus. Heureusement, il répondit au bout de la troisième sonnerie.

— Jodie ?

— Seb va très mal.

Elle énonça la situation de manière abrupte.

— Hémorragie gastrique possible. Perte de sang massive. Il est inconscient. J'ai besoin d'aide. Un hélicoptère d'évacuation sanitaire et des poches de sang. On a des expanseurs de volume plasmatique ?

Elle perçut une longue inspiration au bout du fil.

— On a tout utilisé hier soir, répondit Angus.

Misty intervint, la voix aiguë à cause de l'inquiétude.

— Peut-être qu'avec du sérum physiologique en intraveineuse...

L'esprit de Jodie semblait refuser de fonctionner. Avec une telle perte de sang, s'ils ne rétablissaient pas la pression sanguine... Non, le pire était impensable.

Misty reprit la parole :

— Jodie, Angus rassemble l'équipement nécessaire et arrive tout de suite. J'appelle l'hôpital de Brisbane pour organiser le transfert. Ben Roberts, Sylvia et Donna Marchant sont O négatif, et Martin consulte déjà les dossiers pour vérifier si on a d'autres donneurs. On a besoin de donneurs universels, qui aideront à stabiliser Seb en attendant l'arrivée de l'hélicoptère. Retourne auprès de lui et fais en sorte qu'il tienne le coup...

Oui, bien sûr. Je vais faire le maximum...

Les heures qui suivirent furent les plus dramatiques de la vie de Jodie. Et ce fut quand elle crut perdre Seb qu'elle prit conscience de l'intensité, de la puissance et de la profondeur absolue de l'amour qu'elle ressentait pour lui.

Angus vint à la rescousse, mais ce qu'ils insufflèrent à Seb par intraveineuse ne suffisait pas. La pression artérielle restait trop basse et, pendant des minutes terrifiantes, il devint presque impossible de stabiliser l'état de Seb.

Son cœur va-t-il cesser de battre ?

En plus de cette question douloureusement vitale, d'autres interrogations taraudaient Jodie.

Depuis combien de temps Seb était-il ainsi à terre, sans connaissance ? Pourquoi ne l'avait-il pas appelée à l'aide ? Il se sentait mal, il avait eu la force d'aller aux toilettes... Pourquoi ne l'avait-il pas réveillée ? Parce qu'il avait l'habitude de tout gérer seul ? Parce qu'il savait à quel point elle-même chérissait sa propre solitude ? Parce qu'elle lui avait fait comprendre qu'ils ne dépendaient pas l'un de l'autre, qu'ils restaient séparés ?

Oh ! mon Dieu, combien de temps les secours mettront-ils à arriver ?

Avec Angus, Jodie s'efforçait désespérément de maintenir Seb en vie. D'ici combien de temps l'hélicoptère d'évacuation arriverait-il ? Quel délai faudrait-il compter pour emmener Seb dans un service où des médecins, secondés par un plateau technique adéquat, le prendraient en charge ?

Subitement, on appelait Jodie depuis la cuisine. C'était Dot la postière.

— Je vous apporte du sang ! Misty et Martin gèrent une file d'attente de donneurs volontaires à la clinique. On vous apportera les poches de sang au fur et à mesure.

— Merci mille fois.

Épuisée par les émotions, Jodie s'efforça de sourire en prenant la précieuse poche, et réussit tant bien que mal à ne pas fondre en larmes.

La contemplant avec bienveillance, Dot la serra spontanément dans ses bras.

— Il s'en sortira, ma chérie, promit-elle d'une voix rassurante. Seb a tous les habitants de l'île avec lui, et toi aussi. Tout le monde vous soutient. Et tout le monde veut être O négatif en ce moment. Tu n'es pas seule, Jodie… Seb n'est pas seul non plus. Ça veut dire quelque chose, cette solidarité spontanée pour lui… Ça veut dire qu'il va s'en tirer !

13

Quand Seb se réveilla, il était entouré de tubes, de lumières, de machines émettant des bips, d'écrans lumineux. Une légère odeur d'antiseptique flottait dans l'air.

Où suis-je ? Ah oui...

Il avait fréquenté suffisamment d'hôpitaux pour comprendre, même si cela lui prit quelques instants.

Soins intensifs.

Partout dans le monde, ces services étaient des endroits impressionnants. Rarement des lieux douillets et personnels... Non, ces unités ultra-techniques étaient conçues pour sauver des vies.

Ses yeux s'ouvrirent quelques instants, puis il les referma, essayant de se souvenir, d'analyser la situation.

La douleur... La peur... Le sang... Le néant...

Quelqu'un lui tenait la main.

— Seb ? murmura une voix féminine.

Jodie.

Il n'en fallut pas plus pour qu'il ouvre de nouveau les paupières, luttant contre le brouillard qui semblait vouloir l'envelopper, le happer.

— Jo...

Sa bouche ne fonctionnait pas. Sa tête ne fonctionnait pas.

— Je suis là, dit-elle tout bas.

Et le visage de la jeune femme se posa sur sa joue, ses cheveux effleurant la peau de Seb comme une caresse soyeuse.

Puis il sentit le plus léger des baisers, et perçut un sanglot silencieux.

Jodie pleure ? Pourquoi ?

Il devait absolument remonter à la surface. C'était vital... Si Jodie était en larmes, il devait réagir... La consoler...

Mais elle venait de lui effleurer le visage d'une main douce, laissant ses doigts s'attarder sur ses lèvres.

— N'essaye pas de parler, mon amour. Tu ne risques plus rien. Tu as souffert d'un ulcère duodénal, tu as eu une hémorragie, une grosse hémorragie. Nous... Nous t'avons amené ici, à Brisbane Central. Tu as été opéré en urgence. Maintenant, tu es tout rafistolé, tu sais ? Tout réparé !

« Mon amour » ? Elle a dit « mon amour » ?

La voix de Jodie se brisa de nouveau et il devina des larmes derrière les mots.

— Tu as essayé, Seb... Tu as dû essayer de t'en sortir seul. Si seul. Ça ne se reproduira plus jamais, je te le jure. Jamais. Je serai avec toi... Près de toi ! Seb, je t'aime tellement. Je t'aimerai... pour toujours.

« Je t'aimerai pour toujours »...

C'était trop.

Non, ce n'était pas trop. Il voulait qu'elle lui parle encore et encore...

Ses yeux se fermèrent de nouveau, malgré lui. Il chercha à tâtons la main de Jodie, la trouva, entremêla les doigts aux siens, s'y accrocha.

Je sens Jodie... Je sens sa force... On est ensemble...

Curieusement, des souvenirs de jeunesse affluèrent à l'esprit de Seb. Ses parents l'avaient aimé, mais ils étaient tellement préoccupés par leur carrière de soignants qu'ils n'avaient pas pu s'occuper réellement de lui quand il était enfant ou même adolescent. Seb avait passé des années à les accompagner, à tenter de les aider dans leur pratique médicale, et à ressentir, au plus profond de lui-même, qu'il les gênait. Ils avaient tellement d'autres choses à faire, des choses importantes... Lui n'était pas si important pour eux, pas vrai ?

Mais aujourd'hui c'était différent. Jodie se trouvait à son chevet. Peut-être pourrait-il juste accepter cette présence chaleureuse, le soutien qu'il devinait sincère, et les sentiments qu'elle lui exprimait...

— Pour toujours, Seb, chuchota alors Jodie.

Ses lèvres effleurèrent celles de Seb.

— L'autre jour, j'ai formulé un vœu, tu sais ? Notre mariage est faux... Seulement voilà, je me suis rendu compte que, si tu veux que je rompe ce vœu, je ne serai pas d'accord... Parce que je tiens à ce qu'on continue ensemble. Je t'aime, Seb, et quoi qu'il arrive je t'aimerai pour toujours.

Jodie savait qu'habituellement les soignants s'occupaient bien de leurs collègues. Seb était un spécialiste de l'hôpital général de Brisbane, elle-même exerçait à Kirra... De fait, elle sentit vite que l'équipe veillait sur eux.

On lui prêta un petit appartement utilisé par les médecins de garde. Ainsi, en cas d'incident, au moindre problème, elle pouvait se trouver auprès de Seb en quelques minutes.

Mais Seb était si affaibli...

Au cours des premiers jours, alors que les complications se succédaient, et même s'il était à peine conscient, même si elle ne pouvait rien faire, elle resta en permanence auprès de lui.

Pendant quatre longues journées, la vie de Seb sembla en suspens. Les hématologues, les gastro-entérologues et les cardiologues enchaînèrent interventions et examens, adaptant les traitements, réfléchissant ensemble pour améliorer la prise en charge. Ils réunirent tout leur savoir-faire, toute leur énergie pour tirer Seb d'affaire.

Le médecin traitant habituel de Seb, spécialiste des maladies tropicales, présent lui aussi, s'avéra efficace, pragmatique, mais profondément inquiet. Le quatrième jour, lorsque la numération sanguine de Seb commença enfin à se stabiliser, que son rythme cardiaque se régula, l'équipe soignante s'autorisa à se détendre, et il vint s'entretenir avec Jodie.

— C'était prévisible, et on n'a rien vu venir, avoua-t-il d'un air sombre. La dengue est une infection virale redoutable. Polyarthralgie, myalgie, douleurs articulaires et musculaires, fatigue permanente sont des séquelles connues à long terme. Seb et moi le savions, et nous n'avons pas anticipé. Cet ulcère duodénal est probablement une des conséquences des traitements lourds et invasifs qu'il a subis. On aurait dû être plus vigilants.

— Sauf que je parie qu'il ne vous a pas demandé de suivi particulier, rétorqua Jodie en s'efforçant de ne pas laisser sa voix trembler. Il a toujours été si occupé, pas vrai ? Tellement, tellement occupé… Eh bien, croyez-moi, ça va changer.

Le médecin l'observa d'un air surpris et intrigué.

— Vous n'ignorez pas à quel point son travail est important pour lui ?

— Rien ne sera plus important si Seb est mort, répliqua-t-elle. Le garder en vie sera dorénavant ma priorité.

Le visage du médecin s'adoucit.

— Vous avez dû avoir très peur. La situation est critique, n'est-ce pas ?

Il hésita avant d'ajouter :

— Les médecins du service m'ont rapporté que vous aviez à peine fermé l'œil. Vous devez beaucoup l'aimer.

— Oui… Et je vais l'aimer encore plus !

Et elle fondit en larmes.

Dix jours après son admission en urgence, Seb sortit enfin de l'hôpital. Jodie prendrait la relève pour les soins à domicile.

Misty et Angus vinrent aider Jodie à le ramener chez lui. Seb protesta lorsqu'ils lui annoncèrent qu'il n'y aurait pas de médecin sur l'île Kirra pendant ce laps de temps, mais Misty balaya ses protestations d'un revers de main.

— Martin est là, et je pense que les habitants de Kirra sont bien trop occupés à tout préparer pour tomber malades.

Tout préparer ? Qu'est-ce qu'ils préparent ?

Mais Seb n'eut pas la force de poser des questions. Il se sentait encore étourdi. L'opération, le traitement en cours l'avaient exténué. Ou peut-être était-il déjà à bout de forces avant... Sauf que maintenant, alors que Jodie surveillait chacun de ses mouvements, qu'il était entouré d'une équipe médicale non seulement compétente mais aussi profondément préoccupée par son état de santé, il acceptait de se laisser aller, d'être soigné et d'en être reconnaissant.

Acceptait-il également l'amour de Jodie ?

Il y avait tant de choses qu'il ne comprenait toujours pas. Jodie se montrait si proche, si douce, si concernée par ce qu'il endurait... Comment expliquer ce changement ?

Elle est ma femme...

Et elle aurait décidé de l'aimer ?

En vérité, Seb ne savait pas comment réagir face à un tel cadeau. Mais il savait – il sentait – qu'il s'agissait d'un cadeau sans prix. Un don d'elle-même inconditionnel. Absolu.

J'y verrai plus clair en temps voulu...

Il fallait qu'il attende que se dissipe l'état de choc provoqué par la maladie, et que les médicaments fassent effet. Tout irait mieux une fois qu'il serait rentré chez lui. Quand il serait de retour sur l'île. Chez lui avec Jodie et la petite chienne Freya. Oui, tout irait mieux.

Chez moi ?

Quitter l'hôpital fut digne d'un cérémonial. Seb n'avait pas réalisé à quel point le personnel le connaissait, et de nombreux membres de l'équipe se débrouillèrent pour se trouver dans les couloirs, dans le hall ou au niveau de la rampe d'accès à l'entrée de l'établissement. On lui proposa un fauteuil roulant, qu'il refusa, mais il fut heureux de pouvoir s'appuyer sur le bras de Jodie. Très heureux.

Il savait que, seul, il n'y parviendrait pas.

Misty et Angus l'accompagnaient également.

— Au fait, j'ai lu les préconisations pour ta convalescence, lui dit Misty. J'ai l'impression que tu reviens de loin ! Angus, Jodie et moi avons donc décidé de veiller à ta rééducation. Compte sur moi pour te coacher sur les exercices de musculation ventrale ! Vu que j'ai accouché il n'y a pas longtemps, notre programme devrait être à peu près le même. À partir de demain, toi et moi devrons être solidaires et motivés. D'accord ?

Seb lui sourit, touché.

— D'accord, docteur.

Quelques instants plus tard, alors que Jodie le soutenait, qu'Angus et Misty le suivaient, que les médecins de l'hôpital de Brisbane lui souhaitaient un bon rétablissement, il eut soudain le sentiment… de faire partie d'une vraie communauté.

Ici, il était à sa place.

Ici, il était en vie.

Sur le ferry, il éprouva le même sentiment. Une place lui avait été réservée à l'avant du bateau. L'équipage lui offrit des coussins, des couvertures et tant d'attentions que Seb faillit se rebiffer. C'était trop ! Mais il s'obligea à ne pas protester parce qu'au fond c'était si bon d'être ainsi cajolé… Il se laissa aller à savourer ce moment hors du commun, et les émotions qui l'habitaient ne cessèrent de s'intensifier.

Lorsqu'ils arrivèrent au port de Kirra, de nombreux habitants de l'île les attendaient au débarcadère. Ils serrèrent Jodie dans leurs bras, et enlacèrent Seb avec prudence et respect, expliquant qu'ils craignaient pour sa cicatrice. Ils étreignirent Angus et

Misty à la place. Leur gentillesse toucha profondément Seb ; leur soulagement était palpable.

Enfin, Seb suivit Jodie pour gagner la petite maison qu'il partageait avec elle. Des inconnus se tenaient devant la porte d'entrée. Une femme portait la petite Freya. Libérée, la chienne s'élança pour les accueillir. Angus la rattrapa avant qu'elle ne bondisse, mais Jodie s'agenouilla pour prendre le chiot dans ses bras et, visiblement bouleversée, le câlina doucement.

— On l'a gardée avec nous pendant que vous étiez à Brisbane, annonça Misty. Vous voulez qu'elle dorme encore chez nous pendant encore quelques jours ?

— Non, merci, Freya reste, marmonna Seb d'une voix enrouée par l'émotion. Avec nous.

Jodie sourit et enlaça tendrement l'animal, le berçant presque. Puis Angus et Misty escortèrent Seb et Jodie jusqu'à la porte, leur firent signe d'entrer, déposèrent leurs sacs sous le porche et refermèrent derrière eux.

Je suis chez moi... enfin... Chez moi !

Prenant doucement la main de Jodie dans la sienne, Seb demeura immobile un instant, essayant de maîtriser l'intensité des sensations qui affluaient en lui.

— Tu es à la maison, mon amour, murmura Jodie.

Il l'étreignit et l'embrassa, mêlant son souffle à celui de la jeune femme. Même s'il ne comprenait pas tout ce qu'il lui arrivait, même s'il était conscient qu'il devrait plonger en lui-même pour tirer au clair ce qu'il éprouvait, il savait une chose avec certitude : elle était là, auprès de lui. Sa Jodie. Sa femme.

Lorsqu'ils s'écartèrent l'un de l'autre, elle avait le visage inondé de larmes. Elle les essuya à la hâte, et se retourna, comme pour masquer son émotion.

— Oh ! je crois qu'on a préparé notre arrivée, murmura-t-elle.

Seb regarda autour de lui. L'intérieur lumineux, propre... Freya qui reniflait partout, en quête de nouvelles odeurs... Et pour cause ! De jolies boîtes de biscuits avaient été déposées un peu partout… Également des fruits frais, magnifiques… Et un énorme bouquet de fleurs trônait sur la table.

— Incroyable ! s'exclama Jodie en ouvrant le réfrigérateur. On nous a gâtés ! Viandes, poissons, fruits, légumes, compotes, et même des plats tout faits… Qu'ils sont adorables !

Mais Seb venait d'apercevoir deux courriers laissés sur la table. L'un d'eux, une carte, avait manifestement été apportée avec les fleurs. Il s'en approcha et lut.

Aux docteurs Seb et Jodie,

Veuillez accepter ce bouquet en témoignage de notre gratitude pour le rôle que vous avez joué dans le sauvetage de notre fille.

Beth se remet lentement mais sûrement. Il lui faudra du temps pour accepter la perte de son bras, mais elle admet qu'il n'existait aucune autre solution. Il y allait de sa vie. Les médecins qui l'entourent ont expliqué le choix radical effectué par vos soins, et ils nous ont également décrit les compétences nécessaires pour procéder à une amputation dans de telles circonstances.

Le Dr Jodie a déjà rendu visite à Beth et lui a proposé de lui donner un jour des cours de surf si elle le souhaitait. « Qui a besoin de deux bras pour faire du surf ? » a-t-elle lancé à notre fille. Ces paroles ont donné beaucoup d'espoir à Beth !

Alors, à vous deux, un immense merci… Il n'existe tout simplement pas de mots suffisamment forts pour vous exprimer notre reconnaissance.

— Tu es restée en contact avec Beth ? demanda-t-il, étonné.

— Figure-toi qu'elle se trouvait dans le même hôpital que toi ! répondit Jodie, qui était toujours en train d'examiner le contenu du réfrigérateur. Tu dormais, tu récupérais, et entre deux visites j'ai pu aller voir Beth. Quel hasard, tout de même… Une hospitalisation au même endroit… Tiens, on a une quiche aux légumes, de la salade, du fromage... Pour notre dîner, ça me paraît parfait.

Sa voix était rauque, presque gênée. Seb se demanda si elle ne se protégeait pas de nouveau derrière sa carapace.

Machinalement, Seb saisit la deuxième lettre. Elle était formelle, dactylographiée. Avant de se rendre compte qu'elle était adressée à Jodie, il avait parcouru les deux premières lignes.

Chère Madame Tavish,

Nous vous écrivons au nom de l'enfant que vous avez fait adopter le...

Ce courrier ne lui était pas destiné. Son contenu ne le regardait pas.

La gorge sèche, il repoussa la lettre comme si elle lui brûlait les doigts et jeta un coup d'œil à Jodie... qui le contemplait.

Une expression de crainte mêlée de tristesse se reflétait sur son visage.

— Désolée, murmura-t-elle en s'avançant pour saisir le document.

Elle replia le feuillet d'un geste nerveux.

— Je n'ai pas... C'est juste que cette lettre... Oh non, Seb, tout le monde a dû en prendre connaissance !

— Moi, je suis désolé, dit-il doucement. Et je ne peux pas faire comme si je n'en avais pas lu quelques lignes.

— Je ne voulais pas...

— ... qu'on sache que tu as un enfant ?

— Je n'ai pas d'enfant.

— Mais tu as eu un enfant...

Seb adoucit encore le timbre de sa voix, prononçant chaque syllabe avec soin.

— Une fille ? Un garçon ?

— Une fille.

De la détresse se lisait dans le regard de Jodie.

— Elle s'appelle Hali.

— Hali ?

— Ça signifie « habitante de la mer » en grec, et cela vient de la mythologie. J'étais passionnée par la mythologie grecque quand j'avais quinze ans.

— Quinze ans !

Seb eut soudain l'impression de recevoir un seau d'eau glacée sur la tête. Il perçut alors l'intensité des émotions que Jodie s'efforçait de juguler, et tout à coup toutes les pièces d'un gigantesque puzzle s'assemblèrent.

— Tu as eu Hali à l'âge de quinze ans ?

— Je ne veux pas en parler.

— Pourquoi ? demanda-t-il gentiment.

Mais Jodie secoua obstinément la tête.

— Je... Et si je préparais du thé ? Accompagné d'une pâtisserie, ça te dirait ? Tu as vu tout ce qu'on nous a apporté ?

En proie à des émotions indicibles, Seb s'assit et la regarda prendre des tasses et verser de l'eau dans la bouilloire. Jodie s'attardait visiblement pour choisir le gâteau qu'ils dégusteraient. Elle gagnait du temps... Finalement, elle opta pour une génoise à la framboise garnie d'un appétissant glaçage qu'elle découpa en tranches égales. Tout en les servant sur une assiette, elle affichait une moue dubitative. *Si elle le pouvait, elle s'enfuirait sans rien me dire...*

Mais elle n'avait pas le choix. C'était là qu'ils vivaient. Ils partageaient la même maison... et leur vie.

Enfin, elle s'installa sur une chaise et garda les yeux rivés sur la table. La lettre se trouvait toujours dans sa main. Froissée.

— Je crois que ce courrier est précieux, dit Seb, osant rompre le silence. Ne l'abîme pas.

Jodie haussa les épaules d'un air désespéré.

— Seb, tout le monde l'a lue !

Elle avait énoncé ces mots d'un ton abrupt, empli de souffrance.

— Je venais de l'ouvrir quand...

— Quand tu m'as découvert écroulé par terre, dans la salle de bains.

Gâteau et thé restaient intacts devant eux.

— Jodie... Tu as eu une fille ! Bien sûr, pour moi, pour ceux qui te connaissent, c'est un choc. Normal, non ? Mais ainsi va la vie... Et tu peux m'en parler, tu sais. Il te faudra du courage, j'imagine, mais je suis là... Tu peux me parler. Je ne te jugerai pas. Jamais.

Elle ferma les paupières, respira profondément et lui tendit la lettre.

— Tu veux que je la lise ?

— Oui.

Il hésita un long moment avant de prendre connaissance du document. Il le parcourut une première fois, puis de nouveau, plus lentement. Lorsqu'il releva la tête, Jodie le contemplait, une expression indéchiffrable au fond des yeux.

— Tu n'as pas eu de contact ?

— Je n'ai pas pu... Je n'en avais pas le droit.

Il y avait tant de non-dits derrière cette affirmation qu'il en eut le souffle coupé.

— Mais aujourd'hui tu voudrais...

Il n'eut pas besoin de terminer sa phrase. Les yeux de la jeune femme s'illuminèrent d'une telle intensité qu'il sut. Dans son regard se lisaient l'espoir, le rêve, le besoin, la blessure liée à un manque viscéral.

Il l'encouragea doucement.

— Raconte-moi. Essaye, en tout cas.

Jodie ébaucha une moue en contemplant la lettre froissée qu'il venait de poser sur la table.

— Il n'y a pas grand-chose à dire, murmura-t-elle. C'est une triste histoire. Deux adolescents sur la plage tard dans la nuit, des baisers qui se transforment en étreinte maladroite, puis une grossesse à un âge précoce.

À quinze ans ?

Seb ferma les yeux. Il n'arrivait pas à l'imaginer.

— Et tes parents ?

Jodie laissa échapper un rire amer.

— Je n'étais pas leur fille. Je ne l'ai jamais été, pas vraiment, en tout cas. Ils voulaient désespérément un bébé, et ils ont eu une fille, Joy. Elle est morte à la naissance. Alors ils m'ont adoptée, mais je n'ai jamais été... Joy. J'étais une enfant dont ils devaient s'occuper. Je n'étais pas Joy.

— Oh ! ma chérie...

Elle haussa les épaules.

— C'est comme ça. Ils ont en quelque sorte accompli leur devoir envers moi, mais on n'était pas proches. Quant à moi, j'ai été bien bête... Je n'ai même pas réalisé que j'étais enceinte... Ou peut-être que je m'en suis rendu compte, mais j'ai occulté cette réalité jusqu'à ce que je parvienne à six mois de grossesse. C'est mon prof de gym qui a compris et téléphoné à ma mère. Et puis...

Jodie ferma brièvement les yeux.

— Je me souviens de tout comme si c'était hier. Je suis rentrée de l'école et ma mère m'a emmenée chez le médecin. Puis il y a eu ce week-end interminable où mes parents ont refusé de m'adresser la parole. Il faut que je te précise qu'ils sont très religieux, et à leurs yeux, j'étais devenue comme... une fille des rues. Le lundi, au lieu d'aller à l'école, ils m'ont fait monter dans la voiture et emmenée à Melbourne, chez ma tante.

— Ta tante...

Seb hésita, essayant de digérer toutes ces informations tout en se mettant à la place de Jodie. Qu'elle avait dû souffrir...

— Elle était gentille, au moins ?

— Tu plaisantes ! Elle était aussi puritaine que mes parents. J'étais considérée comme une traînée. Par la suite, j'ai cru comprendre qu'ils l'avaient payée pour s'occuper de moi.

Consterné par ces révélations, Seb l'encouragea à poursuivre.

— Mais peu m'importe, lâcha Jodie. Finalement, je me suis débrouillée. Je me suis plongée dans mes livres et mon... irréalité.

Mes parents ne sont même pas venus me voir quand Hali est née. Par césarienne. L'accouchement a duré trente-six heures. Et puis, alors que j'étais encore dans un état second, il y a eu cette longue discussion ou plutôt, ce long monologue de ma tante...

Jodie esquissa une moue amère.

— Elle m'expliquait que, pour le bébé, il n'y avait qu'une solution, qui serait la meilleure compte tenu du déshonneur que j'avais infligé à mes parents. Je savais que je n'avais aucun soutien, aucun moyen de garder Hali. J'étais seule, totalement seule, et mineure. Hali a donc été adoptée, et moi j'ai été inscrite dans un pensionnat. Je ne suis jamais retournée chez mes parents... Ils avaient tellement honte de moi... À partir de ce moment-là, j'ai passé toutes mes vacances chez ma tante. Et j'ai suivi des études de médecine. Je me suis immergée dans les livres, encore... Et j'ai fait du surf. Souvent. Je prenais le bus depuis la maison de ma tante, la plage se trouvait à une heure de chez elle. Ça en valait la peine. J'y allais seule... J'étais une solitaire, et ça ne me posait aucun problème. Personne ne me jugeait pendant que je surfais.

— C'est sûr.

Seb se sentait triste pour la jeune femme.

— Mais comment des parents peuvent-ils réagir ainsi ?

— Je ne sais pas. C'est comme ça, déclara Jodie. Je me suis fait une raison.

Après un silence, elle reprit :

— Par la suite, j'ai essayé d'entrer en contact avec Hali, murmura-t-elle, se parlant presque à elle-même. Mais, bien sûr, j'étais trop jeune pour oser braver des barrières et des règlements que je ne comprenais pas. Trop jeune pour savoir comment m'y prendre et décoder ce que j'avais signé en étant mineure...

Elle haussa les épaules.

— Quand j'ai enfin su que je pouvais me battre, je me suis demandé de quel droit je pouvais me mêler de la vie d'une enfant qui voulait sûrement rester tranquille...

Jodie hésita et, pour la première fois, elle regarda Seb en face.

— Puis, il y a quelques semaines, j'ai soudain eu comme une impulsion... Et je me suis dit que je pouvais tenter de nouveau le coup.

Bouleversé, Seb garda le silence. Une telle émotion baignait le regard de Jodie...

— Grâce à nous ? murmura-t-il.

Elle eut soudain les larmes aux yeux.

— Peut-être... Oui, peut-être que j'ai senti et accepté que je ne voulais plus être une solitaire. Peut-être... Peut-être que j'ai trouvé le courage de ne pas continuer à vivre en étant toute seule...

Seb se leva de sa chaise, fit le tour de la table et s'agenouilla devant Jodie. Il ignora les crampes dans son abdomen. La douleur physique lui était égale. Il voulait juste être près de Jodie, tout près d'elle. Il se pencha, l'enlaça tendrement, et lui encadra le visage dans ses mains en la regardant intensément. Maintenant, il lisait en elle comme dans un livre ouvert. Maintenant, il voyait la vérité

— Grâce à nous ? demanda-t-il de nouveau.

C'était si important qu'il le sache...

— Oui, Seb, sans doute... Au plus profond de moi-même, j'ai su que j'avais besoin de toi, que ta présence auprès de moi me donnait du courage, même si je refusais ce qui se passait.

Moi aussi, j'ai refusé...

Seb réalisa soudain qu'il aimait Jodie probablement depuis leur toute première rencontre. Et cela changeait tout. Ses envies, ses choix, ses priorités... tout. L'amour prenait la première place en lui. Son amour pour Jodie.

— Jodie, ma chérie, j'ai vraiment besoin de toi. Énormément.

— Moi aussi...

Il la regarda dans les yeux, la découvrant enfin sous son vrai jour. Une femme forte, entière, merveilleuse. Cette femme était exceptionnelle. C'était la femme avec laquelle il voulait passer sa vie, et il avait l'intention d'apprendre à la connaître, jour après jour.

Il s'éclaircit la voix. La question qu'il s'apprêtait à lui poser était cruciale.

— Pourquoi as-tu accepté de m'épouser ?

— Pour ton travail, murmura-t-elle. Je savais ce qu'il représentait.

— Alors le million...

— Il a déjà été distribué.

— Distribué ? Comment ça ?

— Il existe une association créée dans le Queensland rural qui soutient les jeunes mères, les aide à garder leur bébé si elles le souhaitent. Cette association leur donne des conseils en matière de maternité et leur permet de poursuivre leurs études. Ce million sera utile. D'accord, c'est une goutte d'eau dans l'océan, mais tu n'es pas le seul à vouloir sauver le monde, pas vrai ?

Les larmes coulèrent sur ses joues tandis qu'elle poursuivait en s'efforçant de sourire :

— Et toi, tu vas devoir apprendre à te reposer ! Travailler moins... Penser à toi. Sinon, tu risques de tomber gravement malade, encore plus malade. Tu vois, moi, j'ai été sauvée par le surf. Mais toi, qu'est-ce qui va te sauver ?

Elle prit une grande inspiration, s'essuya les paupières et ajouta :

— Seb, je t'aime. Je l'ai compris et ça a changé ma vie. Mais je ne peux pas rester les bras croisés pendant que tu te tues au travail. J'ai passé quinze ans à n'avoir besoin de personne. Maintenant, tu es là, avec moi, et je tiens beaucoup à toi. Donc...

— Jodie, souffla-t-il. Tais-toi et écoute-moi.

Surprise, elle le regarda en silence.

— Je t'aime aussi.

Elle secoua la tête.

— Tu ne peux pas. Tu devras rencontrer quelqu'un d'autre. Une femme plus... honorable que moi.

— Tu te moques de moi ? Une femme meilleure que toi ? Une femme qui a eu un bébé alors qu'elle était trop jeune pour y faire face, mais qui s'en est bien sortie ? Qui a affronté le jugement cruel de ses parents ? Une femme qui a accepté le manque après avoir dû confier son enfant à une autre famille, qui a construit une carrière, qui est devenue une surfeuse aux compétences si extraordinaires qu'elle les transmet à des enfants ? Une femme qui plonge sans hésiter dans les vagues pour sauver un vieillard mégalomane de la noyade ? Une femme qui m'aide à sauver des vies dans un bus accidenté ? Tu es une femme unique, exceptionnelle... et extrêmement honorable !

Seb marqua une pause et fronça les sourcils.

— Jodie, tu as répondu à cette lettre ?

— Non.

Elle était visiblement déstabilisée.

— Tu l'as reçue il y a dix jours et elle est restée sur la table depuis ? Tu l'as ignorée ?

— Je ne l'ai pas ignorée. En fait...

Elle secoua la tête, presque étonnée.

— Je l'ai plutôt oubliée, avoua-t-elle.

— Tu as oublié ce qui, pour toi, est essentiel ? Tu as oublié l'être le plus important de ta vie ?

— Tu étais en train de mourir.

— Je ne suis pas mort.

Seb sourit, ému, conscient qu'en lui tout se mettait en place de manière juste. Il était agenouillé devant la femme qu'il aimait profondément. Le reste – la médecine, Al Delebe, l'entreprise Cantrell – devrait s'adapter à ce qu'il ressentait.

Et ce fut soudain un vœu. Professionnellement, il lui faudrait déléguer plus souvent, faire davantage confiance, être toujours aussi déterminé, oui, mais s'il n'avait pas Jodie auprès de lui... S'il ne partageait pas sa vie avec Jodie... Si elle n'acceptait pas de poursuivre avec lui pour toujours...

Je pourrais continuer à me battre pour de bonnes causes, changer les choses... avec Jodie !

Cette certitude s'ancra en lui. Ferme et définitive.

— Tu es d'accord pour m'épouser ?

C'était une question formulée simplement mais avec un tel amour, une telle conviction que même Freya, qui fouinait sous la table en quête de miettes de gâteau, leva la tête pour écouter.

— Seb…

— M'épouser vraiment. Tu m'as épousé la première fois pour que mon monde puisse continuer. Maintenant, je te demande si je peux faire partie de ton monde, Jodie chérie. Oui, mon travail est important, mais je vais l'organiser différemment, pour avoir plus de temps libre. Il faut que je partage ma vie avec toi… Et que je partage ta vie. Vivre sur cette île, rencontrer ta fille, éduquer Freya, apprendre à surfer grâce à toi… Parce que tu m'apprendras, d'accord ? Par moments, ce sera compliqué, il y aura tant de choses à régler, mais si on est ensemble, main dans la main, on sera plus forts, et tout sera possible… Alors, Jodie, s'il te plaît, veux-tu m'épouser ?

Il y eut un long, très long silence. Il lui tenait le visage entre ses mains. Elle le regardait, et tant de questions, tant de réponses s'exprimaient dans ses prunelles.

Puis, finalement, elle sourit.

— Oui, murmura-t-elle d'une voix enrouée par l'émotion.

Seb l'enlaça passionnément et chercha ses lèvres pour dire, avec son baiser, tout ce qu'il ne pouvait formuler avec des mots.

Le mariage fut organisé rapidement, et très simplement.

Jodie, Seb, leur petite chienne Freya, Angus et Misty, leurs deux témoins, se réunirent dans la chapelle de l'île.

Cette fois, les vœux devaient être prononcés dans un lieu sacré. Des vœux venus du cœur, sans qu'il y ait besoin d'un prêtre ou d'une personne officiant au nom de quelque culte que ce soit.

Cette fois, pas de tenues spéciales, costumes ou déguisements. Pas de parure. La mariée portait un short et un chemisier blanc. Ses jambes étaient nues, ses cheveux, lâchés dans le dos. Le marié avait revêtu un pantalon chino et une chemise décontractée. La mariée tenait un petit bouquet d'acacia, cueilli le matin même dans le jardin de leur maison. Le marié avait attaché une fleur à la poche de sa chemise.

— Moi, Jodie, je te veux comme époux, Seb, et je t'aimerai jour et nuit à partir d'aujourd'hui...

— Moi, Seb, je te veux comme épouse, Jodie, et je t'aimerai jour et nuit à partir d'aujourd'hui...

Ces vœux n'étaient destinés qu'à eux.

Puis, alors qu'Angus et Misty tenaient tant bien que mal Freya, qui cherchait à bondir de joie pour montrer sa propre approbation, alors que le flûtiste que Misty avait secrètement invité jouait une version simple et sublime de *Perfect* d'Ed Sheeran, alors que les vœux qu'ils avaient prononcés résonnaient dans la chapelle, Seb Cantrell et Jodie Tavish se sourirent et sortirent main dans la main sous le soleil...

Épilogue

C'était fait. Elle s'était organisée pour rencontrer Hali.

En réponse à la lettre qu'elle avait reçue, Jodie avait proposé d'aller à la rencontre de sa fille là où celle-ci le souhaiterait. Mais, étonnamment, Miriam et Bob Holt – les parents adoptifs – avaient indiqué qu'ils vivaient dans l'une des banlieues éloignées de Brisbane et qu'ils souhaitaient se rendre sur l'île Kirra en ferry.

Miriam avait tenu à rendre ce moment moins formel.

— Et si on apportait un pique-nique ? On irait manger tous ensemble à la plage, avait-elle suggéré lorsque Jodie lui avait téléphoné. Hali est très nerveuse à l'idée de vous voir… Si elle pouvait se baigner, ça aiderait à rompre la glace… Elle a un petit frère, adopté quatre ans après Hali, et tous deux adorent la mer. S'ils jouent dans l'eau, s'ils s'amusent, il y aura moins d'angoisse.

C'était une bonne idée, mais pour Jodie l'enjeu était tel que, quoi qu'ils fassent, elle aurait la boule au ventre. Heureusement, Seb et la petite chienne Freya étaient à ses côtés. Ils avaient vérifié qu'il n'y avait pas d'allergies aux poils de chien dans la famille de Hali, et par chance ce n'était pas le cas.

Par un magnifique samedi après-midi, un mois après leur véritable mariage, Seb et Jodie gagnèrent l'une des plus belles plages de Kirra et s'installèrent pour attendre l'arrivée de Hali.

Le taxi se gara juste à l'heure annoncée. Jodie emprunta hâtivement le chemin menant au parking…

Et elle se retrouva soudain face à sa fille.

Hali. Quinze ans. Blonde, mince, avec des taches de rousseur. Grande pour son âge.

La jeune fille essaya de sourire malgré son évidente nervosité. Derrière elle, ses parents et son petit frère souriaient eux aussi d'un air anxieux.

— Je suppose… que tu dois être ma mère biologique, dit-elle simplement.

Jodie se contenta d'acquiescer, submergée d'émotions où joie et émerveillement se mêlaient.

— Je voulais te rencontrer, ajouta Hali en la regardant dans les yeux.

— Moi aussi, murmura Jodie, bouleversée. Depuis longtemps.

— Nous aussi, depuis longtemps.

Hali désigna son frère, un gamin dégingandé, tout en bras et en jambes.

— Josh a rencontré sa mère biologique à l'âge de huit ans. Mais elle n'était pas très intéressée. Pourquoi tu n'as pas voulu qu'on se voie avant ?

La question la plus importante…

Jodie fut presque désarçonnée par une telle franchise.

Elle avait imaginé qu'il faudrait de nombreux rendez-vous, peut-être en présence d'une personne médiatrice ou spécialiste de la thérapie familiale qui les aiderait à formuler les choses tout en canalisant le trop-plein émotionnel…

Mais Hali allait droit au but.

Chamboulée, Jodie jeta un coup d'œil à Seb. Il lui tenait la main, ses doigts chauds et forts autour des siens. Quant à la chienne, elle reniflait Hali, qui, à cet instant, s'agenouillait pour la caresser.

Miriam et Bob se tenaient en retrait, laissant leur fille agir à sa guise. Tous deux souriaient, émus.

Jodie s'obligea à se ressaisir et s'éclaircit la voix avant de prendre la parole.

— Je ne savais pas comment faire pour te rencontrer, dit-elle avec sincérité. Hali, je ressentais tellement de craintes, de tristesse, de doutes… Je t'ai donné naissance trois jours après mes quinze ans – j'étais plus jeune que toi maintenant – et j'étais perdue. Je n'avais pas de parents affectueux. Ils m'ont rejetée. J'étais seule, j'avais peur… Mais j'étais sûre d'une chose : je voulais que tu aies des parents qui t'aiment. Des parents qui ne te laisseraient pas toute seule, apeurée.

Jodie soutint le regard clair de sa fille.

— Jusqu'à présent, soit je me sentais encore trop jeune, trop immature, peut-être, soit je n'étais pas assez courageuse pour affronter la réalité et venir à ta rencontre. J'avais tellement honte de ne pas avoir pu te garder auprès de moi, et t'élever, te choyer…

Jodie s'interrompit et un long silence s'établit. Hali paraissait réfléchir. Tout le monde semblait retenir son souffle tandis que la jeune fille examinait Jodie de la tête aux pieds, songeuse.

— Tu as l'air cool, lâcha-t-elle d'un ton déterminé.

Elle hésita avant d'ajouter plus timidement :

— Et mon… père biologique ?

— C'était un adolescent, lui aussi. On n'est pas restés en contact, mais il sait que tu es née et que tu as été adoptée. Si tu le souhaites, on pourrait peut-être trouver un moyen de le rencontrer…

— Vous étiez amoureux ?

— J'étais une très jeune adolescente…

Jodie prit une profonde inspiration.

— Je ne savais pas ce qu'était l'amour.

— Et maintenant, tu le sais ?

Un sourire s'épanouit sur les lèvres de Jodie. *Aujourd'hui, tout a changé… Seb et moi sommes ensemble, unis pour toujours…*

— Oui, Hali, maintenant, je sais ce que c'est que l'amour.

Mais Hali se désintéressait déjà de cette question. Elle s'était tournée vers la mer et regardait les palmiers, le sable doré, les planches de surf de Seb et Jodie, posées près des transats qu'ils avaient apportés.

— C'est top, ici ! Tu fais du surf ?

— Oui, souvent.

— Je n'ai jamais surfé, confia Hali à regret.

Elle se tourna vers Seb.

— Vous surfez tous les deux ?

— Je ne surfe pas très bien, avoua Seb. Mais...

Il enlaça Jodie par les épaules.

— Ma femme chérie m'apprend. D'ailleurs...

Il marqua une pause, parut hésiter, regarda alternativement Jodie et Hali.

— Jodie est une excellente professeure. Il suffit qu'on s'organise, et peut-être, si tu es d'accord, pourra-t-elle également te donner des cours ?

— Alors à moi aussi ! s'exclama Josh avec enthousiasme. On fait partie de la même famille. Si Jodie donne des cours à Hali, il faut qu'elle m'en donne à moi !

— On est bien d'accord, dit Seb en souriant, échangeant un regard plein d'amour avec Jodie.

— Bien sûr !

Jodie sentait son cœur se gonfler de joie... Une joie infinie. Et lorsque Seb l'embrassa tendrement, puis s'écarta pour aller préparer les planches de surf, un bonheur immense l'envahit.

— Pas de souci, on s'organisera pour les cours ! affirma-t-il. La famille avant tout ! Et on a de la chance d'en avoir une... Pas vrai, ma chérie ?

Le sourire aux lèvres, Jodie s'avança vers lui pour se blottir dans ses bras.

— Oh oui, mon amour... On a de la chance...

Vous avez aimé ce roman ?
Retrouvez en numérique les docteurs de l'île Kirra :
1. *Un bébé pour deux médecins*
2. *Un mariage si éphémère*

TRACI DOUGLASS

Passion pour un pompier

Traduction française de
C. DUTEIL

BLANCHE

HARLEQUIN

Titre original :
HER FORBIDDEN FIREFIGHTER

1

— Je ne suis *pas* perdue, déclara Luna Norton à l'écureuil qui l'observait au bord du chemin boisé. J'ai déjà suivi cette piste un million de fois... Tu ne saurais pas quelle direction prendre, par hasard ?

Le petit animal fronça le museau, fit volte-face et disparut dans les fourrés. Voilà le résultat quand on demandait son chemin à une bête sauvage...

Luna essaya de s'orienter dans le brumeux soleil hivernal qui filtrait à travers les branches des conifères, son téléphone dans une main, son carnet de croquis dans l'autre. Autour d'elle, la forêt émeraude portait encore les traces de la dernière tempête de neige. Malgré les températures de mi-janvier, les bois bourdonnaient d'activité ; on y distinguait de nombreux oiseaux et écureuils.

Elle était habituée à la vie animée dans la petite bourgade de Wyckford, Massachusetts, avec ses boutiques pittoresques et ses restaurants chaleureux. Mais, deux fois par mois, elle s'évadait dans la nature pour échapper au stress et à ce qu'elle n'avait pas envie d'affronter. À trente-cinq ans, elle aurait probablement dû avoir de meilleures capacités d'adaptation que la fuite, mais on ne changeait pas une formule gagnante.

Avec un bâillement, elle tourna en cercle en quête du bon sentier, difficile à trouver en raison de la neige. Levée avant l'aube ce matin, elle avait assuré ses heures de physiothérapie au Wyckford General Hospital avant d'aller passer l'après-midi en forêt. Et voilà qu'elle doutait de la direction à prendre.

Avec un soupir, elle tenta encore de se repérer à l'aide du GPS de son téléphone, mais il était toujours hors réseau.

Formidable.

Elle marcha un long moment dans la direction qu'elle croyait la bonne, guettant les barres sur son écran. En janvier, le terrain n'avait pas le même aspect qu'en été, mais Luna était douée en orientation. Et elle s'était préparée à affronter le froid avec d'épais vêtements d'hiver. Elle n'était pas comme ces touristes idiots qui se perdaient dans ces bois une fois par semaine. Elle savait ce qu'elle faisait. Elle n'attendait pas passivement les choses, elle manquait même de patience. Elle était du genre fonceuse. Du moins jusqu'à ce que le destin s'en mêle.

Luna avait passé toute son existence à Wyckford, et on pouvait dire qu'elle avait réussi. Un bon emploi, un bel appartement, une famille aimante, des amis formidables. Mais, si elle était comblée, elle aspirait à plus depuis que ses amies Cassie Murphy et Madi Scott avaient trouvé l'âme sœur, l'amenant à réaliser avec un sentiment de malaise ce qui manquait à sa propre vie. Elle se sentait exclue de leur bonheur insolent, même si elle ne croyait plus aux contes de fées depuis bien longtemps.

Luna avançait en évitant les obstacles, les rochers, les racines saillantes, les arbres abattus au tronc énorme. Confiante en son sens de l'orientation, elle progressait parmi les immenses sapins dont elle ne distinguait même pas la cime et se sentait minuscule, insignifiante.

Elle devait donner un but à son existence, une nouvelle direction. Un peu de paix serait aussi appréciable. Et l'amour ? Elle ne s'en souciait guère. L'amour, au sens romantique, en tout cas, était effrayant, dangereux, à fuir absolument. Ses histoires passées se limitaient à une poignée d'aventures d'un soir et de relations qui avaient au plus duré quelques mois, mais cela lui convenait ainsi. Elle préférait de loin sa liberté et sa sécurité au pompeux serment qui engageait un couple à s'aimer jusqu'à la mort.

S'arrêtant pour scruter son GPS – toujours hors service –, elle en profita pour faire une pause et ouvrit son sac à dos, dont elle sortit un brownie. Assise sur un rocher, elle soupira de plaisir à la perspective de se reposer un moment.

C'est alors qu'un oiseau fondit sur elle en piqué. Elle sursauta violemment et contempla, navrée, son gâteau gisant dans la neige poussiéreuse. Avec un soupir, elle consulta sa montre connectée. 16 h 30. Elle estima qu'elle avait peut-être encore une demi-heure pour sortir de la forêt avant la tombée de la nuit. Hissant son sac sur ses épaules, elle décida de revenir sur ses pas jusqu'à son point de départ. Peu après, un étrange bruissement la fit se retourner d'un bond, tandis que les poils de sa nuque se hérissaient.

— Il y a quelqu'un ?

Le bruit cessa, et elle aperçut un éclair bleu dans les buissons. Une capuche ?

— Il y a quelqu'un ? répéta-t-elle, le cœur battant, la gorge sèche. Qui est là ?

Pas de réponse.

Luna glissa la main dans la poche de sa parka pour attraper son couteau suisse.

Nouveau froissement léger, puis elle entrevit quelque chose…

— Hé ! hurla-t-elle.

Le silence retomba. Elle était seule.

Le sang battant à ses oreilles, elle se retourna, regarda autour d'elle.

Elle revint sur ses pas, mais rien ne lui semblait familier, et elle refit demi-tour. Complètement désorientée, elle essaya de nouveau son téléphone. Toujours pas de réseau.

Ne panique pas.

Avisant une trouée dans les conifères, Luna en prit la direction. Elle aurait peut-être une meilleure réception dans une clairière.

Mais, en émergeant des arbres, elle se retrouva au bord d'un talus escarpé surplombant le lit d'un ruisseau gelé hérissé de morceaux de glace déchiquetés.

Le sol était glissant sous ses pieds, et, quelque part derrière, elle entendit encore le curieux froissement.

Elle recula prudemment pour s'éloigner du bord, le nez irrité par la piquante odeur de pin. Regardant autour d'elle, elle se demanda quel animal pouvait rôder dans le coin en quête de son prochain repas. Elle avait lu quelque part qu'il y avait des lynx dans cet État, mais surtout au centre et à l'ouest. Et des ours noirs. D'après de récents témoignages, ils se rapprochaient de plus en plus des villes pour trouver de quoi se nourrir. Elle aurait dû apporter du répulsif à ours.

Pourquoi je n'ai pas pris de répulsif à ours ?

Le soleil descendait rapidement, et elle devait se secouer avant que la température chute sous 0 °C, avec la nuit. Elle resserra sa paume sur son couteau pour se rassurer en déplorant de ne pas avoir apporté un autre brownie.

Elle revint dans la forêt, dont la bruyante cacophonie l'assaillit. Des oiseaux. Un hurlement mélancolique au loin. Le corps couvert de chair de poule, elle scruta les alentours en s'efforçant d'identifier les sons, tendue à l'extrême. Elle finit par percevoir un bruit de pas venant de la direction opposée à celle qu'elle avait prise.

Des pas discrets, mais Luna avait une oreille infaillible pour entendre approcher quelqu'un, même dans son sommeil. Son cœur s'affola tandis que de vieux souvenirs lui revenaient, d'une démarche lourde, titubante, se dirigeant vers sa chambre...

Tu m'es redevable, Luna.

Les pas se rapprochaient, plus pesants. Un homme, qui n'essayait même pas de se cacher. Luna resserra ses doigts sur son couteau, au cas où. Puis, au détour d'un immense conifère, il apparut. Grand, athlétique, séduisant, et surtout *familier* !

C'était Mark Bates. Un pompier d'ici. Ils se croisaient

régulièrement au Wyckford General, et elle l'avait côtoyé quand elle avait donné des cours de stretching à la brigade de sapeurs-pompiers dans le cadre du programme de prévention des accidents du travail. Toutes les dames de Wyckford craquaient pour le beau pompier, ce que Luna attribuait autant à la testostérone qu'au prestige de l'uniforme. Les femmes avaient un faible pour les hommes en uniforme.

Sauf Luna. Il y avait longtemps qu'elle avait appris à ne pas se fier aux apparences.

Debout près d'un grand pin, il portait une parka noire ornée du logo réfléchissant des pompiers de Wyckford, et un bonnet de laine rouge sur ses cheveux blonds. Des lunettes de soleil pendaient à son cou, et ses yeux bleu clair ne manquaient rien de ce qui l'entourait dans le crépuscule naissant. Son regard pétillant contrastait avec son sourire nonchalant, calme et détendu, mais Luna soupçonnait Mark d'être synonyme de problèmes avec un grand P, *surtout à cause de son scandaleux pouvoir de séduction,* et il y avait longtemps qu'elle ne recherchait plus les ennuis.

Bon sang. Parmi tous les habitants du coin, il fallait qu'elle tombe sur lui...

Immobile, elle gardait le silence, mais l'attention de Mark se porta directement sur elle.

— Il est un peu tard pour se balader seule ici, non ?

S'il espérait entendre Luna admettre qu'elle était perdue, il se transformerait en bloc de glace avant.

Comme elle ne répondait pas, le sourire de Mark s'élargit.

Il la trouvait puérile et immature ? Probablement. Mais elle n'aimait pas sentir son pouls s'affoler et sa peau s'échauffer quand il était dans les parages. Cela l'effrayait, et elle refusait d'avoir peur. Et de solliciter son aide. Même s'il avait l'air de savoir comment la sortir de cette fichue forêt.

— Vous avez besoin d'aide pour regagner votre voiture ? demanda-t-il quelques instants après. Je connais bien le secteur, car les pompiers s'entraînent souvent par ici.

Luna carra les épaules pour l'impressionner.

— Tout va bien. Je connais ces bois, moi aussi. Je ne serais pas venue ici dans le cas contraire.

Il sourit, et ses dents blanches étincelèrent dans l'obscurité croissante.

— Parfait, alors.

— Parfait, répéta-t-elle.

Son sourire insolent l'irritait au plus haut point. Comme s'il savait qu'elle mentait. Ce qui était impossible, car Luna maîtrisait à la perfection l'art de dissimuler les secrets. Mais qu'importait. Elle n'avait pas le temps de bavarder avec lui. Elle agita une main dédaigneuse en passant devant lui.

— À plus tard. Vous devez avoir des chatons à secourir quelque part...

— Leur sauvetage me prend effectivement beaucoup de temps, admit-il d'un ton jovial. Mais, si vous voulez sortir de la forêt, je vais peut-être vous suivre. Pour la compagnie.

Sa voix grave avait un effet bizarre sur le ventre de Luna. Plus bas aussi, mais elle jugea plus prudent de ne pas s'appesantir sur la question. Ce trouble inapproprié ne faisait que conforter sa détermination à le fuir. Elle lui adressa un sourire mielleux.

— Je n'ai pas besoin de compagnie, dit-elle, sarcastique.

— D'accord, fit Mark avec un haussement d'épaules indifférent pendant qu'ils marchaient côte à côte. Vous l'ignorez peut-être, mais je ne fais pas qu'en découdre avec les chatons ; voler à la rescousse des belles jeunes femmes fait aussi partie de mon travail.

— Je n'ai pas besoin d'être secourue...

Outragée, Luna s'apprêtait à le remettre à sa place quand un cri strident retentit au-dessus d'elle. Elle se jeta à terre en se couvrant la tête de ses bras, mettant à mal son image de dure à cuire.

— Une chouette, remarqua Mark avec une pointe d'amusement. Elle se prépare à partir en chasse.

Luna se redressa tandis qu'un autre animal hurlait dans le lointain.

— Et ça ? Ce n'était pas une chouette.

— Un coyote, répondit-il. Il y a de nombreux prédateurs dans ces bois.

— Je sais, glapit-elle, toussotant pour éclaircir sa gorge serrée. D'habitude, je suis partie quand ils sortent de leur tanière. Il faut que je rentre chez moi.

Mark haussa les épaules et la suivit, imperturbable.

— Vous devez avoir entendu parler des récentes observations d'ours et...

Sans répondre, Luna concentra son attention devant elle. Sous sa charmante apparence d'ange gardien, il incarnait tout ce dont elle se méfiait. Elle avait déjà été victime de ce genre d'homme, et ses cicatrices internes en témoignaient. Sourire facile, nature cool, manières simples, tout n'était que comédie, aussi sexy soit l'enveloppe.

Mark adorait son métier. Après avoir été dans l'armée, il avait appartenu aux sapeurs-pompiers de Chicago, et il n'était pas mécontent de ne plus avoir à affronter des feux de grande ampleur, des incendies d'immeubles, ou à utiliser des pinces de désincarcération au quotidien. Mais sa journée à la brigade de sapeurs-pompiers de Wyckford avait commencé dès l'aube, quand deux de ses collègues – ils étaient cinq en tout – avaient été portés malades, obligeant Mark à renoncer à un jour de repos bien mérité.

Après avoir passé de longues heures à ranger des fournitures à la caserne et nettoyer de fond en comble le camion de pompiers, il avait accompagné à l'hôpital les ambulanciers qui transportaient un malade cardiaque, un patient allergique aux coquillages et une victime du Viagra à la maison de retraite. Il avait ensuite regagné la caserne pour gérer la paperasse avant d'être envoyé ici pour vérifier les barrières antifeu des chemins forestiers.

Bonus inattendu, il était tombé sur Luna Norton en pleine forêt, avec ses jambes interminables moulées dans un jean délavé sous sa grosse parka, ses bottes fourrées, et ses yeux gris pleins de méfiance.

Comme chaque fois qu'il la voyait, Mark avait senti son cœur bondir dans sa poitrine.

Bon sang, qu'elle était belle. Malgré sa froideur glaciale qui tenait les gens à distance, comme si elle brandissait une pancarte « Interdiction d'approcher ». Il ne pouvait s'empêcher de se demander pourquoi, même si cela ne le regardait pas.

Elle n'était même pas son genre. Mais quelque chose l'attirait chez elle. Depuis son arrivée à Wyckford, il avait constamment les yeux rivés sur elle, même si elle faisait son possible pour l'éviter, ce qui n'était pas facile car ils se croisaient souvent entre l'hôpital, la caserne de pompiers et le Buzzy Bird, le restaurant des parents de Luna. Et, depuis deux ans qu'il était là, il ne l'avait jamais vue sortir avec quelqu'un.

Cela l'intriguait.

Non qu'il fût lui-même un séducteur. Il en avait fini avec les relations amoureuses depuis l'échec de son mariage, à Chicago. Dès que le divorce avait été prononcé, il avait dit adieu à l'amour, et il se félicitait d'être seul. Sans engagement. Sans complication. Sans problème. Il ne voyait personne depuis son installation à Wyckford et s'en portait très bien. Même si les nuits pouvaient parfois être longues et froides, surtout à cette période de l'année.

Il était bien tout seul. Parfaitement bien.

Ils continuaient à marcher dans la direction opposée au parking, mais Mark n'avait aucune envie de contredire cette belle femme sur le sentier de la guerre. Si elle persistait à jouer les adorables entêtées, tant pis. Il risqua un coup d'œil vers elle dans la lumière qui déclinait rapidement. De courts cheveux noirs jaillis d'un bonnet de laine rose encadraient son visage, ses lèvres pêche luisaient sous le baume, et sa mine dure et son menton fièrement dressé trahissaient son opiniâtreté.

Il tenta une autre approche.

— Vous faites souvent des randonnées ici, l'hiver ?

Elle regarda les derniers rayons du soleil couchant et lui adressa un sourire crispé.

— Ouais.

Pour la énième fois, Mark se demanda comment elle était quand elle souriait *vraiment*. Il remarqua la tension à la commissure de ses lèvres et au coin de ses yeux. Elle avait peur, et il sentit s'éveiller son instinct protecteur, mais aussi sa curiosité, ce qui était dangereux pour un homme que l'amour n'intéressait plus.

— Bien, déclara-t-il aimablement. Vous savez donc que nous avançons dans la mauvaise direction.

Elle s'arrêta et lui fit face, les mains sur les hanches, les lèvres pincées.

— Vous auriez pu le dire trois cents mètres avant.

— Oui, mais je tiens à la vie, répliqua-t-il.

Il s'adossa à un arbre et s'amusa de son air agacé. La journée avait été interminable, la nuit s'annonçait encore pire, et cette petite parenthèse était une agréable distraction. Il voulait comprendre comment, si elle était déjà venue dans cette forêt, Luna pouvait s'être égarée à ce point.

Elle poussa un soupir et partit dans la direction opposée, faisant encore fausse route.

— Besoin d'aide ? demanda Mark derrière elle.

Elle se retourna lentement, les dents serrées. Il était toujours adossé au sapin, les bras croisés sur sa large poitrine. Ce qui la rendit encore plus furieuse. Il l'observait comme s'il avait tout son temps et pas le moindre souci au monde.

Ce qui était vrai. Il n'était pas perdu, *lui*.

Un courant électrique crépitait entre eux.

Il y avait longtemps que Luna n'avait pas éprouvé cette tension devant un homme et, ne sachant comment réagir, elle opta pour la colère familière. Car les hommes étaient dangereux, et elle savait que sous le vernis qu'ils s'étaient choisi – gentillesse, humour, sex-appeal – leur vraie nature était tapie, attendant de se révéler au grand jour.

Elle côtoyait Mark depuis deux ans et, pour sa défense, il avait toujours été… lui-même. Amusé, tendu ou fatigué, il restait maître de lui, d'humeur égale. Rien ne semblait l'affecter. Luna devait admettre qu'il la rendait perplexe.

Elle croisa les bras.

— Non.

Il dressa un sourcil poliment sceptique.

Elle refusait d'admettre sa défaite, mais le soleil avait presque disparu, maintenant, et la température chutait drastiquement.

— Indiquez-moi juste la bonne direction, je vous prie.

Ce qu'il fit. Et Luna prit le bon chemin d'un pas décidé.

— Attention aux ours, cria Mark. À trois heures.

Elle se figea, jeta un coup d'œil à droite, et vit une ombre immense, lourdaude. Un ours. Un *gros* ours. Qui profitait des derniers rayons du soleil en se frottant le dos contre le tronc d'un conifère, ses énormes pattes en l'air, confiant dans sa position au sommet de la chaîne alimentaire.

Retenant son souffle, Luna se rappela en un éclair les attaques de plantigrades évoquées à la télévision. Il y avait un moment qu'elle n'était pas venue dans cette forêt, et cette randonnée risquait d'être la dernière parce qu'elle ne s'était pas correctement préparée.

Pense à prendre du répulsif à ours la prochaine fois… s'il y en a une. Et une bonne vieille boussole.

Lentement, elle recula d'un pas, d'un autre, puis d'un autre, jusqu'à ce qu'elle étouffe un cri en entrant en collision avec Mark.

— C'est juste un ours noir, lui chuchota-t-il à l'oreille, son souffle tiède lui caressant la peau pendant que ses grandes mains lui frictionnaient doucement les bras. Tout va bien.

Bien ? Le plantigrade était de la taille d'un autobus et se tortillait en poussant des grognements extatiques, dégageant une puissance terrifiante à chacun de ses mouvements.

— Est-ce qu'il nous voit ? murmura-t-elle.

L'ours tourna sa grosse tête poilue vers eux et les étudia.

J'imagine que ça veut dire oui.

En une réaction instinctive, Luna enfouit son visage contre la poitrine de Mark tandis que ses bras robustes se refermaient autour d'elle.

— Si vous parlez de ça à qui que ce soit, je vous tue...

Pour une fois, il ne sourit pas, et son regard bleu était indéchiffrable quand elle leva les yeux et le scruta.

— Soyez tranquille. De toute façon, je ne suis pas facile à tuer.

2

La méfiance de Mark s'accrut. Luna avait sursauté comme une cinglée un peu plus tôt, et pas juste à cause de l'ours. Cela le tracassait. Beaucoup.

— Je vous tiens, dit-il.

— Je me tiens toute seule, marmonna-t-elle contre sa poitrine, retrouvant sa nature sarcastique. Mais je ne suis pas fan des ours.

Sans se rendre compte de ce qu'il faisait, Mark lui caressa le dos pour l'apaiser en s'efforçant d'ignorer son doux contact. Sa… fragilité. Depuis qu'il la connaissait, il n'avait jamais considéré Luna Norton comme une personne fragile. Il l'avait vue enseigner à une brigade de pompiers baraqués comment soigner leurs articulations douloureuses lors de sessions bimensuelles à la caserne, gérer des imbéciles arrogants, assister des patients deux fois plus gros qu'elle pendant ses séances de physiothérapie à l'hôpital. Il l'avait toujours trouvée forte, à la fois physiquement et mentalement.

Mais il s'était peut-être trompé…

Quoi qu'il en soit, il n'avait pas très envie qu'ils servent de collation à un ours ce soir. Il écarta doucement Luna et la poussa derrière lui pour se placer entre elle et l'animal.

— Rassurez-vous. Nous ne servirons pas d'appâts ce soir.

Agrippée à sa veste, elle se pressa contre lui pour jeter un coup d'œil à l'ours, qui continuait à se gratter contre le tronc d'arbre, indifférent à leur présence.

— Comment vous le savez ?

— D'abord, il faudrait qu'il me passe sur le corps, et, compte tenu de ma masse musculaire, il serait vite rassasié. De plus, les ours noirs sont extrêmement peureux, et je parie que si nous faisons un pas vers lui il détalera.

— Vraiment ?

— Vraiment. Regardez, dit-il.

Et il se mit à agiter les bras.

Le plantigrade leur jeta un regard de reproche, puis s'éloigna pesamment et disparut parmi les arbres avec un grognement mécontent.

Mark prit une grande inspiration pour calmer sa nervosité et se tourna vers elle.

— Si vous venez souvent ici, vous auriez dû être prête à toute éventualité.

— Je suis prête à toute éventualité. En général, dit-elle en regagnant le sentier sous la pleine lune qui se levait. Mais je n'ai pas l'habitude de m'aventurer ici la nuit… ni de m'égarer.

Ah ! Elle était donc perdue…

Il en éprouva un plaisir inattendu, et son instinct de protection se réveilla. Il lui emboîta le pas.

— Je vais vous escorter, alors.

Elle marmonna et continua à marcher devant lui. Ce qui était aussi bien, car, maintenant qu'il était avec la seule femme qui l'ait troublé depuis fort longtemps, il ne savait pas comment se comporter. Il manquait de pratique avec les femmes depuis son divorce, des années plus tôt.

Sa radio crépita et la voix de la dispatcheuse se fit entendre.

— On a un problème.

Les sens en alerte, Mark s'arrêta, tira la radio de sa ceinture et la porta à son oreille pendant que Luna continuait à marcher en direction du parking public.

— Bates, où vous êtes ?

— Dans la forêt. Je contrôle les barrières coupe-feu. Pourquoi ?

— Mauvaise nouvelle, dit la femme de sa voix éraillée de fumeuse que contredisait une excellente condition physique. Un arbre mort est tombé il y a vingt minutes sur la route de la ville. Une équipe est partie déblayer la voie, mais, vu la taille de l'arbre, elle ne sera sûrement pas dégagée avant l'aube.

Il y avait pire, comme nouvelle. Il avait campé ici bien des fois l'hiver, et il avait tout l'équipement nécessaire dans sa camionnette. Certes, il faisait froid, mais il avait une veste en polaire, comme ses gants et son bonnet. Tout irait bien.

— Il semble que je doive rester, alors. Retirez-moi du tableau de service.

— Message reçu.

Suivant la direction prise par Luna, Mark emprunta un raccourci pour gagner le parking. Avec la pleine lune, il n'avait même pas besoin de lampe torche, et il se faufilait tranquillement parmi les épicéas, les sapins, les pins et les cèdres. Il atteignit le parking avant elle, et il rejoignait sa camionnette quand Luna émergea du sentier sans le voir.

Il l'interpella en espérant ne pas l'effrayer. Mais elle pivota sur elle-même, les yeux fous, prête à se battre.

— Ce n'est que moi, dit-il d'une voix douce en levant les mains, l'haleine gelée dans l'air glacial du soir.

— Que diable faites-vous là ? Vous voulez me faire mourir de peur ? grommela-t-elle, allant vers lui en boitant un peu. Comment êtes-vous arrivé si vite ?

— J'ai pris un raccourci, répondit-il, les yeux fixés sur sa cheville. Vous vous êtes fait mal ?

— Ça va, dit-elle, le lorgnant sans aménité à la lueur de la lune. Vous auriez pu penser à me parler de ce raccourci...

Mark se détourna pour qu'elle ne le vît pas sourire. Il adorait la bagarre.

— Nous avons hélas un autre problème à régler, annonça-t-il.

La route menant en ville est bloquée. Ma dispatcheuse vient d'appeler.

— Bloquée ? répéta-t-elle, sceptique. Bloquée comment ?

— Par un vieil arbre mort tombé en travers. L'équipe de déblaiement n'aura pas dégagé le chemin avant l'aurore.

Elle le regarda en clignant des yeux, s'efforçant d'assimiler ce que cela signifiait.

— Une minute... Alors on est coincés ici cette nuit ?

— Oui, répondit-il, levant la tête pour étudier le ciel criblé d'étoiles. Mais ce n'est pas si grave, je vous assure. Vous avez déjà campé ici l'hiver ?

Elle leva les yeux, mal à l'aise.

— Non.

— Il fait froid, mais c'est très beau. Toute cette neige d'un blanc immaculé... Pas de lampadaires, pas de pollution lumineuse, rien. Juste la galaxie au-dessus de nous.

— Et les engelures ? L'hypothermie ? observa-t-elle en se frictionnant les bras.

Il examina sa doudoune et ses bottes. Au moins, elle était bien équipée.

— Vos vêtements sont adaptés au froid. À condition de rester l'un près de l'autre et de faire un feu, tout ira bien. J'ai des couvertures et des provisions.

— Rester l'un près de l'autre ? grogna-t-elle en lui lançant un regard noir. Je ne suis pas un coup d'un soir, d'accord ? Pas question de « rester l'un près de l'autre » pour la chaleur corporelle, mon vieux. Vous croyez que je n'ai pas vu ces comédies romantiques ridicules ?

Elle fouilla dans son sac à dos et sortit une torche, qu'elle alluma de sa main gantée.

— Et je commence mon service tôt demain matin en physiothérapie. Je ne peux pas passer la nuit ici.

— Eh bien, à moins d'avoir une tronçonneuse et un engin de levage pour déplacer cet arbre, vous n'avez guère le choix.

Ou vous pouvez rentrer en ville à pied, mais avec cet ours dans les parages, sans parler des coyotes, j'éviterais, à votre place.

Les mains sur les hanches, il attendit qu'elle réagisse. À pied, elle serait probablement en sécurité dès qu'elle aurait atteint l'autoroute, mais c'était un itinéraire très emprunté reliant Boston au nord de l'État, ce qui le rendait dangereux. Comme Luna ne réagissait pas, il alla chercher du matériel dans sa camionnette.

— Écoutez, « partager la chaleur corporelle » ne m'intéresse pas plus que vous. Pas comme vous l'entendez, en tout cas. Alors ne vous inquiétez pas.

Il sortit deux sacs de couchage et un grand sac en nylon contenant une petite tente, qu'il posa par terre.

— Je campe souvent ici. J'ai une tente, des couvertures chaudes, de la nourriture, de l'eau. Et vous êtes chaudement vêtue, et bien chaussée, avec vos bottes de l'armée.

— Je les ai trouvées au surplus militaire à Boston.

— Bien. Alors nous sommes prêts.

Quoi qu'il ait dit, Mark comptait rester près de Luna cette nuit. Pas pour la bagatelle mais parce que, même si elle avait l'expérience de la forêt et un équipement adapté, la situation pouvait vite s'envenimer. Luna le fixait toujours, ses beaux yeux gris assombris par des choses qu'il aurait aimé comprendre, et il chassa les pulsions déplacées qu'elle éveillait en lui. Ce n'était ni le moment ni l'endroit, et il n'était pas un homme pour elle. Ni pour quiconque. Son ex-femme avait veillé à ce qu'il le sache. Il travaillait trop, prenait trop de risques, et pensait trop à aider les autres au mépris de sa propre vie. Du moins selon elle. Il ramassa la tente et un sac de couchage et fit signe à Luna de prendre le second.

— Venez. Allons chercher un endroit où nous installer, puis on fera un feu pour éloigner les coyotes.

Elle s'empara du sac de couchage et le suivit, hésitante.

— Vous croyez qu'ils s'approcheront de nous ?

— Peut-être...

Il se félicitait de la précéder à travers bois, car elle ne pouvait pas voir son sourire malicieux quand il la taquinait. Il tourna la tête vers elle.

— Et pensez à glisser le bas de votre jean dans vos bottes quand vous vous coucherez. Pour éviter que des bestioles rampent dedans pour se mettre au chaud.

Elle s'arrêta net et fixa ses solides bottes de cuir noires.

— Des bestioles ? Elles n'hibernent pas, à cette période de l'année ? J'ai entendu des écureuils tout à l'heure, et j'ai vu un tamia, mais il faisait encore jour.

— Certaines créatures dorment la nuit, mais d'autres sont nocturnes et vivent dehors toute l'année. Et, comme on l'a vu plus tôt, les ours noirs n'hibernent pas vraiment. Ils sortent de leur tanière de temps en temps.

Ils s'arrêtèrent dans une petite clairière, et Luna déglutit en jetant un regard inquiet autour d'elle.

Mark posa la tente et eut pitié d'elle.

— Je suis sûr que tout ira bien, d'accord ? Et la solitude ici n'est pas aussi terrible qu'on le dit. Il faut juste se montrer prudent.

Elle expira lentement.

— Vous êtes certain d'avoir assez de provisions pour deux ?

— Oui. Toujours prêt. Telle est ma devise.

— C'est celle des scouts, précisa-t-elle en le fixant. Mais vous l'avez probablement été autrefois…

Il ne put s'empêcher de rire.

— Et si c'était le cas ?

— Alors je serais coincée dans les bois avec mon ange gardien personnel.

Mark se détourna et commença à ramasser du petit bois pour faire du feu avant de dresser la tente. Puis il retourna à sa camionnette dévaliser le coffre, dont il sortit de l'eau en bouteille, de la viande de bœuf séchée et un sachet de guimauves. En revenant vers leur campement, il s'efforça d'ignorer sa tension croissante. Son ex-femme l'avait aussi qualifié d'ange gardien le soir où ils avaient enfin rompu pour de bon. Elle l'avait toujours jugé trop bon, trop prêt à se sacrifier pour autrui, trop naïf. Et peut-être l'était-il. Mais il n'était pas stupide. Ni naïf, d'ailleurs. Il avait vite compris que leur mariage était une erreur. Ils étaient différents et n'avaient pas les mêmes aspirations. Mais il avait tout fait pour que ça marche, car il n'était pas homme à baisser les bras. Finalement, c'était elle qui avait demandé le divorce, laissant Mark avec le sentiment d'avoir échoué. Encore. Il avait parfois l'impression que quelque chose manquait à sa vie, surtout depuis que ses deux meilleurs copains avaient trouvé la femme idéale avec qui fonder une famille. Mark adorait les enfants, et il avait toujours pensé en avoir un jour.

Mais ce n'était peut-être pas au programme.

Si son ex avait raison, il était probablement trop boy-scout. « Toujours prêt. » Dommage que ça ne l'ait pas aidé le soir où il en avait eu le plus besoin.

Il déposa les provisions près de Luna, assise sur un grand tronc près du feu.

— Le dîner est prêt.

Elle leva vers lui son regard un peu trop perspicace.

— Qu'est-ce qui ne va pas ?

— Rien, répondit-il en s'asseyant à l'autre bout du tronc.

La température baissait rapidement, et Luna se blottit le plus près possible des flammes sans se roussir les sourcils. Les étoiles scintillaient comme des diamants dans l'immensité infinie du ciel. Encore une chose que Mark adorait à Wyckford. Il n'y avait pas de pareils cieux à Chicago. Il aimait savourer ce spectacle.

Effleurée par la bise glacée, Luna tendit les mains vers le feu. Dans le mouvement, sa parka remonta, offrant à Mark une vue imprenable sur son postérieur, mais il détourna la tête. Il alla à son véhicule chercher deux couvertures de survie supplémentaires et en lança une à Luna.

— À quoi ça sert ? demanda-t-elle en fixant le sachet contenant la couverture argentée en polyester.

— Ça garde la chaleur. Mettez-la.

Sans répondre, Luna le regarda ajouter une bûche dans les flammes. Elle finit par ouvrir le sachet et drapa la couverture autour de ses épaules en évitant son regard.

— Merci.

— Pourquoi êtes-vous toujours aussi irritable ? demanda-t-il impulsivement. J'adore une bonne pique occasionnelle, comme tout le monde, mais vous m'avez brûlé au troisième degré avec vos sarcasmes, tout à l'heure.

Luna sourit, et son visage se transforma, ses yeux brillèrent.

— Ils me protègent des attentions importunes.

— Des attentions importunes, hein ?

Il n'y avait jamais vraiment songé, mais il supposa que c'était un problème pour les femmes.

Elle haussa les épaules, les yeux fixés sur le feu.

— Les types ne pensent qu'à ça.

Mark considéra la question en finissant d'installer la tente, où il jeta les sacs de couchage. Puis il se rassit sur le tronc d'arbre et désigna la viande séchée et les marshmallows qu'il avait posés devant elle.

— Il nous arrive de penser à d'autres trucs. À la nourriture, par exemple. Par quel plat de notre dîner de champions commençons-nous ?

Luna éclata de rire, et il eut l'impression d'avoir gagné à la loterie. Elle étudia les denrées et ouvrit le sac de guimauves.

— La vie est courte. Le dessert d'abord.

— Entendu.

Mark attisa les flammes et écarta les bûches incandescentes pour dégager les braises, parfaites pour faire griller des marshmallows. Au bord de la clairière, il repéra deux longs bâtons, les attrapa et en tendit un à Luna. Elle lui donna une guimauve à embrocher sur le sien, et ils rôtirent leur dessert en silence.

— Cet endroit me donne envie de dessiner, remarqua-t-elle au bout d'un moment en contemplant les flammes.

— Un instant… Vous venez de me donner une information personnelle, ou j'ai rêvé ?

— Je ne suis pas complètement asociale, dit-elle, les yeux au ciel. Je peux avoir une conversation ordinaire.

— Mais le fait de dessiner n'a rien de banal.

— Non, admit-elle en soutenant son regard. C'est comme ça que je me détends.

Encore une confidence. Il était gâté.

— Vous dessinez ? demanda-t-elle.

— Non. Sauf si on compte les bonshommes allumettes que je mets sur mes rapports d'incendie, dit-il, soufflant sur sa guimauve brûlante avant de l'enfourner. Mais ce lieu est inspirant, c'est vrai. Qu'est-ce que vous dessinez ?

— Des paysages, surtout, répondit-elle en regardant la nuit obscure. Je dessine depuis l'adolescence. Ça me recentre.

— Vous êtes douée ? demanda-t-il en léchant du sucre fondu à la commissure de ses lèvres, geste qu'elle suivit du regard.

Elle détourna vivement les yeux.

— J'ai vendu un ou deux tableaux en ville, mais c'est avant tout un passe-temps.

Elle lui tendit une nouvelle guimauve et leurs doigts se frôlèrent. Elle retint son souffle, et il réprima un frisson. Pas bon du tout. Elle s'affaira sur ses friandises grillées, en glissa une dans sa bouche et suça le sucre fondu sur son doigt. Il évita son regard, mais le mal était fait. La gorge nouée, il changea de position pour penser à autre chose. Il se sentait soudain en feu dans l'air glacial.

Cela ne pouvait pas arriver. Mark ne recherchait pas de relation amoureuse. Il avait enfin repris sa vie en main après s'être installé à Wyckford, deux ans plus tôt, et il ne voulait pas tout chambouler maintenant en s'impliquant dans une histoire. Il était mieux seul. C'était un peu comme une expiation, pour la vie que son jeune frère Mikey n'aurait jamais. Une punition pour ses échecs. Il avait essayé d'être en couple. Cela n'avait pas marché. Aussi préférait-il être seul. Aussi belle soit Luna à la lueur du feu.

Les regards qu'elle lui décochait, comme si elle ne l'avait jamais vu, n'arrangeaient rien. Ils s'étaient insensiblement rapprochés, et leurs cuisses se frôlaient. Il avait envie de la toucher mais se forçait à ne pas bouger. Heureusement, un coyote hurla à cet instant, puis un autre hurlement lui répondit, se répercutant parmi les arbres.

Luna émit un hoquet de surprise.

— Ils ne sont pas aussi proches qu'ils en ont l'air, murmura Mark, s'efforçant de maîtriser les battements de son cœur.

Son trouble n'avait rien à voir avec les animaux sauvages, et tout à voir avec la femme attirante qui se tenait à côté de lui. Il ne pouvait pas coucher avec Luna Norton cette nuit. Ni jamais, d'ailleurs. Il n'avait pas besoin de ces complications. Et encore moins de ses récriminations quand elle s'apercevrait qu'il n'était pas l'homme de ses rêves. Non. Il valait mieux qu'ils gardent une relation strictement platonique.

Elle tripota sa botte en se rapprochant encore. Alors de nouveaux glapissements se firent entendre, et Luna lui agrippa la cuisse, manquant lui faire avaler sa langue.

— Pardon…

Il s'éclaircit la gorge et s'écarta légèrement, ayant soudain besoin d'espace.

— Ce n'est rien. Tout va bien.

Pour s'occuper, il enfila une rangée de guimauves sur chaque bâton, façon brochettes, tout en observant discrètement sa compagne qui scrutait la forêt environnante.

Elle finit par se détendre et posa son bâton sur les braises.

— D'où êtes-vous originaire ? demanda-t-elle.

— De Chicago, dit-il, retirant ses marshmallows du feu. Je suis né et j'ai grandi dans la foire d'empoigne urbaine.

— Ouah. Moi qui ne peux pas m'aventurer au-delà de Wyckford… Chicago vous manque ?

— Pas du tout, dit-il, conscient de ne regretter ni le climat, ni son travail, ni son ex, même si sa famille lui manquait. J'aime le rythme lent de la vie ici. Vous êtes née ici ?

— Oui.

— En quelle année avez-vous eu votre bac ?

— Je ne l'ai pas passé. J'ai obtenu ma certification de fin d'études secondaires.

— Oh...

La réponse de Luna suscitait encore plus de questions, mais il ne voulait pas l'interroger maintenant au risque de la voir se refermer. Il choisit de lui en dire un peu plus sur lui.

— Après avoir obtenu mon bac, je me suis engagé dans la marine. Et j'ai passé quatre ans à l'étranger avant d'intégrer les pompiers de Chicago.

— Je sais. Un de vos collègues me l'a dit pendant le dernier cours que j'ai donné à la caserne.

Mark ne fut pas surpris. À Wyckford, tout le monde connaissait les affaires de tout le monde. Il déplorait juste de ne pas en savoir plus sur Luna pour être moins fasciné par elle, mais son passé demeurait un mystère pour lui.

— Pourquoi avez-vous eu un certificat de fin d'études au lieu du bac ? demanda-t-il.

Au lieu de répondre, elle engloutit une guimauve.

Fin de la conversation, apparemment.

C'était aussi bien, car Mark ne semblait plus capable de se concentrer sur autre chose que le plaisir sensuel qu'elle paraissait éprouver en savourant sa guimauve.

Stop.

Ils compensèrent l'excès de sucre avec de la viande séchée. Puis Luna ouvrit son sac à dos et, y jetant un coup d'œil, il vit un carnet de croquis, des crayons de couleur, un guide de randonnée, un baume à lèvres, un couteau suisse et une pomme. Luna sortit le fruit et le couteau.

Cette femme était une énigme. Il s'efforçait de l'ignorer, mais c'était impossible. Ce qui posait un sérieux problème.

Elle éplucha la pomme et lui en tendit la moitié. Ils partagèrent le fruit, burent de l'eau, et bâillèrent de concert.

— Pardon. Je suis épuisée…

Mark consulta sa montre – 18 h 30 – puis il attisa le feu et, s'approchant de la petite tente, il attacha ensemble les deux sacs de couchage pour un maximum de chaleur.

— Il est un peu tôt pour se coucher, mais comme vous commencez de bonne heure demain matin… Vous dormirez là-dedans, dit-il en désignant la tente.

— Et vous ? répliqua-t-elle, les sourcils froncés.

— Je resterai ici pour entretenir le feu. Je ne suis pas fatigué. Tout ira bien, ne vous tourmentez pas.

— Je ne peux pas vous laisser faire ça.

Il montra la tente en soupirant.

— La seule autre option est de la partager.

Elle se mordilla la lèvre, ce qui faillit le rendre fou de désir.

Arrête ! Qu'est-ce qui ne tourne pas rond chez toi ?

— Très bien, dit-elle enfin en se tournant vers la tente. Bonne nuit.

— Bonne nuit, répondit-il avec l'impression d'avoir esquivé une balle mortelle. Remontez la fermeture Éclair derrière vous.

Quand elle fut en sécurité sous la tente, Mark s'enveloppa dans les deux couvertures de survie, s'adossa au tronc d'arbre et contempla le ciel. Normalement, ce spectacle ne manquait pas de le détendre, mais pas ce soir.

Son esprit avait du mal à occulter le désir qui torturait son corps. Mais il se rappela qu'il était venu à Wyckford pour être seul et trouver la paix. Dépasser les erreurs commises à Chicago. Apprendre à vivre avec ses échecs passés.

Même après tant d'années, la mort de son petit frère Mikey le hantait toujours. Le grondement de l'incendie, la chaleur des flammes qui lui cloquaient la peau, les hurlements pendant qu'il essayait d'atteindre son frère, avant que le toit s'effondre, les ensevelissant tous.

Secouant la tête, Mark s'absorba dans la contemplation du petit feu de camp. Son ex-femme pensait qu'il travaillait comme un forcené pour expier ce drame, même s'il n'en était pas responsable. Il avait alors douze ans et n'était qu'un enfant. Personne ne lui avait fait de reproches, sauf lui-même. S'il avait été plus rapide, plus malin, plus fort, il aurait peut-être pu sauver Mikey cette nuit-là. C'était pour cette raison qu'il était devenu pompier. Qu'il se donnait tant de mal pour sauver les personnes en détresse, et qu'il était venu s'installer à Wyckford. Pour rétablir un certain équilibre dans son existence. Et peut-être travailler un peu moins et vivre un peu plus, même seul.

Mark finit par s'endormir.

Il fut réveillé en sursaut par le hurlement de Luna.

3

Le cœur fou, Luna gisait sur le dos dans la nuit noire. Pour satisfaire un besoin pressant, elle s'était glissée hors de la tente et avait pénétré dans les bois, juste assez pour avoir un peu d'intimité. Mais, en revenant au campement, elle avait dérapé sur la glace et était tombée en bas d'un talus, perdant sa lampe dans la chute.

À présent, elle ne voyait que le vague contour des arbres au-dessus d'elle. Angoissée par l'obscurité et les bestioles qui hantaient les sous-bois, elle se redressa et grimaça. Son poignet gauche lui faisait mal. Son derrière aussi. Super, elle s'était probablement fracturé le coccyx. Par sa faute.

Elle avait été trop présomptueuse de croire qu'elle pouvait se débrouiller seule ici la nuit sous prétexte qu'elle venait souvent le jour. Elle aurait dû savoir que les ennuis pouvaient vous tomber dessus n'importe où, n'importe quand. Généralement quand on s'y attendait le moins. Un enseignement qu'elle avait pourtant tiré de son agression…

Un faisceau lumineux tomba sur elle, et Mark l'appela.

— Ici, en bas ! répondit-elle. Je vais remonter seule…

— Ne bougez pas.

— Mais…

— Pas un muscle, ordonna le pompier, qui semblait beaucoup moins détendu. Vous connaissez cette règle essentielle.

Il descendit jusqu'à elle et s'accroupit.

— Où êtes-vous blessée ?

— Nulle part.

— Tenez-moi ça.

Il lui fourra sa lampe torche dans la main et examina le poignet qu'elle plaquait contre sa poitrine.

— Vous pouvez remuer les doigts ?

Luna acquiesça et promena le faisceau lumineux autour d'eux pour s'assurer qu'il n'y avait pas d'ours dans les parages. Mark fronça les sourcils.

— Vous vous êtes cogné la tête ?

— Non.

Il récupéra sa lampe.

— Je ne crois pas que votre poignet soit cassé, mais vous avez une belle entorse. Vous avez mal ailleurs ?

— Non.

Il ne la crut manifestement pas, car il palpa ses membres avec une efficacité toute professionnelle.

— J'ai dit que ça allait, affirma-t-elle en le repoussant.

Il leva la main.

— Combien de doigts vous voyez ?

— Deux. Mais j'en vois un mieux que l'autre.

Il sourit, et en dépit de la situation elle se sentit troublée.

— Ça a l'air d'aller.

Il se redressa et l'aida à se relever. La douleur irradiait de son coccyx, et elle ne put s'empêcher de grimacer pendant qu'ils gravissaient lentement le remblai.

— La prochaine fois, réveillez-moi si vous avez besoin de faire un tour, dit-il quand ils furent en haut.

Ils regagnèrent leur campement. Elle rampa à l'intérieur de la tente et se glissa dans le sac de couchage, qu'elle remonta sur sa tête, comme dans son lit douillet. Mais elle n'avait pas à craindre les ours ni les bestioles chez elle. Et elle n'y grelottait pas. Depuis quand faisait-il aussi froid, d'ailleurs ?

— Montrez-moi votre poignet, ordonna-t-il quelques minutes plus tard, alors qu'ils étaient enfermés dans la tente.

Il lui sortit la tête du sac de couchage et se baissa pour ne pas toucher le plafond bas. Il avait un kit de première urgence et un bandage compressif dont il entoura son poignet blessé. Puis il prit un pack de glace sur lequel il posa le poignet lésé et sortit un second pack de glace, les yeux fixés sur elle.

— Quoi ? grommela-t-elle avec méfiance.

— Vous allez me laisser l'examiner ?

Sans réfléchir, elle plaqua sa main libre sur son postérieur.

— Pas question.

Avec un soupir, Mark baissa la tête, et elle se demanda s'il s'exhortait à la patience ou contenait son hilarité. Apparemment ressaisi, il s'affaira avec son professionnalisme habituel, ouvrit le sac de couchage et l'écarta. Ignorant le cri de Luna, il mit la main sur sa taille.

— Ne bougez pas.

— Écoutez, je...

— Vous saignez.

— Quoi ? s'écria-t-elle en se retournant. Où ça ?

— À la jambe.

Du coin de l'œil, Luna aperçut une grosse tache rouge foncé à l'arrière de son jean, au-dessus de la cuisse. Elle avait l'habitude de soigner les autres, mais c'était différent d'être à la place du patient, et elle se sentit prise de vertige.

— Baissez votre jean. Il faut nettoyer ça.

— Non.

— J'ai mon diplôme de secouriste, déclara-t-il d'une voix calme. Vous avez besoin de soins. Je me conforme strictement au protocole. Faites-moi confiance.

Dommage pour lui, elle ne se fiait plus aux hommes depuis bien longtemps.

— Donnez-moi le pansement, je le mettrai moi-même.

— Vous ne pouvez pas voir ce que vous faites, et les coupures doivent être parfaitement nettoyées. Et, comme je n'ai pas de sutures, il faudra peut-être coller la plaie, expliqua-t-il d'un ton poli mais ferme. À présent, baissez votre pantalon, je vous prie, ou je devrai le découper.

Un trouble pour le moins inconvenant fit frissonner Luna. Elle ne prêtait guère attention aux hommes ces temps-ci, mais avec Mark c'était plus fort qu'elle. Elle abdiqua en soupirant.

— J'imagine que ce n'est pas votre premier accident de ce genre en pleine nuit ? remarqua-t-elle.

Il rit doucement.

— Euh... non. J'avais neuf ans, la première fois.

— Vous étiez secouriste à neuf ans ?

— Non, dit-il. Mon frère aîné m'avait emmené camper. Je ne devais pas m'aventurer n'importe où sans lui, pas même pour faire pipi. Et c'est la première chose que j'ai faite...

Il avait un sourire contagieux, et Luna se détendit un peu.

— Que s'est-il passé ?

— J'étais bien trop cool pour avoir besoin d'une escorte. Cherchant un arbre, j'ai foncé droit dans un buisson de ronces et me suis écorché partout. J'ai failli me faire pipi dessus avant d'arriver à me dégager. À mon retour, mon frère m'a passé un savon. Je lui ai dit que ça allait, mais l'après-midi j'avais 39,5 °C de fièvre. Une vilaine plaie au bras qui s'était infectée.

Sa voix grave un peu rauque agissait sur Luna comme une drogue magique, apaisante. L'affection de Mark pour sa famille était évidente. Fille unique, elle avait été livrée à elle-même dès l'enfance. Ses parents l'aimaient, mais ils avaient consacré leur temps et leur énergie à la création de leur entreprise, et il n'en restait guère pour leur fille à la période difficile de l'adolescence. Elle avait dû prendre des décisions seule et s'était attiré des ennuis. Elle avait commencé à fréquenter les mauvaises personnes, à faire confiance à des gens douteux. Et cela avait failli lui coûter très cher.

— Il y avait du sumac vénéneux dans le buisson, ajouta Mark, la ramenant au présent. J'étais irrité partout.

— Oh ! non ! C'est affreux.

— En effet. Mais vous savez ce qui serait pire ? Que *votre* blessure s'infecte. C'est pourquoi je me réjouis que vous me laissiez y jeter un coup d'œil.

Pendant qu'il nettoyait sa blessure à l'antiseptique, ce qui la piqua atrocement, Luna se concentra sur le contact de ses longs doigts, histoire de penser à autre chose.

Il y avait longtemps qu'elle n'autorisait plus personne à la toucher. Elle éprouvait à la fois du soulagement et de l'affolement, une combinaison bizarre, perturbante. Et elle n'avait pas envie que ça s'arrête.

— Voilà, dit-il en terminant de la bander. C'est fini. Vous pouvez remonter votre pantalon et vous retourner.

Luna risqua un regard vers lui. Le visage de Mark était creusé, à la lueur de la lampe. Il avait les épaules si larges qu'il cachait l'entrée de la tente, mais elle n'avait pas peur. Elle se savait en sécurité avec lui, malgré l'alchimie entre eux.

Il lui donna un second pack de glace pour son postérieur, puis elle se glissa dans le sac de couchage.

— Vous grelottez encore, dit-il, s'allongeant sur le sac. C'est probablement le choc. Approchez-vous.

Il l'attira à lui et l'enveloppa de ses bras chauds, jusqu'à ce que ses tremblements cessent.

— Ça va mieux ? murmura-t-il contre ses cheveux.

Luna hocha la tête et se blottit contre lui.

— Beaucoup mieux. Merci.

Il s'écarta au bout d'un moment et elle ne le retint pas, trop désemparée pour s'agripper à lui.

Il s'assit et lui caressa le dos.

— Ça va ?

Elle acquiesça.

— Je vous ai dit que je croyais avoir vu quelqu'un avant votre arrivée ? déclara-t-elle pour changer de sujet. Dans les buissons, qui m'observait. Un visage et une capuche bleue.

— Les gens font de la randonnée dans ces bois toute l'année, remarqua-t-il. Vous vous êtes sentie menacée ?

Elle se sentait toujours menacée, comme si son agresseur pouvait soudain resurgir de nulle part, mais elle ne pouvait pas le dire. Elle haussa les épaules sans répondre.

— Mon premier soir ici, dans la forêt, je me suis senti traqué.

Elle le regarda fixement, choquée.

— Par qui ?

— Tous les films d'horreur que j'avais vus.

Elle éclata de rire.

— Le grand méchant pompier a eu peur ?

Il ricana.

— J'ai dressé un campement et allumé toutes les lampes. Mais, même après, je sentais encore des yeux sur moi, dit-il, continuant à caresser lentement son dos pour l'apaiser. Après avoir fouillé le périmètre plusieurs fois, j'ai fini par m'endormir en agrippant mon émetteur-récepteur. Au lever du jour, j'ai été réveillé par un ours curieux.

— Oh ! mon Dieu. Que s'est-il passé ?

— J'ai hurlé, et on a eu aussi peur l'un que l'autre. Je me suis enfui en courant, et lui aussi. Il a disparu dans les bois et j'ai filé dare-dare chez moi.

Elle rit.

— J'ai du mal à vous imaginer prendre la fuite.

— J'ai eu mes moments, répliqua-t-il avec malice.

Après un silence, Luna demanda :

— Parlez-moi de votre famille à Chicago.

— Eh bien, il y a mon père et ma mère. Et mon autre frère, qui a trois enfants. Je leur parle chaque semaine. Mes parents me demandent tout le temps quand je vais leur donner des petits-enfants, moi aussi.

Il soupira, et son sourire s'effaça.

— Et il y avait Mikey, le benjamin, mort quand j'avais douze ans dans un incendie domestique. J'ai essayé de retourner dans la maison pour le sauver, en vain. C'est à cause de lui que je suis devenu pompier.

— Je suis navrée.

— C'était il y a longtemps, dit-il, secouant la tête.

Luna acquiesça, mais la réaction de Mark montrait que la plaie était encore à vif.

— Il faut que j'aille voir où en est le feu, annonça-t-il.

Comme il se levait, elle lui saisit le poignet.

— Non. Restez. S'il vous plaît.

Il la dévisagea.

— Vous êtes sûre ?

Elle hocha la tête, et il se rallongea près d'elle, sans la toucher. Pour la rassurer par sa présence, lui apporter sa chaleur réconfortante dans la nuit froide. Le silence retomba, et Luna finit par s'endormir. Quand elle se réveilla, des heures après, l'aube se levait. Elle demeura un moment immobile, bien au chaud, car elle s'était blottie contre Mark pendant son sommeil. Elle ouvrit un œil et vit qu'il l'observait, amusé.

— Salut, dit-il d'une voix enrouée, terriblement sexy avec ses cheveux ébouriffés. Comment vous sentez-vous ?

Luna n'était pas du matin, et il lui fallut un moment pour enregistrer qu'elle était couchée contre lui, les jambes enroulées autour des siennes, et que le sac de couchage qui faisait barrière entre eux était tombé durant la nuit...

Il glissa les doigts dans ses cheveux et lui releva la tête pour plonger son regard dans le sien.

— Tout va bien ?

4

Ébouriffée, somnolente, Luna semblait plus vulnérable que d'habitude, ce qui pouvait être signe de confusion, de désorientation, voire de blessure à la tête, et Mark passait mentalement en revue toutes les possibilités. Sauf la plus évidente, car il ne voulait pas s'aventurer sur ce terrain-là. Il avait déjà pratiquement fini la nuit dans ses bras alors qu'il s'était juré de garder ses distances... Maintenant, alors que Luna était blottie, toute chaude, contre lui, il avait les sens complètement déboussolés. Une très mauvaise chose, qui lui faisait oublier sa résolution de se limiter à une relation platonique avec elle, et il avait envie de l'embrasser à perdre haleine. Il était resté près d'elle pour s'assurer qu'elle allait bien, comme le lui dictait son devoir de pompier et de secouriste. C'était du moins l'excuse qu'il se donnait.

Il l'étudia de plus près. Ses courts cheveux bruns hérissés sur sa tête, son mascara qui avait coulé, ses longues jambes emmêlées aux siennes. Ses doigts le démangeaient d'ouvrir sa parka et de soulever sa chemise pour promener sa bouche sur chaque délicieuse parcelle de sa peau. Il déglutit et desserra son étreinte autour elle.

— Je crois que je devrais...

Il fut interrompu par le crissement d'aiguilles de pin sur le sol gelé devant la tente, et ils se figèrent. Mark se redressa lentement, les sourcils froncés, fixant l'entrée de la tente.

— Qu'est-ce que c'est ? chuchota Luna, les yeux agrandis par la peur. Encore un ours ?

Mark secoua la tête et mit un doigt sur sa bouche pour lui imposer silence. Les pas paraissaient humains. Ces derniers temps, de plus en plus de migrants venaient vivre dans ces bois, et il n'avait pas envie de commencer sa journée par une altercation avec l'un d'entre eux. Il se leva, arrangea sa parka et son bonnet, puis enfila ses gants.

— Attendez-moi ici.

La brume matinale était si épaisse qu'il ne voyait pas au-delà de quelques mètres, mais il fouilla la clairière sans dénicher le mystérieux intrus. Cependant, des empreintes de pas fraîches dans la neige indiquaient que quelqu'un était passé par là. Il alla jusqu'à sa camionnette, et là encore tout était normal, sauf que la lampe torche qu'il avait laissée sur l'aile arrière avait disparu.

Avec un soupir, il revenait vers la tente quand il entendit la neige craquer sous les pas précipités de quelqu'un qui s'enfuyait. Se retournant, il vit une silhouette encapuchonnée se faufiler derrière la voiture de Luna et foncer vers la sortie du parking en direction de la route. Il la prit en chasse.

— Arrêtez !

Comme l'intrus continuait sa course, Mark piqua un sprint, attrapa sa capuche, et le força à s'immobiliser.

— Ne bougez pas, ordonna-t-il, haletant, comme l'autre se débattait pour se libérer.

La capuche tomba, révélant un visage… Une bouche hargneuse, des yeux lançant des éclairs. Une adolescente efflanquée d'environ seize ans, qui ne semblait pas avoir fait de repas correct depuis des jours.

— Lâchez-moi ! cria-t-elle en envoyant son pied chaussé d'une basket dans le tibia de Mark. Ne me touchez pas !

Il jura et la lâcha, la foudroyant du regard.

Elle leva le menton avec défi, les bras croisés.

— Je n'ai rien fait de mal.

— Alors pourquoi t'es-tu enfuie ?

— Parce que vous m'avez couru après.

— Où sont tes parents ?

Elle eut une expression maussade.

— Je ne suis pas obligée de répondre à vos questions idiotes.

— Tu es mineure, et tu es seule dans les bois.

— J'ai dix-huit ans, déclara-t-elle.

Sortant une carte d'un sac à dos miteux, elle lui en dissimula le contenu, lui rappelant le comportement méfiant de Luna la veille au soir dans la forêt.

Le permis de conduire était au nom d'Astrid Jones et avait été délivré par le service des immatriculations de l'État de Washington. La photo montrait une version plus propre et soignée du visage qu'il avait devant lui, et d'après la date de naissance la fille avait dix-huit ans depuis deux semaines.

Mark lui rendit le document.

— C'est toi qui étais devant la tente tout à l'heure ?

— Non, répondit-elle, le regard fuyant.

— Qu'est-ce qu'il y a dans ton sac à dos ?

Elle serra son sac contre sa poitrine.

— *Mes* affaires.

Mark s'efforça de faire preuve de patience.

— Que fais-tu ici toute seule ?

— Ça ne vous regarde pas.

L'échange ne menant à rien, il changea de tactique.

— La route de la ville a été fermée hier soir, mais elle devrait rouvrir ce matin. Je peux t'y conduire, si tu veux.

— Non ! Je ne monte pas en voiture avec des inconnus. Je m'en vais, dit-elle en se détournant.

— Je m'appelle Mark Bates, dit-il, impuissant à la retenir. Je suis pompier à Wyckford. Et je veux juste t'aider.

Elle s'arrêta et le regarda par-dessus son épaule, les joues et le nez rosis par le froid. C'est alors qu'il remarqua quelque chose qui sortait de la poche de son sac. Un objet familier.

— Où as-tu eu cette lampe torche ?

— Je l'ai depuis toujours, répliqua-t-elle en haussant les épaules, les mains enfoncées dans la poche frontale de son sweat-shirt à capuche. Pourquoi ?

— Vous avez trouvé quelque chose ?

Tournant la tête, Mark vit Luna s'approcher, son couteau suisse ouvert à la main. Échevelée, elle semblait prête à en découdre. Ses vêtements étaient froissés, son visage, pâle, mais il n'avait jamais rien vu d'aussi sexy – idée totalement farfelue dans ce contexte, mais il n'arrivait pas à contrôler ses pensées, ce matin. Il devait à tout prix se ressaisir.

— Merci d'avoir attendu, dit-il d'un ton sarcastique.

— Je n'ai pas l'habitude d'attendre, rétorqua-t-elle avec un haussement d'épaules. Poursuivez-moi en justice.

Luna pouvait prendre soin d'elle. Il avait reçu le message. Le mieux était probablement de la laisser se débrouiller toute seule. Mais son côté bon samaritain et sa culpabilité vis-à-vis de Mikey le poussaient à servir et protéger, il n'y pouvait rien.

En pleine poussée d'adrénaline, les sens en alerte, il ne devait pas oublier qu'il était venu à Wyckford chercher la paix et la tranquillité, un nouveau départ, une vie sans complications. Il aimait être seul, et il n'avait pas envie que cela change.

Mais rien de tout cela n'arrivait à effacer son attirance pour Luna.

Il se tourna vers Astrid, qui semblait prête à prendre la poudre d'escampette. Encore.

— Reste là. Il est trop tôt pour un nouveau sprint. Où est ta famille, Astrid ?

— Je ne vis plus chez mes parents. Mais vous avez vu ma pièce d'identité. J'ai dix-huit ans. Je suis majeure.

— Qu'est-ce que tu fais à Wickford ? demanda-t-il comme Luna les rejoignait.

— Je rends visite à des amis.

Il soupira. La conversation tournait en rond.

— Qui ça ?

Elle croisa les bras.

— Je n'ai pas à vous dire quoi que ce soit.

— Très bien, dit-il en désignant sa camionnette. Monte.

— Quoi ? s'écria Astrid en reculant, les yeux écarquillés. Je n'irai nulle part avec vous.

— Écoute, je vais juste te conduire en ville. Chez tes *amis*.

Dès qu'il aurait démonté le campement et rangé son matériel dans son véhicule. Après quoi il contacterait la police locale pour vérifier l'identité d'Astrid et savoir si elle était une potentielle suspecte ou signalée comme disparue.

— Je n'ai pas besoin que vous m'emmeniez.

— Tu ne peux pas rester ici. Tu n'as pas l'équipement adapté, et il fait trop froid sans abri.

Alors seulement, Astrid parut remarquer la présence de Luna et tendit le menton vers elle.

— C'est votre petite amie ? Vu la façon dont elle vous regarde, elle n'a pas l'air de vous aimer beaucoup.

Mark jeta un coup d'œil à Luna, qui le foudroya du regard.

— Je ne suis *pas* sa petite amie.

— Je n'ai rien prétendu de tel, dit-il avec un regard noir à Astrid.

L'adolescente sourit pour la première fois.

— Alors, vous campez souvent avec vos amis ? La tente paraît minuscule, pour un grand gaillard comme vous.

Mark sentit la chaleur lui monter aux joues en réalisant les conclusions logiques de la jeune fille. Mais, avant qu'il ait pu protester, Luna s'avança, les sourcils froncés.

— Une minute, dit-elle en dévisageant Astrid. Je connais ce sweat-shirt. Tu m'observais dans la forêt hier…

Ils gardèrent Astrid avec eux le temps de ranger le campement et de remballer le matériel, puis Mark obtint l'accord de la dispatcheuse pour rentrer en ville. Comme ils avaient beaucoup de questions à poser à la jeune fugueuse et qu'ils mouraient tous de faim, ils décidèrent d'aller prendre un bon petit déjeuner au Buzzy Bird pour discuter en mangeant. Il n'y avait que deux restaurants en ville, et le bar local n'était pas ouvert avant 18 heures.

Luna suivrait Mark dans sa voiture. Il avait insisté pour prendre Astrid dans la camionnette malgré son évidente méfiance à son égard.

Futée, la petite.

Astrid rappelait beaucoup à Luna l'adolescente solitaire qu'elle avait été, dont l'attitude bravache masquait la peur et la souffrance. Et Luna savait que, derrière sa façade de fille forte, elle était vulnérable, une proie facile pour les prédateurs sans scrupules. Et elle ne permettrait pas qu'elle aussi en soit victime si elle pouvait l'empêcher.

Ils quittèrent l'aire de stationnement et s'engagèrent sur la grand-route, saluant au passage les équipes qui travaillaient encore au dépeçage du vieil arbre mort dont le bois servirait à chauffer les habitants de Wyckford. Songeuse, Luna se remémora qu'elle s'était sentie observée la veille, et elle avait reconnu le sweat-shirt bleu aperçu dans les sous-bois. Le visage d'Astrid était crasseux mais aussi meurtri, preuve qu'elle avait subi des sévices, et le cœur de Luna se serra.

Ils réussirent à se garer sur le parking bondé du Buzzy Bird. Et ils eurent la chance de trouver une table qui venait de se libérer dans un coin tranquille du restaurant. Habituée à donner un coup de main à ses parents, Luna mit le couvert et alla chercher une carafe d'eau, puis s'assit à côté d'Astrid pour l'empêcher de leur fausser compagnie, pendant que Mark s'installait en face d'elles. Luna tendit un menu à Astrid, Mark et elle n'en ayant pas besoin, en habitués de la maison.

— Prenez ce que vous voulez. Je vous invite, dit-il.

Après avoir passé la commande, il s'adossa à son siège et croisa les bras, dévisageant Astrid avec méfiance.

— J'aimerais te ramener chez toi, si tu me dis exactement où tu habites.

Astrid leva les yeux, prise de panique.

— Je ne veux pas rentrer chez moi.

Luna grimaça, consciente de ce que fuyait la jeune fille.

— Écoutez. On ne s'enfuit pas sans raison, argua-t-elle.

Mark lui lança un regard sombre suggérant qu'il comprenait mieux qu'il en avait l'air.

— Je sais. Mais je n'aime pas l'idée de la savoir seule ici, sans soutien.

Ils se dévisagèrent. Il semblait très sérieux.

— Je vais dire bonjour à mes parents, déclara-t-elle finalement. Reste avec Mark, Astrid.

La fille cligna des yeux mais ne discuta pas. Luna se leva, passa derrière le comptoir, et poussa la porte battante de la cuisine. Mais, au lieu de s'arrêter pour saluer ses parents, elle sortit par la porte de derrière et, campée sur le seuil, elle inspira une grande bouffée d'air glacé. Ses émotions se bousculaient et elle ne savait plus où elle en était. Depuis qu'elle s'était réveillée près de Mark sous la tente, elle était en proie à un trouble qu'elle ne maîtrisait pas, et avait des suées chaque fois qu'il s'approchait d'elle.

La présence d'Astrid – qui lui rappelait tant celle qu'elle avait été qu'elle avait l'impression de se voir dans un miroir – ne faisait qu'empirer les choses et ajouter à sa confusion. Ce n'était pas bon du tout. Mais Mark avait raison, ils ne pouvaient pas l'abandonner à son sort. Luna éprouvait un besoin viscéral de l'aider, quel que soit le prix à payer. Après une bonne inspiration pour se donner du courage, elle retourna à l'intérieur et rejoignit sa mère dans la cuisine.

— C'est Mark Bates, le pompier, que j'ai vu entrer avec toi ? demanda celle-ci. Il est toujours si gentil. Bienveillant, attentionné. Et charmant. Vous vous voyez ?

— Non.

Sa mère la scruta, visiblement consciente que sa fille se fermait une fois de plus. Quoi qu'il en soit, Luna était très contente de sa petite vie tranquille, sans danger. Et, même si elle avait parfois l'impression qu'il lui manquait quelque chose, elle le vivait très bien. Elle appréciait la situation telle qu'elle était. Prévisible. Maîtrisée. Mais elle ne contrôlait pas sa réaction quand Mark était dans les parages. Pas encore, du moins. Et, en attendant, il valait mieux qu'elle garde ses distances avec lui quand c'était possible. Elle regarda par le hublot de la porte de la cuisine et le vit avec Astrid, ses longues jambes étendues devant lui, ses larges épaules appuyées au dossier de la banquette. À en juger par son hâle permanent, il passait beaucoup de temps à l'extérieur, en toute saison, et, en fermant les yeux, Luna sentait encore son odeur de sel, de pin et de savon, mêlée de sueur.

Gênée par sa réaction à cette pensée, elle leva les yeux au ciel avec agacement et regarda son père planté devant le gril. John Norton était né et avait grandi à Wyckford. Il n'avait quitté la petite ville qu'une fois, pour suivre les cours d'une école de cuisine à Seattle. Puis il était rentré au pays avec son diplôme, avait épousé Mary, la mère de Luna, et ils avaient acheté le Buzzy Bird. Son père prétendait que cuisiner soignait son âme. Wyckford aussi, apparemment, car le restaurant ne désemplissait pas.

Sa mère rejoignit Luna devant le hublot.

— Mark est un type bien. Et tu lui plais. Tu devrais lui donner une chance.

— Je n'en ai aucune envie. Je suis très bien comme ça.

« Je suis bien » : tel était le mantra de Luna. Du reste, elle ne plaisait pas à Mark, pas plus que les autres, en tout cas. Il la connaissait à peine. Elle regarda la serveuse apporter leur commande et remplir leurs verres. Elle regagna leur table au moment où Mark piquait avec sa fourchette un gros morceau de pancake noyé de beurre et de sirop et la pointait vers Astrid.

— Mange toute ton assiette.

Avec un soupir, la jeune fille s'exécuta, picorant ses œufs brouillés pendant que Luna attaquait sa poêlée saucisses- œufs-fromage. Après quelques savoureuses bouchées, elle regarda Astrid.

— De quel coin de Washington viens-tu, Astrid ?

— De la région, répondit la fille sans lever les yeux.

Luna refit une tentative.

— J'ai passé beaucoup de temps seule quand j'avais ton âge.

— Humm, marmonna Astrid en examinant son assiette.

— Combien de temps as-tu dit que tu restais en ville ?

— Je ne l'ai pas dit.

Luna rencontra le regard de Mark pendant qu'Astrid dévorait un toast au blé complet. Il attendit qu'elle l'ait avalé.

— Tu es seule depuis longtemps, apparemment.

Sans répondre, la jeune fille haussa les épaules.

— J'étais souvent livrée à moi-même, à ton âge, raconta Luna. Mes parents étaient occupés au restaurant et je devais me débrouiller seule. Je me nourrissais de beurre de cacahuètes et de nouilles chinoises, bon marché et faciles à préparer.

Astrid avait mangé la moitié de ses œufs brouillés.

— Le mardi, l'épicerie propose des trucs pas chers, dit-elle, penchée sur son assiette comme si elle craignait qu'on la lui vole.

— L'Épicerie du mardi ? demanda Mark.

— Oui, le magasin brade son stock pour faire de la place aux nouveaux produits, répondit Luna, la gorge nouée.

Le regard de Mark alla de l'une à l'autre, mais il ne dit rien.

Quand ils furent rassasiés, sans pour autant en savoir plus sur Astrid, Luna regarda Mark avec impuissance et consulta sa montre.

— Désolée, mais je dois rentrer chez moi pour me préparer à aller travailler.

Elle se leva et s'en alla, partagée entre des sentiments contradictoires.

Elle aurait voulu rester aider Astrid, mais la Luna réservée qui refusait tout attachement par peur d'être blessée se tenait sur ses gardes. Elle avait déjà eu son lot de migraines, chagrins et autres complications, et plus tôt elle tournerait le dos à Astrid et Mark, mieux ce serait. Elle n'avait pas besoin d'en rajouter. Mais, en regardant par-dessus son épaule avant de sortir, Luna ne put réprimer un petit pincement de regret.

5

Pensif, Mark regarda Luna quitter le restaurant en faisant le bilan de cette rencontre. Elle n'aimait pas la proximité des autres ni les surprises, s'était nourrie un temps de beurre de cacahuètes et de nouilles chinoises, et n'accordait pas aisément sa confiance. Tout cela suggérait qu'il lui était arrivé malheur dans le passé. Cela ne le regardait pas, mais il ne pouvait s'empêcher de souffrir pour Luna et Astrid, même si aucune des deux ne voulait de sa compassion.

Astrid était une gamine. Une gamine qui avait des ennuis. Et l'instinct protecteur de Mark le poussait à lui venir en aide.

D'après les rares infos qu'il avait pu glaner, elle était probablement en cavale, peut-être pour échapper à de la maltraitance, ou de la négligence. Elle avait vidé son assiette et avait même subtilisé un reste de toast dans celle de Luna.

— Ça va mieux ?

Après avoir réglé la note, Mark ramena Astrid à sa camionnette, garée sur le parking.

— Tu as deux options, Astrid. Tu me dis où vivent tes amis pour que je te ramène chez eux, ou nous allons au poste de police vérifier ton identité et découvrir d'où tu viens.

Il comptait choisir la deuxième option, de toute façon, mais elle n'avait pas besoin de le savoir.

Ils se regardèrent en silence, jusqu'à ce qu'un toussotement se fasse entendre. Debout près de sa voiture, ses clés à la main, Luna semblait avoir pris une décision.

— Si tu as besoin d'un endroit où dormir, Astrid, j'ai une chambre d'amis. Ce n'est guère plus grand qu'un placard, mais elle est à toi pour la nuit.

— Non, répondit vivement Mark.

C'était une chose qu'il s'implique pour une ado à problèmes dont il ignorait tout, mais c'en était une autre que Luna l'emmène chez elle. Ils ne connaissaient pas les antécédents d'Astrid, qui était peut-être une dangereuse fugitive recherchée par les autorités. Il ne pouvait pas laisser Luna courir ce risque.

— Comment, non ? cria Luna, les yeux étincelant de colère.

— Merci, déclara Astrid, mal à l'aise, mais je veux juste retourner dans la forêt.

— Ce n'est pas une option, martela Mark. Il fait trop froid pour y dormir sans équipement adapté. Tu mourrais de froid. Et je ne le permettrai pas.

Avec un soupir, Luna s'approcha.

— Viens chez moi, Astrid. Tu seras au chaud et en sécurité dans mon appartement, avec un toit et une douche chaude.

Mark allait protester, mais Astrid devança ses arguments en montant dans la voiture de Luna.

Luna considéra Mark avec une détermination farouche dans la lumière brumeuse du matin. Elle en faisait visiblement une affaire personnelle. Il avait dû toucher un point sensible, et il ne savait plus comment gérer la situation.

— Écoutez, quand j'ai parlé d'essayer d'en savoir plus sur elle, je ne voulais pas...

Luna leva la main pour lui imposer silence.

— Nous ne pouvons pas la laisser ici, Mark. À quel autre endroit peut-elle aller ? Elle refusera d'aller chez vous, elle se méfie des hommes, dit-elle, remuant à son insu le couteau dans la plaie. Ne vous inquiétez pas pour nous. Tout ira bien.

Sur ce, elle monta dans sa voiture. Avant qu'elle ait pu fermer la portière, Mark s'avança et s'accroupit.

— Soyez prudente, s'il vous plaît.

— Je le suis toujours, répliqua-t-elle avec défi. À présent, vous pouvez reculer pour qu'on puisse partir ? Vous faites entrer l'air froid dans l'habitacle.

Il se redressa, claqua la portière et la regarda partir avec un sentiment de malaise. Il était peut-être en train d'envoyer une délinquante juvénile chez une femme qui lui plaisait un peu trop. Si ça tournait mal, il ne se le pardonnerait jamais.

Mark se résolut finalement à suivre les deux femmes et, dès qu'elles furent entrées, il se gara devant l'immeuble de Luna. Une minute après, les lumières s'allumèrent dans l'appartement d'angle du second étage. De sa camionnette, Mark appela le sergent de garde au poste de police et le chargea de faire une recherche sur une personne disparue nommée Astrid Jones. Il lui donna aussi une description physique d'Astrid pour le cas où elle aurait utilisé un nom d'emprunt. En attendant le résultat, il garda un œil sur l'immeuble de Luna en jouant au solitaire sur son téléphone.

Un coup frappé à la vitre fit bondir son cœur.

— Si vous ne rentrez pas chez vous, vous feriez mieux d'entrer, suggéra Luna.

Elle avait les cheveux humides de la douche, et sous sa veste elle avait troqué ses vêtements de sport contre sa tenue de physiothérapeute. Baissant la vitre, Mark capta son parfum floral dans l'air glacé. Sans réfléchir aux conséquences, il ferma sa camionnette et la suivit jusqu'à son appartement. C'était un petit, un tout petit deux-pièces, mais il respirait la joie avec sa peinture jaune soleil dans la cuisine, et bleu et blanc dans le séjour. Mark ne s'attendait pas à ça. Luna avait un certain nombre de particularités, elle était intelligente, loyale, belle, irritable, mais pas vraiment joyeuse.

Elle se prépara une tasse de café et lui en offrit une avant de l'inviter à s'asseoir sur le canapé. Ce qu'il fit après avoir retiré sa parka et son bonnet, qu'il accrocha près de la porte.

Elle prit place à l'autre extrémité du divan.

Leurs regards se rencontrèrent, vibrant d'une tension qu'il jugea dangereuse pour la petite vie calme et réglée qu'il s'était construite ici. Il s'éclaircit la gorge.

— Où est Astrid ?

— Dans la chambre d'amis, répondit-elle en l'observant par-dessus sa tasse. À propos de ce matin, sous la tente… je n'ai pas l'habitude de me réveiller avec des inconnus.

— Moi non plus, fit-il avec ironie, mais la plaisanterie tomba à plat. Ça ne veut rien dire. Nous étions tous deux épuisés, frigorifiés, et nous nous sommes tenu chaud, c'est tout.

Il leva les yeux et les posa un instant sur ses lèvres roses.

— On ne s'est même pas embrassés. Il ne s'est rien passé.

Sauf qu'au fond de lui il savait que, si Astrid ne les avait pas interrompus, il l'aurait peut-être embrassée. Pour voir si elle était aussi piquante qu'elle en avait l'air. Son expression dut la choquer, car elle retint son souffle. Le temps parut suspendu. Mais embrasser Luna était assurément une très mauvaise idée, maintenant qu'il la soupçonnait d'avoir un passé traumatique. Un passé qu'il avait réveillé en mêlant Astrid à sa vie. Il devait rester aussi loin d'elle que possible. Elles n'avaient besoin de complications ni l'une ni l'autre.

Mais il ne put s'empêcher de se pencher vers elle, et elle se rapprocha de lui, comme s'ils étaient réunis par une corde invisible. Il voyait battre son pouls à la base de son cou délicat, et ses pupilles dilatées masquaient presque ses iris, assombrissant son regard du même désir tourmenté qui le torturait.

Puis leurs lèvres se frôlèrent, une fois, deux fois, avant qu'il prenne sa bouche, excité par ses doux gémissements. Seules leurs bouches se touchaient, mais c'était suffisant, et, oui, Luna avait un goût piquant et doux à la fois. Un goût de paradis. Elle murmura son nom, et il perdit tout contrôle.

Astrid choisit cet instant pour sortir de sa chambre et traverser le couloir pour s'enfermer de nouveau, sans un regard pour eux.

Mark s'écarta avec effort. Ils restèrent plusieurs secondes à se regarder dans un silence choqué, puis il se leva.

La distance n'aidait pas. Ni la vue de Luna qui le fixait, hébétée, sur le canapé. Il voulait l'embrasser encore, voir où cela pouvait les mener, mais non. Ce n'était pas permis. Plus maintenant. Pas aujourd'hui, en tout cas.

Il remit sa veste et son bonnet, et se dirigea vers la porte.

— Je dois passer un appel de ma camionnette.

Une heure plus tard, Luna se regardait dans le miroir de la salle de bains, maquillée, les cheveux séchés.

— Tu l'as *embrassé*...

À quoi avait-elle pensé ? Ou peut-être n'avait-elle pas pensé mais ressenti. Beaucoup trop. C'était le problème.

Heureusement, il n'y avait pas eu de témoins. Sauf peut-être Astrid, mais elle semblait dans son monde depuis leur arrivée à l'appartement. Et elle croyait déjà qu'ils étaient en couple, alors... Luna se promit d'éclairer la jeune fille sur ce point. Mark et elle ne sortaient pas ensemble. Ni maintenant ni jamais. Même si ce baiser avait été incroyable.

Luna avait travaillé dur pour reprendre sa vie en main après ce qui s'était passé tant d'années plus tôt, et elle s'était bâti une belle carrière de kinésithérapeute. Elle n'avait pas besoin qu'un homme lui complique l'existence. Elle ne voulait pas d'amour, de romance, de cœurs ni de fleurs, mais Mark l'attirait. Et la nervosité lui retournait l'estomac.

Elle ne savait pas trop pourquoi, mais elle s'angoissait maintenant... pour *tout*.

Passant la main sur sa tenue bleue au logo du Wyckford General Hospital, elle se demanda si elle finirait par trouver la paix et l'accomplissement auxquels elle aspirait. Et, dans l'affirmative, si cela changerait quelque chose. Il y avait une éternité qu'elle ne s'était pas sentie comblée.

Avec un soupir, elle quitta la salle de bains et chaussa ses confortables souliers de marche. Elle était seule depuis si longtemps. En grandissant avec des parents qui passaient leur temps à leur travail, elle avait été l'archétype de l'enfant livré à lui-même, obligé de mûrir beaucoup plus vite que ses camarades. À l'époque, elle s'était lâchée et montrée imprudente, se croyant capable de tout gérer.

Elle se trompait.

Adolescente rebelle réputée dure à cuire, elle avait pu intimider ceux qui envahissaient son espace sans permission. Sauf lui. Âgé de vingt-deux ans, cet ami de confiance avait été cool et gentil jusqu'au jour où il avait exigé qu'elle soit à la hauteur de sa réputation. Une réputation uniquement bâtie sur des mensonges et des fanfaronnades. Elle avait encore mal au ventre au souvenir du traumatisme qu'il lui avait infligé. Pour l'empêcher de raconter ce qui s'était passé, il lui avait fait croire qu'elle était seule responsable de l'agression, qu'elle l'avait cherchée en l'aguichant. Avec l'image de mauvaise fille qu'elle aimait cultiver, ses minijupes et ses tops suggestifs, personne ne l'aurait crue, de toute façon. Alors elle avait gardé le secret jusqu'à ce qu'elle n'en puisse plus. Pour une fois, l'absence de ses parents avait été une bénédiction, les empêchant de lui poser trop de questions. Et, quand elle avait fini par leur en parler, ils s'étaient sentis si coupables qu'elle avait failli sombrer de nouveau. Pendant quelque temps, ils l'avaient traitée comme une petite chose fragile, puis ils avaient avancé, laissant cette histoire derrière eux. Aujourd'hui, elle avait l'impression que ses souvenirs appartenaient à quelqu'un d'autre.

La thérapeute de Luna appelait cela de la dissociation. Pour Luna, c'était de la survie.

Elle avait surmonté cette épreuve. Elle allait bien. Elle n'avait besoin de personne.

Mais, souvent, quelque chose ou quelqu'un brisait ses défenses, lui faisant déplorer que sa vie n'ait pas suivi un chemin différent. Comme l'avait fait Mark Bates.

Elle soupira. Elle voulait plus. Pas de surprise. Ce qui était surprenant, c'étaient les étincelles que le baiser innocent de Mark avait allumées en elle. Elle s'était sentie vibrer de désir, sensation aussi exaltante qu'effrayante. L'idée de céder à cette attirance puissante la terrifiait, et elle s'y refusait. Elle allait devoir veiller à rester à bonne distance de Mark. Ils parleraient d'Astrid et s'en tiendraient là.

Elle partit pour l'hôpital.

Sa première patiente de la journée était Riley Turner, sœur de Brock, de trois ans sa cadette. Riley et elle se connaissaient depuis de nombreuses années et avaient toutes deux grandi à Wyckford. Riley aussi avait été une enfant rebelle, jusqu'à l'accident de voiture qui avait coûté la vie à ses parents quelques années plus tôt. Assise à l'arrière, Riley avait survécu, mais était devenue paraplégique. Depuis, elle vivait avec son frère aîné, Brock, et travaillait comme radiologue au Wyckford General. Elle semblait s'être adaptée à sa nouvelle vie, mais Luna sentait en elle une fébrilité qui ne demandait qu'à s'exprimer.

C'était justement la raison de la visite de Riley.

— Je veux mon indépendance, déclara-t-elle à Luna.

Elle était assise dans son fauteuil roulant, en face de Luna, installée à son bureau dans un coin du service de physiothérapie. Du matériel de rééducation, des ballons et des matelas colorés occupaient l'espace brillamment éclairé.

— C'est quoi, pour toi, l'indépendance ? demanda Luna en tapant ses notes dans le dossier électronique de Riley.

Elle avait étudié le dossier avant son arrivée pour avoir une idée précise des soins et exercices à lui donner. Aujourd'hui, elle avait prévu d'évaluer son état, de tester ses modalités sensorielles – superficielles et profondes – au-dessus de la lésion, et de les comparer à l'American Spinal Injury Association Impairment

Scale, ou AIS, une échelle de déficiences liées aux lésions de la colonne vertébrale. D'après le rapport des urgences, la moelle épinière de Riley avait presque été sectionnée au niveau de la T11 et de la T12, la rendant paraplégique mais capable de s'asseoir seule, ce qui l'aidait à respirer et lui permettait de tousser, deux aptitudes importantes pour sa santé et son bien-être.

— Je veux partir de chez Brock et retrouver mon chez-moi, ma propre vie, déclara Riley, ses yeux bleus brillant de détermination. J'adore mon frère et j'apprécie ce qu'il a fait pour moi, mais, maintenant qu'il a Cassie, je pense qu'il est temps que nous avancions. Je veux vivre de nouveau, mais je suis nerveuse, Luna. Je veux retrouver une vie active, remplie et heureuse. Ne plus me limiter au travail et au baby-sitting. J'ai envie de… d'amour. Et si je n'arrive pas à le trouver ?

Luna hocha la tête avec compréhension.

— Tu le trouveras. Tu vois quelqu'un ?

Riley rougit et détourna les yeux.

— Non, pas vraiment.

Intéressant. Luna prit des notes. Il y avait un nouveau neurologue en ville, Sam Perkins, et elle l'avait vu plusieurs fois avec Riley à l'hôpital. Venu l'été dernier travailler sur un cas avec Cassie, il avait fini par rester en acceptant un poste permanent en neurologie au Wyckford General. Luna se demandait si Riley était pour quelque chose dans sa décision.

Elle posa sa tablette et se leva.

— Très bien. Pour commencer, procédons à ton évaluation pour voir où tu en es actuellement.

Elles allèrent dans la salle des équipements, et Luna lui fit faire une série de tests pour mesurer ses capacités motrices et sensorielles, ce qui prit une bonne demi-heure. Luna était impressionnée par la force de ses membres supérieurs, mais son gros souci était l'utilisation limitée de ses membres inférieurs, sur lesquels Riley n'avait aucun contrôle.

Luna mesura ses cuisses et ses mollets, et fut consternée en découvrant combien les articulations de ses hanches, de ses genoux et de ses chevilles étaient raides, presque verrouillées. Elle devait remettre Riley sur la bonne voie, ou la faiblesse de ses membres inférieurs finirait par impacter toute la force qu'elle avait développée au-dessus de la taille.

L'examen terminé, Luna retourna à son bureau et Riley la suivit en fauteuil.

— Voilà le programme que je te propose, dit-elle. Nous allons travailler à renforcer le bas du corps avec des exercices basés sur la mobilisation passive au début, afin de préserver tes hanches, tes genoux et tes chevilles, et améliorer ta qualité de vie globale.

— D'accord. Et ensuite ?

— Tu feras des exercices d'aérobic. Comme, la plupart du temps, tu es assise devant un ordinateur pendant ton travail, c'est un élément crucial du protocole. Nous devons améliorer ta circulation et accroître ton absorption d'oxygène. J'ai commandé un nouveau vélo destiné aux patients paraplégiques, il devrait arriver d'ici la fin de la semaine.

Elle lui montra une photo du vélo sur sa tablette. D'après le descriptif, les jambes et les pieds du patient étaient sanglés, et ses muscles étaient stimulés pendant qu'il actionnait le vélo.

— Tu seras la première à l'essayer.

— J'ai toujours adoré être la première, répondit Riley avec un sourire, retrouvant un peu de son ancienne flamme. J'ai hâte de commencer !

6

Mark fréquentait la salle de sport plusieurs fois par semaine avec Tate Griffin et Brock Turner.

Le lendemain matin, Tate et Mark s'entraînaient sur le ring pendant que Brock s'exerçait sur les appareils de musculation. Avec un sourire suffisant, Mark évita le crochet gauche de Tate, qui riposta en lui décochant un uppercut dans le ventre.

Mark toucha le sol, le souffle coupé, et ce fut au tour de Tate de triompher.

Ils s'affrontaient depuis une demi-heure, et Mark était épuisé, mais le dernier à terre offrait le petit déjeuner. Alors il lança la jambe et balaya les pieds de Tate, qui atterrit sur le tapis avec un bruit sourd des plus satisfaisants.

— Continuez comme ça et vous finirez aux urgences, tous les deux, grommela Brock depuis le banc de musculation.

Hors d'haleine, Mark roula sur le dos et s'essuya le front en gardant l'œil sur Tate. C'était un formidable adversaire. Ils avaient tous deux été dans l'armée, Mark dans la marine, Tate dans l'aviation. Mark avait retrouvé la vie civile au bout de quatre ans, mais Tate était resté plus de dix ans chez les sauveteurs parachutistes.

Au cours d'une dernière mission qui avait mal tourné, Tate avait été grièvement blessé. Il avait fallu l'opérer pour sauver sa jambe, mais il avait dû affronter seul les séquelles. Après ce qu'il avait enduré, Mark trouvait qu'il s'était plutôt bien remis. Ils s'étaient rencontrés en ligne sur un groupe de soutien aux vétérans, et l'an dernier Mark avait convaincu Tate de venir vivre à Wyckford. Tate s'y était installé, il avait trouvé un bon emploi de chef d'équipe chez les secouristes volants de l'hôpital, et il était tombé amoureux de Madi Scott, la meilleure infirmière de la ville, qui gérait le dispensaire gratuit qu'elle avait créé. Tate y travaillait bénévolement à ses heures perdues, dirigeant un groupe de soutien pour les vétérans meurtris physiquement et mentalement.

Mark admirait beaucoup Tate, et ils étaient les meilleurs amis du monde.

Il tâta doucement du pied son camarade à plat ventre.

— Vérifie au moins son pouls, dit Brock, posant son haltère.

Mark poussa Tate du pied.

— Tu ne me fais pas le coup de l'opossum mort, mon pote ?

— Je peux lui injecter la seringue d'adrénaline que j'ai dans ma voiture, proposa Brock. Ça fait un mal de chien, mais ça le réveillera.

— Approche-moi avec ta seringue, et c'est toi qui auras besoin de soins, grogna Tate. Tu as triché, Mark.

— Mais ça a marché, non ?

Tate jura en soufflant bruyamment.

Pour sa part, Mark avait l'impression d'être passé sous un rouleau compresseur. Mais au moins, ici, il évitait de penser à sa prochaine rencontre avec Luna. S'il ne trouvait pas bientôt une idée, leur histoire se réduirait à quelques baisers, et cela ne lui suffisait pas.

Tate finit par se relever en chancelant.

— Encore un round.

— Non, répondit Mark. Je meurs de faim.

— Probablement parce que tu as manqué le dîner l'autre soir, dit Tate. Merci de m'avoir posé un lapin, au fait.

Mark éclata de rire. À son arrivée à Wyckford, Tate avait vécu en ermite, gardant ses distances avec les autres. Puis Madi avait percé ses défenses, lui démontrant qu'un rapprochement n'avait rien d'effrayant avec la bonne personne.

— Je te l'ai dit, répliqua Mark avec un soupir. Il s'est passé quelque chose. Dans la forêt.

— La forêt ? Ça a un rapport avec Luna Norton ? demanda Tate avec un grand sourire. D'après les rumeurs, tu es venu à son secours ?

Mark soupira, agacé, et se releva.

— Elle s'était perdue et je l'ai aidée à retrouver son chemin. Il n'y a pas eu de sauvetage.

— Hum. Je parie que tu l'as bien aidée. Elle a l'air d'avoir eu très peur...

Mark se sentit soudain prêt pour un deuxième round. Tate, qui ne reculait jamais devant un défi, lui sourit avec malice et s'avança, mais Brock siffla, les stoppant net dans leur élan.

Brock lança à Mark son portable, qui bourdonnait.

— Ça arrive à point nommé, j'allais te botter les fesses, déclara Tate, adossé à la corde du ring.

— Dans tes rêves, dit Mark.

Mais il recula prudemment jusqu'à être hors d'atteinte de Tate pour répondre au téléphone. Le devoir l'appelait, bien sûr. On avait besoin de lui. Encore. Il pouvait dire adieu à son jour de congé. Mais au moins il n'aurait pas à offrir le petit déjeuner.

Mark alla se doucher et se changer, puis il rentra chez lui en courant pour mettre son uniforme et se rendit à la caserne. Il y était depuis une trentaine de minutes quand on l'appela pour une intervention. L'année précédente, il avait reçu une promotion qui lui permettait d'intervenir dans de nombreux secteurs, comme la recherche et le secours aux personnes. Ce qu'il fit les heures suivantes. Avec les autres pompiers de Wickford, il collabora avec l'équipe d'urgence et l'équipage de sauvetage volant de Pete's Pond pour secourir des pêcheurs sur glace tombés à l'eau, la couche de glace n'étant pas assez épaisse pour supporter leur poids. Ils se trouvaient à environ cent cinquante mètres du rivage, et les attacher à cette distance se révéla un vrai défi, comme leur envoyer des nageurs-sauveteurs ou l'hydroglisseur.

Mais finalement tout le monde s'en sortit sain et sauf.

Mark regagna ensuite son bureau pour s'occuper des tâches administratives. Il commanda des fournitures, puis fit une inspection de sécurité de tout l'équipement, ce qui lui valut une bonne migraine qui l'accompagna jusque chez lui.

Mark n'aimait pas cuisiner. Mais, en restauration, les options étaient limitées, à Wyckford, entre le bar-gril en périphérie de la ville et le restaurant des parents de Luna. Le Wicked Wayz avait une excellente bière à la pression. Le Buzzy Bird avait Luna. Après ce qui s'était passé la veille chez elle, il aurait probablement dû se contenter de manger des restes, mais quelques instants plus tard il se garait sur le parking du restaurant.

Assis à la table d'angle qu'il avait partagée avec Luna et Astrid, il scruta la salle et se détendit en repérant Luna qui parlait à sa mère derrière le comptoir. Comme si elle sentait ses yeux sur elle, elle tourna la tête et lui rendit son regard, le visage indéchiffrable. Sa mère le salua en souriant, donna un verre d'eau et un menu à sa fille, et la poussa dans sa direction. Luna s'approcha dans sa tenue bleue de kiné, le poignet toujours bandé. Elle semblait moins boiter.

— Comment vont vos blessures ? demanda-t-il comme elle posait le verre d'eau et lui tendait la carte.

— Bien, répondit-elle, impassible. Astrid va bien aussi.

Il sourit et porta le verre à ses lèvres pour humecter sa gorge sèche. De près, il ne se rappelait de Luna que sa chaleur, la douceur de ses lèvres et ses petits murmures pendant qu'il l'embrassait. *Seigneur.* Il fixa le menu qu'il connaissait déjà par cœur et lâcha la première question qui lui vint à l'esprit.

— Et comment va la coupure de votre jambe ?

La commère Lucille Munson passait devant eux à cet instant.

— Qu'est-ce qui s'est passé, trésor ? Tu t'es blessée ?

— Je suis tombée en forêt. Ce n'est rien, dit Luna en regardant Mark, le mettant au défi de développer. Je vais bien.

Hochant la tête, Lucille dévisagea Mark.

— Et l'Ardent Pompier sexy t'a secourue, il paraît ?

Luna rit, d'un joli rire musical, trop rare.

— Comment tu l'as appelé ?

— L'Ardent Pompier sexy. Les gens d'ici lui ont trouvé ce surnom sur Facebook.

Consterné, Mark se tassa sur son siège.

Luna contint difficilement son hilarité pendant que Lucille s'éloignait, puis elle regarda Mark.

— Que puis-je vous servir à dîner, Ardent Pompier sexy ?

Après avoir pris sa commande, elle disparut dans la cuisine et ne revint pas. Son repas lui fut servi par sa mère, une sexagénaire aux courts cheveux blancs et aux mêmes yeux gris pétillants que ceux de sa fille.

— Merci.

— Luna est en pause, dit-elle en guise d'explication. La pauvre a déjà fait sa journée de travail à l'hôpital, mais elle a insisté pour nous aider. Elle est si serviable, ma Luna.

Oui, songea-t-il en dévorant son hamburger et ses frites. Et elle le rendait fou.

Plus tard ce soir-là, Luna regardait une série policière en streaming devant un grand bol de pop-corn accompagné de deux barres chocolatées, pendant qu'Astrid jouait à des jeux dans sa chambre sur le téléphone prépayé que Luna lui avait acheté le matin même. La situation de la jeune fille étant pour le moins précaire, Luna jugeait nécessaire qu'elle puisse contacter quelqu'un si elle avait besoin d'aide.

À l'écran, le détective s'apprêtait à révéler le nom du tueur quand le téléphone sonna. Luna décrocha.

— Soirée filles demain, annonça Cassie dans l'écouteur. Madi t'aurait appelée, mais elle est avec Tate.

Luna se blottit sous sa couverture.

— Je ne sais pas. Je suis prise ce week-end, et on a besoin de moi au restaurant...

— S'il te plaît ? supplia Cassie. Entre Adi et Winnie, j'ai vraiment besoin d'une conversation d'adultes. Et Madi a décidé que nous allions nous occuper de ta vie, à présent que la sienne et la mienne sont en ordre.

Luna se redressa, les sourcils froncés.

— Qu'est-ce que ça veut dire, exactement ?

— Viens demain soir et tu le sauras. À demain, alors !

Cassie raccrocha, et Luna fixa longuement le téléphone en se demandant ce qui était en train de se passer.

Cassie Murphy était revenue à Wickford l'été précédent pour donner une consultation sur un cas chirurgical à l'hôpital. Durant son séjour, elle avait renoué avec son béguin de jeunesse, le Dr Brock Turner, et ils étaient éperdument amoureux. Luna était contente pour eux, même si leur romance à l'eau de rose l'écœurait parfois : elle rêvait secrètement de vivre la même chose.

Et puis il y avait Madi. Luna et elle avaient grandi ensemble, meilleures amies à la vie à la mort. Sauf qu'à l'automne dernier la gentille Madi était tombée follement amoureuse du mauvais garçon récemment arrivé en ville, l'ambulancier volant Tate Griffin. Depuis, ils se voyaient souvent, et Tate s'était installé chez Madi. Luna se réjouissait pour son amie, et elle avait plus de temps pour elle, maintenant, d'où son excursion en forêt pour se vider la tête et dessiner... qui l'avait conduite à Mark, alias l'Ardent Pompier sexy.

On frappa à la porte, interrompant le fil de ses réflexions.

Elle posa la télécommande. La pendule de la cuisine affichait 22 h 30. Trop tard pour une visite de courtoisie. Elle alla regarder dans l'œilleton et eut un choc en voyant l'objet de ses pensées planté devant sa porte.

Elle jura silencieusement. Si elle ne répondait pas, peut-être s'en irait-il.

— Je sais que vous êtes là, Luna, dit-il, annihilant ses espoirs. J'entends la télévision.

Étouffant un juron, elle entrouvrit la porte.

— Qu'est-ce que vous voulez ?

Les mains dans les poches, il promena son regard sur son pyjama de flanelle et ses pantoufles en fourrure mauve.

— Jolie tenue.

— Pourquoi vous êtes là ?

— Je suis venu prendre des nouvelles d'Astrid.

Elle se ressaisit.

— Elle va bien. Vous auriez pu envoyer un SMS.

— Je n'ai pas votre numéro, répliqua-t-il, adossé au chambranle de la porte, scandaleusement sexy dans son uniforme de pompier. Je peux entrer un instant ?

Elle cligna des yeux, se demandant s'il plaisantait.

— Non. Vous ne travaillez pas ?

— J'ai fini, en fait, dit-il, plissant les yeux comme s'il l'étudiait. Vous avez quitté le restaurant sans dire au revoir.

— J'ignorais que je devais vous informer de mes faits et gestes.

Il prit une inspiration et baissa les yeux vers ses chaussures, les mains dans les poches.

— J'ai juste pensé qu'on pourrait peut-être parler de ce qui s'est passé hier matin.

Le baiser. Oh ! Seigneur. C'était la dernière chose à laquelle elle voulait penser. Surtout en étant si proche de lui qu'elle aurait pu réitérer l'expérience. Non. C'était la pire des idées.

Après un coup d'œil dans l'appartement pour s'assurer qu'Astrid n'était pas venue aux nouvelles, Luna sortit sur le palier et repoussa la porte derrière elle.

— Il est inutile d'en parler. Nous avons fait une erreur. C'est passé. Oublié. Ça ne se reproduira pas.

Mark la considéra un moment, et inclina lentement la tête.

— Si vous en êtes sûre.

— Absolument.

Elle croisa les bras sur sa poitrine pour se protéger de la chaleur troublante qu'il dégageait.

Elle ne faisait *absolument pas* attention à son odeur de pin et de savon, à sa barbe naissante, aux cernes sous ses yeux bleus. Luna s'éclaircit la gorge et leva le menton.

— Je ne me rappelle même pas ce baiser, pour être franche.

Menteuse.

Une lueur passa dans les yeux plissés de Mark. De défi ? D'amusement ? En tout cas, il rit doucement et se redressa, et son bras frôla le sien avant qu'il s'écarte.

— Alors j'imagine qu'on en reste là.

— Oui. Terminé.

Luna savait qu'elle aurait dû rentrer et verrouiller la porte derrière elle, mais elle restait sur le palier à le regarder fixement pendant que les secondes s'écoulaient.

— Passez une bonne nuit.

— Vous aussi, répondit-il, aussi pétrifié qu'elle.

Puis il posa les yeux sur ses lèvres, comme une caresse. Et ce fut plus fort qu'elle. Elle se jeta à son cou et l'embrassa à perdre haleine. Comme si, en sa présence, son corps se déconnectait de son esprit et l'autorisait à ne plus penser, à juste ressentir et désirer. Un changement vertigineux, déconcertant pour elle. Elle se pressa contre lui et soupira quand il l'enlaça pour la serrer plus fort, sans qu'elle se sente piégée, seulement libre. Libre et concentrée sur son propre bonheur, pour une fois, pas sur ses peurs. Parce que c'était son choix, sa décision, aussi mal avisée fût-elle.

Pour des raisons qu'elle ne voulait pas analyser, elle ne voyait pas Mark comme une menace. Elle se sentait au chaud, en sécurité, et c'était merveilleux, même provisoirement.

Mais ils ne pouvaient pas s'abandonner ainsi sans que toute la ville soit au courant, et Luna n'avait pas envie d'être de nouveau l'objet de médisances. Elle avait eu son compte pendant son adolescence.

Mark jura et s'écarta en marmonnant, les yeux fixés sur son téléphone en train de vibrer.

— Désolé, murmura-t-il, le souffle court. Un collègue est malade, je suis de nouveau d'astreinte.

Elle recula, les jambes flageolantes.

— Très bien.

— On se parle plus tard ? demanda-t-il, ses yeux bleus fixés sur elle avec chaleur.

Incapable de parler, Luna acquiesça et regagna son appartement, refermant derrière elle. Elle fixa la porte, regarda par l'œilleton pour s'assurer que Mark était parti, puis appuya le front contre le battant. Elle ignorait ce qu'elle était en train de faire. Elle savait juste qu'elle devait cesser avant que quelqu'un souffre. C'est-à-dire elle. Ce qui semblait beaucoup plus facile à dire qu'à faire.

7

Le lendemain matin, Luna se leva tôt car elle était de garde à l'hôpital. Elle se demandait si elle allait réveiller Astrid ou lui laisser un message quand la jeune fille émergea de sa chambre en chancelant. Elle portait le jean miteux du jour de leur rencontre, avec un sweat-shirt prêté par Luna à l'effigie de la mascotte du lycée local, un gros épi de maïs hilare qui serrait ses poings minuscules. Elle était chez Luna depuis deux jours, maintenant, mais ne lui avait livré que deux informations sur elle : elle aimait la pizza et avait peur des araignées.

— Tu as bien dormi ? demanda Luna comme elle entrait dans le salon, les yeux larmoyants.

— Ouais, répondit la fille en jetant un coup d'œil dans la rue. Le pompier n'est plus là.

— Non, dit Luna, les joues brûlantes à la pensée de leur baiser sur le palier la veille. Il a sûrement des choses plus importantes à faire.

— Hum, fit Astrid, appuyée au comptoir, l'observant de ses yeux plissés. Je croyais avoir entendu sa voix hier soir.

— Quoi ? s'écria Luna, sa tasse à la main. Non. Enfin… oui. Il est passé prendre de tes nouvelles, puis il est reparti.

— Hum, répéta Astrid, visiblement sceptique. Il vous plaît.

— Non.

Luna avait l'impression d'être une ado qui se disputait avec sa mère. Mais, vu la nature contestable de son comportement récent avec Mark, son niveau de maturité avait peut-être sensiblement baissé. Elle prit une grande inspiration pour se calmer les nerfs et jeta le reste de son café dans l'évier. Un excès de caféine n'arrangerait rien.

— Mark et moi travaillons au même endroit, c'est tout.

— Bien sûr, répondit Astrid avec un sourire ironique. Je suppose que fourrer sa langue au fond de la gorge de son collègue fait partie du job, ces temps-ci...

Mortifiée, Luna se sentit oppressée et s'empourpra. Elle n'était pas prude, loin de là. « Vivre, laisser vivre et aimer » était sa devise, mais, là, franchement... Elle croyait avoir été prudente la veille. Pas assez, apparemment. Cela lui apprendrait à ne plus céder à ses stupides désirs. Elle ne savait pas pourquoi elle éprouvait le besoin de se justifier aux yeux d'une gamine de dix-huit ans, mais c'était un fait.

— D'accord. Oui, nous nous sommes embrassés hier. Mais c'était pour me prouver que je ne veux plus recommencer.

Astrid haussa un sourcil sceptique.

— Avec le pompier ? Ou avec les hommes en général ?

Seigneur, elle ne faisait que s'enfoncer davantage. Luna inspira et désigna la table de la cuisine. Elle avait encore une heure devant elle. Elles s'assirent, et Luna chercha ses mots.

— Quand j'avais ton âge, Astrid...

— Oh ! non, soupira la jeune fille en croisant les bras, vous n'allez pas me faire un sermon...

— Pas de sermon, promis. Donc, à ton âge, j'ai eu de mauvaises fréquentations, et j'ai été mêlée à des choses auxquelles je n'étais pas préparée. Et un soir ça a très mal tourné pour moi, raconta-t-elle, la gorge serrée à cette évocation. Par la suite, j'ai reconstruit ma vie telle qu'elle est aujourd'hui. Mais je ne fais plus confiance aux hommes.

— Pas même aux pompiers bons samaritains ?

— Surtout pas à eux.

Astrid se pencha vers elle.

— Je comprends. Je ne fais pas confiance à beaucoup de gens non plus. C'est dur, de créer de véritables liens, quand on est constamment déplacé d'une famille d'accueil à l'autre.

Elle a donc été placée par les services sociaux.

Luna enregistra l'information pour en parler à Mark si elle le voyait. Ils allaient pouvoir enquêter sur la jeune fille.

— Et, quand on se lie avec quelqu'un, il s'avère souvent être un sale type, ajouta Astrid.

Elle frissonna, et Luna lui prit la main.

— Quelqu'un t'a fait du mal, Astrid ?

Un instant, elle crut qu'elle allait répondre. Mais la jeune fille se leva, quitta la cuisine et gagna le salon, où elle alluma la télévision et se laissa choir sur le canapé.

Bon. Conversation terminée. Luna se leva et passa la main sur sa blouse bleue.

— Bien. Je prends ma garde tôt à l'hôpital. Tu peux rester ici pour rattraper ton manque de sommeil. Il y a de quoi manger, de l'eau chaude... et la télé.

— Merci, mais je vais probablement devoir repartir.

— Personne ne t'embêtera, si c'est ce qui te tracasse, ajouta Luna en enfilant son manteau. Et, si par hasard ça arrive, je peux t'aider...

— Non, dit vivement Astrid en l'interrompant. Tout va bien.

Le cœur de Luna se serra, car Astrid allait manifestement mal. Luna le savait, elle était passée par là. Elle avait été terrifiée, et seule. Mais, à la différence d'Astrid, des gens l'avaient soutenue quand elle en avait eu besoin. Cependant, la jeune fille avait Luna, maintenant. Et Mark.

— Tu es en sécurité, à présent, lui répéta-t-elle.

Astrid hocha la tête.

Luna chaussa ses bottes, prit son sac contenant ses chaussures et son déjeuner, et attrapa ses clés sur la desserte avant de faire une ultime tentative.

— Je peux appeler quelqu'un pour toi, pour dire où tu es ?

— Non.

— Je t'ai laissé d'autres vêtements de rechange dans ma chambre, dit Luna en sortant. Et, si tu veux aller au Buzzy Bird plus tard, j'enverrai un SMS à mes parents pour qu'ils te donnent ce que tu voudras pour déjeuner. Gratuitement.

— Pourquoi ?

Astrid ne parlait pas de nourriture, et Luna le savait.

— Parce que ça craint de ne pas savoir d'où viendra notre prochain repas... s'il vient. Et je peux t'éviter ça.

Deux heures plus tard, Luna avait fini de travailler avec son premier patient de la journée, un vétéran qui avait perdu une jambe en Syrie. Elle l'exerçait à s'adapter à sa nouvelle prothèse, et jusqu'ici tout allait bien. Elle venait de ranger les tapis et le matériel quand on frappa à la porte. Levant les yeux, elle vit la dernière personne qu'elle s'attendait à voir.

Mark. Un peu échevelé, les yeux cernés, mais toujours aussi beau.

Et moi, j'ai un gros problème.

Elle s'affaira à ranger les haltères pendant qu'il pénétrait dans le grand espace ouvert aux couleurs vives. Luna n'aurait pas choisi ce décor, mais la salle avait été la garderie de l'hôpital avant la nouvelle réorganisation, et elle l'avait prise telle qu'elle était. Un peu comme son appartement. Le jaune et le rose vifs n'étaient pas spécialement à son goût, mais le loyer était une si bonne affaire qu'elle n'avait pas pu dire non. Et à propos de dire non :

— Qu'est-ce que vous voulez ? demanda-t-elle.

— Bonjour à vous aussi, dit Mark, toujours avenant. Comment va votre poignet ?

Luna frotta son bandage et ressentit une envie soudaine de lui balancer un coup de pied dans le tibia pour effacer son sourire béat. Ça, ou le plaquer contre le mur et l'embrasser jusqu'à tout oublier. Aucune des deux options n'étant acceptable, elle se dirigea vers son bureau.

— Ça va. Et je suis occupée.

— Je vois ça, déclara Mark, nullement pressé de partir, portant son irritation à son comble. Comment va Astrid ?

— Bien, répondit-elle, s'asseyant derrière son bureau pour le tenir à distance. Elle regardait la télévision quand je suis partie ce matin.

— En avez-vous appris davantage sur elle ? demanda-t-il, prenant place dans le fauteuil destiné aux patients. La police n'a rien trouvé parmi les personnes signalées disparues.

— Elle était en famille d'accueil, dit Luna, feuilletant des papiers pour éviter de croiser son beau regard bleu. Mais elle a dû sortir du système à sa majorité, ce qui explique qu'on n'ait rien sur elle.

— Vous avez bien travaillé, nota Mark avec sa gentillesse exaspérante. Comment avez-vous découvert tout ça ?

— Je lui ai parlé, répliqua-t-elle, sans évoquer ses propres traumatismes. Nous avons un peu échangé ce matin, avant mon départ pour l'hôpital.

Ce qui lui faisait penser… Elle prit son téléphone et envoya un texto à sa mère pour lui demander d'offrir un repas à Astrid.

Reposant l'appareil, elle vit que Mark l'observait, trop intensément à son goût.

— Quoi ?

Haussant les épaules, il secoua la tête et détourna les yeux.

— J'essaye de vous comprendre, parfois.

— Ne faites pas ça, aboya-t-elle sèchement. Je ne suis pas un puzzle à résoudre.

Il leva les mains en signe de paix.

— D'accord. J'essayais juste d'imaginer pourquoi vous m'aviez embrassé hier soir et…

— Assez, lança-t-elle d'un ton tranchant, l'arrachant à son siège et le poussant vers la porte. Je n'ai pas le temps pour ça.

Mon prochain patient arrive dans un quart d'heure, et je dois me préparer.

— Et ce baiser ?

— Oubliez-le, gronda-t-elle en lui claquant la porte au nez.

Un geste grossier ? Oui. Nécessaire ? Grands dieux, oui.

Car elle l'entendit marmonner à travers la porte.

— J'aimerais bien...

Elle aussi.

— La première chose à faire aujourd'hui, c'est te détendre, déclara Luna en montrant à Riley Turner un épais tapis de sol sous le banc de musculation.

Elles étaient encore en mode évaluation, et la séance du jour allait leur apprendre à se découvrir.

— Peux-tu te baisser jusqu'au sol ?

— Bien sûr, répondit Riley.

Les mains sur les roues bloquées du fauteuil roulant, elle se hissa à la force des bras jusqu'à décoller le fessier du siège, avança le torse, repositionna ses jambes, et banda les muscles de ses bras et ses épaules pour descendre le plus possible avant de se laisser tomber sur le tapis.

— Parfait, dit Luna, l'aidant à s'allonger et à tendre les jambes pour les exercices de mobilisation passive. On t'a déjà fait de la kiné ? Après l'accident ? Tu sais ce que je vais faire ?

Riley leva le menton avec détermination.

— Oui.

— Bon.

Se plaçant à côté d'elle, Luna leva doucement sa jambe droite, plia le genou, et appuya la jambe vers la poitrine, notant l'extrême tension des muscles. Elle lui fit faire plusieurs exercices simples pour relâcher sa hanche et son genou, puis se concentra sur sa cheville. Elle répéta ensuite les mêmes exercices avec l'autre jambe.

— Quand j'aurai assoupli tes articulations, je te montrerai

comment faire les exercices chez toi, dit Luna. Pourquoi tu n'as pas fait d'étirements ?

— Un emploi du temps dément. Une vie de fou. Tu sais comment c'est, répondit Riley en haussant les épaules.

Oui, Luna savait, mais elle sentait que Riley ne lui disait pas tout. C'était leur première vraie séance de physiothérapie, et elles n'avaient pas encore atteint ce degré de confiance. Cela viendrait avec le temps.

Luna se leva et s'étira. Lors de ces séances, elle travaillait autant que ses patients.

— C'est bon pour les membres inférieurs. Tu peux regagner ton fauteuil, et nous passerons à ce que tu préfères.

Quand Riley fut assise, elles travaillèrent les membres supérieurs avec les poids. Luna privilégiait une approche équilibrée de l'entraînement, entre bas et haut du corps.

Elles firent quelques tractions légères avec des poids, puis Luna hissa Riley de son fauteuil au banc de musculation pour les exercices pectoraux. Penchée vers elle, Luna l'encourageait, mais elle avait rarement eu une patiente aussi motivée.

Peut-être Riley n'était-elle pas si différente d'elle.

Elle étudiait sa technique, rectifiant la position d'un coude ou d'une épaule, puis elle décida de tester sa détermination.

— Augmentons le poids, dit-elle.

— D'accord.

Luna ajouta des poids à la barre, et Riley se remit au travail, voulant visiblement repousser ses limites.

Luna se surprit à grimacer quand elle souleva l'haltère au-dessus de sa tête, et elle s'empressa d'attraper la barre, au cas où.

— Bon travail. On fait une pause ?

— Je boirais bien un verre d'eau, dit Riley.

Elles burent, et Riley s'essuya le visage avec sa serviette.

— C'était un bon entraînement. Merci.

— Merci pour tes efforts, déclara Luna avant de prendre une

autre gorgée d'eau et de regarder sa montre. Bon. Passons aux exercices pour le dos. Mon prochain patient arrive à 13 h 30.

Riley se mit en position assise et Luna l'aida à placer ses jambes de part et d'autre du banc, avec la barre d'haltère au-dessus de la tête. Luna s'assit à califourchon devant elle, et plaça ses jambes en soutien pour que ses pieds protègent ceux de Riley et les maintiennent en place.

— On va commencer par vingt kilos, puis on augmentera.

Prête à intervenir si Riley perdait l'équilibre, elle regarda sa patiente descendre l'haltère et répéter le mouvement, comme si la barre ne pesait rien.

— Qu'est-ce que tu sais sur Sam Perkins ? demanda Riley de but en blanc entre deux respirations.

— À l'origine, il est venu de Californie assister Cassie Murphy dans une opération qu'elle a réalisée l'an dernier, et il a décidé de s'installer à Wyckford. Pourquoi ?

Riley haussa les épaules.

— Je m'interrogeais sur lui, c'est tout.

— Hum. Vous semblez souvent travailler ensemble. Tu devrais lui demander, rétorqua Luna d'un ton léger comme Riley s'essuyait après une série d'exercices. Il m'a paru gentil, les rares fois où je l'ai croisé. Et il est mignon.

— Tu trouves ? dit Riley en lui jetant un regard curieux.

— Bien sûr. Quand on aime le genre intello sexy.

Pour sa part, Luna préférait les beaux surfeurs. Les joues en feu, elle tourna la tête pour étudier le tracé des efforts de la patiente sur son ordinateur.

— Tu as très bien travaillé, aujourd'hui. Quand nous aurons optimisé les articulations de tes membres inférieurs, tu seras en bonne voie pour acquérir l'indépendance que tu veux.

Riley posa sur elle ses beaux yeux bleus.

— Je te le rappellerai.

— Je l'espère.

Luna revit avec elle les exercices autopassifs pour qu'elle

commence à les faire chez elle, puis elles programmèrent une autre séance dans la semaine.

— À la prochaine fois, dit-elle en la regardant passer la porte dans son fauteuil roulant.

Elle sentait qu'elles avaient seulement effleuré la surface des véritables capacités de Riley aujourd'hui, mais elles progresseraient. Lentement, mais sûrement.

Après son service, Luna passa à son appartement avant d'aller retrouver Madi et Cassie au restaurant. Astrid avait disparu, sans laisser de message. Luna se doucha, se changea, et se rendit au Buzzy Bird en se disant que la jeune fille y était peut-être, mais ses parents lui apprirent qu'elle n'était pas venue déjeuner.

Luna s'installa dans un box au fond de la salle, où ses amies ne tardèrent pas à la rejoindre.

— Longue journée ? demanda Madi en s'asseyant en face d'elle. J'ai vu que tu avais une séance avec M. Martin cet après-midi.

M. Martin était un instituteur retraité dénué de motivation mais pas de prétentions. Toutefois, Luna ne se laissait pas impressionner par son attitude de vieux râleur.

— C'est un bon gros nounours, en fait. Il faut juste savoir comment le prendre.

— Et je suis sûre que tu y arrives très bien.

Généralement, Luna savait se comporter avec les hommes, les tenir à distance et les remettre à leur place. Puis Mark Bates était arrivé, et maintenant elle ne savait plus rien du tout. Mais pas question d'aborder la question ce soir. C'était trop perturbant. Trop sensible. Elle soupira.

— Mark et moi, nous avons trouvé une jeune fugueuse l'autre jour dans la forêt. Je l'héberge chez moi.

Ses deux amies la dévisagèrent, les yeux ronds.

— Quoi ? s'écria Madi. Tu crois que c'est prudent ?

— Elle a dix-huit ans et n'est plus en famille d'accueil, dit Luna en prenant son verre d'eau. Je crois qu'elle a des ennuis, mais elle refuse de m'en parler. Je veux juste l'aider.

Cassie scruta son poignet bandé.

— Qu'est-ce qui t'est arrivé ?

Luna s'empressa de dissimuler son bras sous la table.

— Je me suis blessée pendant une randonnée dans les bois l'autre jour.

— Une minute ! s'exclama Madi. C'était donc toi ? Des pompiers parlaient d'une personne qui s'était égarée en forêt et que Mark Bates avait secourue. Et, comme un arbre bloquait la route, ils avaient dû passer la nuit dans les bois.

Merde.

Luna aurait dû savoir qu'on ne pouvait pas garder un secret à Wyckford. Le visage en feu, elle fusilla son verre du regard.

— Il ne m'a pas secourue. Je tournais en rond et il m'a montré la bonne direction. C'est tout.

Cassie haussa un sourcil.

— Ça n'explique pas ton poignet.

C'était de pire en pire. Luna soupira, consciente qu'elle devait des explications à ses amies.

— Je me suis levée au milieu de la nuit pour me soulager et j'ai fait une chute et dévalé un talus. Mark m'a aidée à remonter, et il a soigné mes blessures.

— Tes blessures ? répéta Madi. Il n'y a pas que le poignet ? Ça ressemble à un sauvetage, pour moi.

Luna serra les dents.

— Je me suis foulé le poignet et éraflé la jambe. Il m'a bandée, et c'est tout. Il est secouriste de formation. C'est son travail. On peut revenir à la fugueuse, à présent ?

— Le travail de qui ? demanda Lucille Munson, qui passait par là, toute de vert fluo et jaune citron vêtue. Il m'avait bien semblé entendre dire que Mark Bates était un héros.

— Ce n'est pas un héros ! s'exclama Luna avant de baisser la voix. C'est un pompier qui a fait son boulot en venant à mon aide dans les bois. Fin de l'histoire. Il n'y a rien à ajouter.

— Hum, fit Lucille en jetant un coup d'œil à sa montre. Oups, regardez l'heure. Il faut que je file.

Après son départ, Madi et Cassie continuèrent à fixer Luna.

— En somme, tu as un nouvel homme sur ton écran radar et une gamine égarée dans ton appartement ? remarqua Cassie.

Cela résumait plutôt bien la situation.

— Mark vit aussi chez toi ? demanda Madi.

— Bien sûr que non, répliqua Luna. Mais il a veillé devant la tente cette nuit-là pour s'assurer que tout allait bien.

— C'est un chic type, dit Madi.

Luna répugnait à l'admettre, mais Mark semblait vraiment être un homme bien. Ce qui amenait une autre question. Pourquoi diable voudrait-il s'encombrer d'une fille abîmée comme elle, avec les casseroles qu'elle traînait ?

Madi fronça les sourcils.

— Tu mérites quelqu'un comme lui, tu sais.

— C'est vrai, renchérit Cassie. Je crois que tout arrive pour une raison.

C'est pour ça qu'elles étaient amies depuis l'école primaire. Personne ne connaissait mieux Luna que ses amies, et vice versa. Elles semblaient toujours savoir ce que les autres pensaient, même quand elles l'ignoraient elles-mêmes.

Madi prit la main de Luna.

— Tu peux me dire pourquoi tu es prête à donner une chance à cette fille et pas à Mark ?

Luna aurait voulu disparaître dans un trou de souris.

— Je ne sais pas, dit-elle au bout d'un moment. Peut-être parce qu'Astrid et moi sommes pareilles. Mark irradie la lumière et la bienveillance, et j'ignore quoi faire avec ça.

— Je parie qu'il a aussi un côté obscur, déclara Cassie. Personne n'est parfait.

— Elle a raison. Tu devrais peut-être lui demander.

Luna se tortilla sur son siège.

— Il m'a dit que son jeune frère était mort quand il avait douze ans. C'est pour ça qu'il est devenu pompier.

— En voilà, de l'obscur, releva Cassie en portant son verre à ses lèvres. Tu devrais l'interroger là-dessus.

— Je ne le connais pas si bien, rappela Luna.

— Alors tu ferais peut-être mieux d'apprendre à le connaître, lâcha Madi en lui adressant un clin d'œil.

Mark avait la réputation d'être décontracté et facile à vivre. Et bon samaritain. Il n'était pas sûr que cela fût justifié, mais il donnait cette impression car il était toujours préparé à tout, à tout moment.

C'est après la mort de Mikey qu'il avait pris conscience de son besoin de contrôler les situations et l'issue des choses, et plus tard il avait exploité cette aptitude, d'abord dans l'armée, puis chez les pompiers de Chicago. Il pensait que, si un type pouvait survivre à la guerre et à l'incendie d'un immeuble de dix étages, il pouvait survivre à tout. Cela ne ramènerait jamais Mikey, mais peut-être cela réparait-il un peu sa perte. Il croyait avoir accepté l'échec de son mariage et tourné la page. Puis était arrivée une physiothérapeute énigmatique et gracieuse nommée Luna Norton, au comportement méfiant et à la langue acérée, avec sa douceur secrète et sa façon de soupirer quand il l'embrassait, et l'enfer s'était abattu sur lui.

Il n'était pas passé au cabinet de Luna uniquement pour avoir des nouvelles d'Astrid mais aussi pour la revoir. Il quittait l'hôpital après une intervention d'urgence où les pompiers avaient assisté les ambulanciers dans une désincarcération quand il avait aperçu Luna à travers une fenêtre. Alors, comme un idiot, il était retourné à l'intérieur au moment où son patient s'en allait, et il s'était assis devant son bureau.

Bien joué, mon vieux.

Les nouvelles de la fille l'avaient évidemment intéressé.

Astrid lui fournissait un bon prétexte pour parler à Luna, et il n'allait pas se priver. Mais il avait vraiment envie de connaître la vérité sur la jeune fille, savoir s'il pouvait la ramener chez elle en sécurité car, oui, il adorait jouer les héros. C'était sa nature. Sa raison de vivre.

Il se composa un visage réjoui car c'était la journée d'entraînement des employés de la caserne, et ensuite ils auraient un cours spécial étirement donné par Luna Norton en personne. Normalement, les cadres n'avaient pas à y participer, mais Mark s'était porté volontaire pour assister Luna dans les exercices pour entretenir sa souplesse et, bien sûr, s'assurer que Luna ne pourrait pas encore l'éviter. Elle avait éludé sa question sur leur baiser l'autre soir chez elle. Il s'était promis qu'il ne tenterait plus rien tant qu'il ne la comprendrait pas mieux, et il n'avait rien tenté. Elle avait accepté de « parler plus tard », quoi que cela implique, mais il ne l'avait pas revue.

À 15 heures, comme ses collègues rentraient d'une épuisante journée d'exercice, Mark descendit à la salle de sport de la caserne, en T-shirt de pompier, short et tennis, et trouva Luna en train de s'installer.

— Je peux vous aider ? proposa-t-il en s'approchant.

Luna se retourna et cligna des yeux avant de se détourner.

— Qu'est-ce que vous faites là ? grommela-t-elle.

— Je suis votre partenaire de démonstration, aujourd'hui, dit-il, incapable de cacher son amusement devant son irritation. Quoi ? Je suis à votre service pendant une heure. Que voulez-vous de plus ?

— Ce que je veux, grogna-t-elle en lui faisant face, c'est que vous me laissiez tranquille.

— Vraiment ? dit-il, les bras croisés, adossé au mur de miroirs. C'était apparemment la dernière chose que vous vouliez l'autre soir sur votre palier...

— Ça suffit ! s'écria-t-elle d'une voix forte.

Puis elle vit les trois hommes qui venaient d'entrer et faisaient de leur mieux pour ignorer leur altercation, même s'ils écoutaient. À la caserne, ces gros durs étaient aussi mauvaises langues que Lucille Munson. Luna s'éclaircit la gorge et, baissant la voix, elle prit un ton menaçant. Du moins voulait-elle donner cette impression. Il soutint le regard flamboyant de ses yeux gris.

— Cessez de vous comporter comme si vous ne saviez pas ce que vous faites.

Il fronça les sourcils, perplexe.

— Qu'est-ce que je fais ?

— Vous vous faites tout gentil tout mignon pour coucher avec moi, siffla-t-elle avant de reculer vivement. Ce n'est pas ce que je veux. Ni avec vous ni avec personne, compris ?

— Compris, répondit-il sans bien comprendre où les choses avaient déraillé.

Il voulait juste clarifier la situation pour identifier ce qu'il y avait entre eux et s'assurer qu'ils ne finiraient pas au lit ensemble. Car il ne le souhaitait pas plus qu'elle. Même s'il ne pouvait s'empêcher de penser à leur baiser.

— Très bien. Si vous n'avez pas besoin de mon aide pour votre cours, alors...

— Attendez, dit-elle en lui faisant signe de revenir. Vous pouvez rester pour faire la démonstration des exercices. Mais c'est tout.

— D'accord, répondit-il aimablement Et pour le reste ?

— Quel reste ? grogna-t-elle, les sourcils froncés.

Elle portait un legging noir, un grand sweat-shirt bleu clair au logo du Wyckford General, et des chaussures de tennis, comme lui. Il s'efforça d'ignorer que le legging lui faisait des jambes interminables et que le bleu de son sweat-shirt faisait ressortir le gris orageux de ses yeux. Et il refusa de sentir son shampooing floral et son parfum épicé.

Il s'éclaircit la gorge.

— Nous devions parler plus tard.

Elle battit des paupières.

— On peut en discuter après le cours ?

— Très bien.

Luna consulta sa montre et frappa dans ses mains pour attirer l'attention des pompiers. Les trois costauds s'alignèrent devant elle dans le vaste espace ouvert au centre de la salle. Mark se plaça sur le côté en attendant d'intervenir.

— Bonjour, messieurs, bienvenue à ce cours d'étirements qui va permettre d'améliorer vos performances au travail. Comme vous le savez sans doute, je m'appelle Luna Norton, je suis physiothérapeute, diplômée de l'université de Boston, et je dirige actuellement le service de physiothérapie du Wyckford General Hospital, dit-elle, sans préciser qu'elle était la seule personne du service. Je sais que vous avez eu une épuisante journée d'entraînement, et ces exercices devraient vous aider à vous détendre et maintenir vos muscles étirés, prêts pour une nouvelle urgence.

Elle fit signe à Mark, qui la rejoignit.

— Votre chef adjoint, Mark Bates, a accepté de vous montrer les exercices, alors gardez bien l'œil sur lui pour avoir la bonne technique.

Et la séance commença.

Le cours débuta par le chien tête en bas, une posture de yoga. Mark se mit en position sur le tapis et démarra l'étirement, les muscles de sa colonne vertébrale s'allongeant lentement et relâchant la tension pendant qu'il poussait davantage. Cela faisait du bien. Il avait eu plusieurs blessures mineures dans son travail, et c'était un défi constant de rester en forme et en bonne santé. C'est pourquoi il suivait régulièrement un programme de musculation en salle avec Tate et Brock, et il s'étirait chaque fois qu'il le pouvait. Surtout depuis que sa récente promotion lui imposait de rester souvent assis à un bureau pour gérer la paperasserie. Il avait eu une blessure plus sérieuse l'an passé, une épaule luxée suite à une chute lors d'un incendie, que Brock avait soignée aux urgences puis à son cabinet. Mark allait bien, maintenant, mais Brock l'avait prévenu qu'il devrait faire attention.

Quand une articulation avait été luxée, elle se déboîtait plus facilement ensuite.

— Bien, lança Luna, inspectant une posture après l'autre.

Arrivée à Mark, elle plaça la main en haut de son dos, et il sentit sa tension remonter en flèche. Le doux contact lui rappela qu'on ne l'avait pas touché ainsi depuis longtemps, et que cela lui manquait.

— Bon. Passons à l'exercice suivant.

Mark se redressa, conscient d'avoir le visage rouge, pas seulement à cause des efforts fournis. Pourquoi était-il aussi sensible à la présence de Luna ? Certes, elle était magnifique, et il la trouvait attirante. Mais il avait enfin la vie calme et paisible à laquelle il avait aspiré si longtemps. Allait-il la mettre en péril pour une femme qui tenait tout le monde à distance ? Même si elle l'intriguait, et s'il voulait en apprendre plus sur elle et connaître la cause de son comportement. Il savait mieux que personne qu'il valait mieux laisser certaines choses enfouies. C'était moins douloureux.

— Passons à un autre étirement, dit Luna à Mark. À genoux.

La libido de Mark le titillait. Curieux, car il était plutôt aux commandes au lit, mais avec Luna il se demandait si la soumission n'était pas aussi excitante. Il ne devait pas penser à ça. Sur ses instructions, il prit appui sur ses mains et ses genoux et tendit une jambe sur le côté. Cette fois, elle appuya doucement sur le bas de son dos pour renforcer l'étirement, et il sentit le léger contact jusque dans l'aine. Dès qu'elle s'éloigna, il fit le même mouvement avec l'autre jambe.

Ils travaillèrent encore sur deux exercices avant de terminer la séance par un dernier étirement. Allongé sur le dos, le visage tourné vers le plafond, les bras en croix, Mark plia une jambe, qu'il inclina du côté opposé, relâchant sa colonne vertébrale et ses hanches. Cela faisait du bien, mais ce fut encore mieux quand Luna s'agenouilla derrière lui et appuya sur son côté pour accentuer l'étirement.

Son corps n'était apparemment pas le seul à se détendre à son contact, car il se surprit à penser qu'ils pourraient peut-être explorer leur relation naissante sans perdre le contrôle.

Car maîtriser les choses était essentiel pour eux. Pour lui, parce que son ex-femme l'avait quitté en l'accusant de trop aimer son travail, et d'être là pour tout le monde sauf elle. De se servir de son métier comme d'une barrière de protection pour éviter de souffrir. Et peut-être avait-elle raison.

Pour Luna… Il ignorait encore tout de son passé, mais elle avait certainement subi un traumatisme. C'était évident dans sa méfiance vis-à-vis des autres, sa façon de garder ses distances avec les hommes, sa réaction quand on l'approchait, son horreur des surprises. Elle avait peut-être été agressée ou pire encore, mais il ne voulait pas tirer de conclusions hâtives. Et il savait d'expérience qu'on ne pouvait pas forcer quelqu'un à parler. On se confiait quand on était prêt.

Mais il pouvait quand même faire comprendre à Luna qu'il était là pour elle si elle avait besoin de lui.

— Très bien. Le cours est terminé. Merci pour votre présence, dit-elle en tendant la main à Mark pour l'aider à se relever, lui déclenchant une décharge électrique. Et n'oubliez pas que les effets du stretching sont cumulatifs. Je vous suggère de faire ces exercices au moins trois fois par semaine pour observer les résultats. S'il n'y a pas de question, vous pouvez y aller. Merci encore !

Les pompiers remercièrent Luna, saluèrent Mark, et se dirigèrent vers les douches et les vestiaires. Le silence retomba entre eux, vite rompu par Mark.

— J'ai demandé à mon ami policier de chercher des informations sur Astrid en passant par le système de placement en familles d'accueil, déclara-t-il, prenant sa serviette pour essuyer son visage en sueur. Mais la plupart des données sont confidentielles et il n'a encore rien trouvé. Comment ça se passe chez vous ?

Luna continua à remballer ses affaires dans son sac de sport sans le regarder.

— Bien.

Il essaya autre chose.

— Comment va votre poignet ?

— Mieux.

Ces répliques lapidaires ne faisaient pas avancer les choses. Mark croisa les bras, décidé à obtenir des réponses.

— Qu'est-ce que vous faites ce soir ?

Les sourcils froncés, Luna se redressa, méfiante.

— Pourquoi ?

— Je pensais qu'on pourrait partager un dîner. Discuter de la situation d'Astrid.

— Un dîner ?

— Oui, un dîner. Le repas de fin de journée. Ensemble, vous et moi, dit-il avec un petit rire. Sauf si vous voulez appeler ça autrement.

Luna ouvrit la bouche, hésitante.

— Comment pourrais-je l'appeler ?

— Certains appellent ça un rencard, dit-il, la tête penchée.

— Vous voulez un rendez-vous. Avec moi ? s'écria-t-elle, visiblement perplexe.

— Oui.

— Pour parler d'Astrid ?

— Entre autres choses, répondit-il avec un sourire malicieux.

Luna le dévisagea, choquée.

— Je ne crois pas que ce soit une bonne idée. Je suis revêche, irritable et, franchement, pas si gentille que ça.

— Pour revêche, je suis d'accord, dit-il aimablement. Irritable aussi. Mais vous êtes une meilleure personne que vous ne le pensez, Luna.

Elle lui lança un regard soupçonneux.

— Sérieusement. Pourquoi ?

Simplement pour passer du temps avec elle...

— Parce que je vous aime bien, et que nous sommes responsables de la sécurité d'Astrid tant que nous n'aurons pas démêlé cette histoire.

Luna exhala lentement, sans voix.

— Allez. Ce n'est qu'un dîner, ça n'engage à rien. Et je vous invite.

Elle le fixa comme s'il était devenu fou. Et c'était peut-être vrai.

Finalement, elle hocha la tête.

— Très bien. Mais juste un dîner, rien d'autre. Et je dois rentrer tôt, car je travaille demain.

— Compris.

Quand Mark quitta la salle de gymnastique après le départ de tout le monde, il se sentait curieusement plus léger. Et il soupçonnait Luna d'y être pour beaucoup.

En rentrant chez elle cet après-midi-là, Luna avait l'esprit en ébullition. Elle n'arrivait pas à croire qu'elle avait accepté de dîner avec Mark, et elle refusait de voir ça comme un rendez-vous car c'était trop effrayant. Mais il fallait vraiment qu'elle en parle à quelqu'un. Astrid était indisponible. De retour à l'appartement, elle s'était enfermée dans sa chambre avant même que Luna ait pu lui parler. Bah, tant pis. L'avis d'une adolescente ne lui aurait probablement pas été très utile – surtout cette adolescente-là –, alors elle se rabattit sur Madi. Qui n'était pas libre non plus. Avec un soupir, elle essaya Cassie en visio.

— J'ai un problème, lui annonça-t-elle de but en blanc.

— Génial ! s'écria Cassie. Je meurs d'envie d'avoir une conversation d'adultes non rythmée par des bips de moniteurs. Quel genre de problème ?

— Je sors dîner ce soir. Avec Mark Bates.

— Un rencard ? Les rencards me manquent, dit Cassie avec un soupir désenchanté alors que son téléphone bipait. Attends, c'est Madi… On va faire une visioconférence à trois.

— Salut ! s'écria Madi, apparaissant à l'écran un instant plus tard. Désolée d'avoir manqué ton appel, Luna. Je suis enfin en pause. C'est la pleine lune ce soir, on a déjà eu deux accouchements prématurés et une victime de rixe dans un bar. Qu'est-ce qui se passe ?

— Elle a rendez-vous avec Mark Bates, dit Cassie.

— Sans blague ? hurla Madi, si fort que Luna dut éloigner le téléphone de son oreille.

— D'abord, ce n'est pas un rendez-vous, précisa-t-elle, contrariée. Juste un dîner.

Cassie pouffa. Imitée par Madi.

— Un dîner avec le plus beau pompier de la ville, dit Madi. Et il a l'air très gentil. Et responsable. À en juger par ce que Tate dit de lui, c'est presque le Messie. Tu pourrais trouver bien pire, Luna.

— Je ne veux rien trouver du tout, répliqua Luna, de plus en plus frustrée de voir que ses amies ne comprenaient pas ses craintes, ce dîner n'étant une plaisanterie ni pour elle ni pour Mark. Je ne sors jamais avec personne, vous le savez toutes les deux. Et vous en connaissez la raison.

Ses amies se calmèrent instantanément.

— Mon chou, je n'essaye pas de minimiser ce qui t'est arrivé, dit Madi. Tu as été agressée, et on t'a fait croire que tu l'avais provoqué. Mais tu n'étais responsable de rien. Tu n'étais qu'une enfant. Et tu mérites de rencontrer quelqu'un qui tienne à toi, un homme bienveillant, gentil, aimant, qui t'accepte telle que tu es, avec ta maladresse, ton sale caractère et tout le reste.

— Exactement, renchérit Cassie. Et peut-être qu'il s'agit vraiment d'un simple repas entre adultes. Ça t'aide, de le voir comme ça ?

Oui, ça l'aidait.

— Il a dit qu'il voulait qu'on parle d'Astrid, murmura-t-elle, baissant la voix au cas où la jeune fille écouterait.

— Alors c'est bien, commenta Madi. Tu sais où il va t'emmener ?

— Pas encore.

Entendant un bourdonnement en provenance de la cuisine, elle alla voir ce que c'était, et trouva le téléphone prépayé d'Astrid en charge sur le comptoir. Le numéro affiché sur l'écran lui était inconnu. Les sourcils froncés, elle prit l'appareil et pria ses amies de patienter.

— Allô ?

— Tu peux t'enfuir, mais tu ne pourras pas m'échapper, répondit un homme à la voix rauque.

— Qui est à l'appareil ? demanda-t-elle, le cœur battant.

Silence.

— Allô ?

Clic. On avait raccroché.

Abasourdie, elle resta un moment à fixer l'écran éteint avant de reposer le téléphone sur le chargeur. Elle avait cru qu'un portable permettrait à Astrid de les contacter en cas de besoin, mais elle avait peut-être été en contact avec quelqu'un d'autre. Quelqu'un de ce passé qu'elle semblait fuir...

— Luna ? demanda Madi, l'arrachant à ses pensées. Où Mark t'emmène-t-il dîner ?

— Et qu'est-ce que tu vas mettre ? dit Cassie.

— Je ne sais pas... Quelle importance ?

— Pourquoi tu n'es pas plus excitée ? demanda Madi, vaguement inquiète. Qu'est-ce qui t'arrive ?

— Euh... Rien, répondit Luna.

Ses amies n'avaient pas besoin de savoir qu'Astrid venait de recevoir un appel. Cela les inquiéterait, et elles essayeraient de la dissuader de l'héberger. Et elle allait pouvoir en parler à Mark ce soir. Il comprendrait mieux que personne et saurait comment gérer la situation.

— Écoutez, je dois vous laisser, maintenant.

— Passe une bonne soirée, dit Cassie. C'est chouette, les rencards. Et Mark est un type bien. Il a un bon métier, une maison, et de super abdos. Et puis il t'a déjà séduite à en perdre ta culotte, non ?

— Non ! s'écria Luna, le visage en feu. De quoi tu parles ?

— Tu as dit qu'il t'avait soignée sous la tente après ta chute.

— Oh ! eh bien... oui, mais c'était son travail. Et, si j'ai enlevé mon pantalon, c'est parce que j'étais blessée et...

— ... et Mark t'a secourue, déclara Madi. Un autre bon point pour lui.

— Ça suffit ! cria Luna, exaspérée. Tout ça est hors sujet, car il ne se passera rien entre Mark et moi ce soir, d'accord ?

— Bien sûr, dit Madi, levant les mains en signe de capitulation. Mais je trouve que tu protestes un peu trop fort, mon chou. Qu'est-ce qui te tourmente vraiment ?

Luna poussa un soupir.

— Je n'ai jamais eu de vrai rencard, d'accord ?

Ses amies gardèrent le silence si longtemps qu'elle vérifia qu'elles étaient toujours là.

— Attends, dit Cassie, désorientée. Quel âge tu as ?

— Trente-cinq ans.

— Et tu n'as jamais eu de rendez-vous galant ?

— Pas vraiment. Et arrêtez d'en faire tout un plat.

Luna laissa son regard errer autour d'elle. Par la porte vitrée du balcon, elle voyait un oiseau battre des ailes sur la branche glacée d'un arbre pour ne pas tomber. Elle connaissait cette sensation.

— Je dois vraiment y aller. Il faut que je me change avant l'arrivée de Mark.

— Passe une merveilleuse soirée, et essaye de ne pas t'inquiéter, dit Madi. Je suis sûre que tout ira très bien.

Luna soupira. Madi était bien sentimentale, aujourd'hui, ce qui n'était pas rare ces temps-ci. Depuis qu'elle sortait avec Tate Griffin, elle était à fleur de peau. Luna l'avait même vue sangloter ouvertement devant l'émission télévisée « Sauvez les bébés chiens ».

— Amuse-toi bien, ajouta Cassie. Régale-toi, et profite de ton premier rendez-vous. Tu mérites de vivre de belles choses et d'avoir de bonnes personnes dans ta vie, et Mark est de celles-là.

À présent, Luna avait la gorge atrocement serrée, et il n'y avait aucune émission sur les chiots à l'horizon.

Elle mit fin à la communication et alla prendre une douche.

Nue sous le jet brûlant, elle ferma les yeux et inspira profondément, oppressée par une émotion inattendue. Elle ne pouvait plus se voiler la face. Il y avait un moment qu'elle ressentait quelque chose pour Mark, quelque chose de nouveau et ténu, mais bel et bien là. Jusqu'ici, quand elle pensait à sa vie, elle l'avait toujours vue en mode survie. Mais, à sa manière subtile, Mark lui avait montré que l'existence avait bien plus à offrir, et il pouvait peut-être la guider en ce sens. Il ne l'avait pas bousculée, n'avait rien exigé d'elle, et l'avait laissée prendre l'initiative. Elle en avait besoin dans ses relations avec autrui. Depuis son agression, elle croyait qu'elle ne connaîtrait jamais la romance, l'amour, l'intimité. Elle s'était même ouvertement moquée de ces choses qu'elle s'était convaincue de ne jamais vouloir. Mais ce soir, au moment de partir à son premier rendez-vous, elle n'avait plus envie de les tourner en ridicule.

Et ce constat l'enchantait et l'effrayait à la fois.

8

Ce soir-là, Mark frappa chez Luna pour leur rendez-vous qui n'en était pas vraiment un. Ils avaient tous les deux été échaudés par de mauvaises expériences, et ils étaient d'accord pour que leurs rapports restent légers. Même si leur baiser avait été tout sauf badin. Il s'éclaircit la gorge et s'apprêtait à frapper de nouveau quand la porte s'ouvrit devant Astrid en chaussettes, jean et T-shirt noir au logo d'un groupe K-pop. Elle leva les yeux vers lui et lança par-dessus son épaule :

— Il est là !

Elle s'écarta pour le laisser entrer et referma derrière lui. Mark fit le tour du petit espace des yeux. Du séjour, il voyait jusqu'au fond de l'appartement, et dans la chambre de Luna des vêtements étaient éparpillés un peu partout.

— Asseyez-vous, dit Astrid en se blottissant dans un coin du canapé, devant la table basse où trônaient un carton à pizza à moitié vide et un verre de soda. Vous semblez différent, ce soir.

— Toi aussi, répondit-il, s'asseyant dans un fauteuil et levant les yeux vers la télévision au mur. Tu aimes les émissions sur de vrais crimes ?

Astrid acquiesça, les yeux rivés sur l'écran.

— J'aime découvrir la personnalité de l'assassin.

— Comme moi. Je crois que j'ai vu deux fois chaque saison de *Dateline* sur NBC.

— Moi aussi, répondit la jeune fille avec un petit sourire avant de reporter son attention sur l'écran. Luna sera là d'une minute à l'autre. Elle est nerveuse.

Nerveuse ? Il se figea. Pourquoi Luna serait-elle nerveuse ? Ils avaient délibérément choisi des échanges cool dans l'unique but de ne stresser personne. Et il avait veillé à toujours la laisser donner le ton dans tout ce qui était plus personnel, comme le baiser. C'était elle qui avait pris l'initiative. Les deux fois. Non qu'il ne l'ait pas suivie, mais…

— Qui est nerveuse ? demanda Luna, entrant dans le salon.

Elle portait un pull duveteux rose, un jean délavé et une paire d'escarpins roses qui le laissa pantois. Il n'avait jamais imaginé Luna en rose, mais cela lui allait à merveille. Elle était éblouissante. Elle rougit légèrement en posant les yeux sur lui, apparemment contente de ce qu'elle voyait. Puis elle détourna le regard et s'éclaircit la gorge.

— Je suis presque prête… Astrid et moi parlions de lui trouver un emploi en ville pendant qu'elle est ici.

— Un emploi ?

Mark s'adossa à son fauteuil, un peu étourdi. Il avait la gorge serrée et ses paumes le démangeaient. Il n'arrêtait pas de se demander si le pull de Luna serait aussi doux au toucher qu'il en avait l'air s'il la tenait dans ses bras. Ce n'était pas un rencard, se répétait-il.

— Quel genre d'emploi ?

— Au Buzzy Bird, répondit Luna en fixant des boucles d'oreilles scintillantes à ses lobes. Mes parents ont besoin d'extra pour débarrasser les tables le soir, et Astrid aurait une indépendance financière.

Le programme télévisé fut interrompu par une page de publicité, et Astrid se mêla à leur conversation.

— Ça peut marcher, car je ne suis pas bonne à grand-chose.

— Faux, répliqua Luna, contournant le canapé pour aller

s'asseoir à côté de Mark. Tu es une brillante interlocutrice. Et tu as une nature tellement douce, solaire, aimable…

La taquinerie arracha un grognement à la jeune fille. Elle semblait beaucoup plus détendue qu'à son arrivée en ville.

— Et après ? demanda Mark. Que veux-tu faire de ta vie ?

Une ombre passa dans les yeux d'Astrid.

— Sais pas, dit-elle en haussant les épaules. Je ne me suis jamais projetée si loin… Que font les pompiers en dehors d'éteindre des incendies ? demanda-t-elle.

— Eh bien, nous dispensons des cours d'éducation à la sécurité. Nous sommes aussi secouristes diplômés et nous intervenons sur des accidents, en arrivant souvent avant l'ambulance.

— N'oubliez pas le sauvetage des chatons, souligna Luna avec un sourire sarcastique.

Il s'esclaffa.

— Oui, on sauve aussi des chatons à l'occasion.

— Luna dit que je pourrai l'accompagner à l'hôpital demain, pour voir en quoi consiste son métier de physiothérapeute. Je pourrai peut-être faire la même chose avec vous à la caserne de pompiers ?

— Oh ! eh bien… oui, bien sûr. Dis-moi juste quand.

— Et, d'ici là, tu peux travailler au restaurant, conclut Luna en se levant. J'en ai déjà parlé à ma mère, tu pourras commencer quand tu seras prête.

Astrid souffla lentement et s'adossa au canapé.

— Pourquoi vous faites tout ça pour moi ?

— Parce qu'on t'aime bien et qu'on veut le meilleur pour toi, répondit Luna en prenant sa doudoune au portemanteau. C'est un problème ?

La jeune fille la dévisagea comme pour deviner ses intentions cachées, et l'examen dut la satisfaire.

— Non, dit-elle avec un haussement d'épaules. Je ne suis juste pas habituée à ce que les gens soient gentils avec moi sans avoir d'arrière-pensées.

Luna déglutit.

— Eh bien, il faudra t'y faire.

— Ça ne te gêne pas de rester seule ici, Astrid ? dit Mark.

Elle secoua la tête, de nouveau absorbée par son émission.

Mark tint la porte à Luna, et ils attendirent qu'Astrid ait fermé le verrou avant de gagner sa camionnette, garée le long du trottoir. Il ouvrit la portière côté passager et elle s'assit, puis il s'installa au volant pendant qu'elle bouclait sa ceinture de sécurité. Le temps était clément ce soir, il faisait plus doux, et les étoiles scintillaient dans le ciel sans nuages. Il ignorait ce que lui réservait la soirée, en dehors de la discussion sur Astrid, mais à en juger par la semaine passée, elle ne serait certainement pas ennuyeuse.

Ils traversèrent la ville de Wyckford puis roulèrent en direction de la forêt.

— Où allons-nous ? demanda Luna, les sourcils froncés. Je ne suis pas habillée pour aller camper.

Il pouffa.

— Je vous ai promis un dîner, c'est ce que je vais vous offrir.

— Mais les deux restaurants locaux se trouvent dans la direction opposée.

— Nous n'allons pas au restaurant, dit-il avec un sourire en coin. Je vais cuisiner pour nous.

— Vous cuisinez ? Sérieusement ?

— Sérieusement.

— Vous êtes doué ?

— J'aime à le croire. Je fais un excellent poulet rôti aux légumes, prévu au menu de ce soir, d'ailleurs. Vous voulez parler d'Astrid, et j'ai pensé que ce serait mieux dans le calme et la quiétude. Ma maison est située juste avant la forêt, nous y serons tranquilles.

Luna détourna la tête en marmonnant quelque chose.

— Pardon ? dit-il.

— Astrid m'avait prévenue.

— Prévenue de quoi ? demanda-t-il, perplexe.

— Elle m'a dit que, si mon partenaire m'emmenait dans un endroit isolé, c'était probablement un tueur en série.

Les yeux écarquillés, Mark mit son clignotant pour tourner dans le chemin sinueux menant à son chalet.

— Je ne suis pas un tueur en série, je le jure !

Luna sourit, narquoise.

— C'est exactement ce que dirait un tueur en série, non ?

Il soupira. Elle marquait un point. Mais le plus troublant, c'était qu'Astrid ait ce genre d'idées. Peut-être regardait-elle trop de séries policières à la télévision. À moins qu'elle ait eu le malheur de fréquenter des gens indignes. Aucune des deux hypothèses n'était rassurante.

Quelques minutes plus tard, Mark se garait devant chez lui et coupait le contact. Il était tombé amoureux de la maison au premier regard et l'avait achetée une semaine après son installation à Wyckford. Il avait fallu pas mal de travaux pour la remettre en état, mais il en connaissait chaque planche et chaque clou, et il l'adorait.

Il se pencha pour ouvrir la boîte à gants et en sortit un Taser, qu'il tendit à Luna.

— Tenez. Gardez-le avec vous, au cas où. Si au cours de la soirée vous croyez que je suis un serial killer, vous pouvez tirer. Je ne vous en voudrai pas.

Luna scruta le pistolet à impulsions électriques, puis le prit et défit sa ceinture de sécurité.

— D'accord.

Ils pénétrèrent dans le chalet. Allumant les lumières, Mark retira son manteau, prit celui de Luna, et les suspendit dans le placard de l'entrée. Se félicitant d'avoir fait le ménage en la voyant examiner les lieux, il alla dans la cuisine surveiller la cuisson du poulet, qui rôtissait au four.

Puis il la rejoignit dans le salon. Il avait rénové l'ancienne bâtisse en créant de vastes espaces, et la grande cuisine digne d'un chef ouvrait sur la spacieuse pièce de séjour dotée d'une énorme cheminée de pierre et d'un mur entièrement vitré donnant sur la forêt. Le décor fait de bois chaleureux et de mobilier confortable reflétait la personnalité du propriétaire.

— Je peux vous offrir à boire ? Bière ? Vin ? Thé ? Le dîner devrait être prêt dans une vingtaine de minutes.

— Euh... Je prendrai du thé, merci.

Perchée au bord du canapé de cuir, elle paraissait toute petite, perdue, et il sentit son cœur se serrer.

— Parfait.

Il alla chercher deux tasses de thé, en posa une sur la table basse devant Luna, et s'assit à l'autre bout du canapé avec la sienne.

— Parlons d'Astrid, dit-il pour dissiper le malaise palpable. C'est une bonne idée de lui trouver un travail. Tant qu'elle restera en ville, nous pourrons garder l'œil sur elle et, espérons-le, en apprendre plus sur son compte. Et, par la même occasion, elle gagnera un peu d'argent.

Hochant la tête, Luna s'adossa au divan et commença à se détendre. Et Mark aussi.

— C'est mon avis, répondit-elle avant de boire une gorgée de thé. Délicieux, merci.

Il sourit.

— Alors, vous allez la laisser vous accompagner au travail ?

— Oui... Vous ne vous attendiez pas à ce qu'elle veuille venir à votre caserne, n'est-ce pas ?

— Non, admit-il en riant. Mais je serai ravi de lui montrer les lieux si elle veut. On cherche toujours de nouvelles recrues.

Elle acquiesça, regardant tout sauf lui.

— Votre maison est magnifique.

— Merci. Il m'a fallu presque deux ans pour en arriver là, mais je suis très heureux du résultat.

— Vous avez tout fait vous-même ? dit-elle en promenant un regard admiratif autour d'elle. Il y a une chose que vous ne savez pas faire, monsieur le boy-scout ?

— Rien ne me résiste, rétorqua-t-il avec un clin d'œil.

Leur gêne s'était dissipée le temps qu'ils se préparent à dîner, et Mark mit la touche finale aux plats pendant que Luna dressait la table. Cela semblait naturel, rassurant. Et réel. On pouvait aisément s'y habituer. Il lui fit faire un tour rapide de la maison avant de regagner la cuisine. Quand il eut découpé le poulet et posé les plats sur la table, ils s'assirent l'un en face de l'autre et se servirent.

— À propos d'Astrid, dit-il entre deux bouchées, vous avez de nouvelles informations ?

— Pas vraiment, répondit-elle après avoir goûté au poulet. C'est exquis. Merci d'avoir cuisiné.

— C'était un plaisir, dit-il, sincère. Je n'en sais pas plus sur elle non plus. Mon ami policier prétend qu'il faudrait une ordonnance du tribunal pour avoir accès au dossier de placement d'Astrid, alors, à moins qu'elle se confie volontairement à nous, on ne trouvera pas grand-chose.

Luna acquiesça, puis releva vivement la tête.

— Oh ! je vous ai dit qu'un appel bizarre était arrivé sur son portable aujourd'hui ?

— Non, répondit-il, les sourcils froncés. Bizarre comment ?

— J'étais au téléphone avec Madi et Cassie quand j'ai entendu sonner son portable prépayé, en charge dans la cuisine. Comme Astrid était enfermée dans sa chambre, j'ai décroché. Un type a dit qu'elle pouvait toujours s'enfuir, elle ne lui échapperait pas. Puis il a raccroché.

— C'est étrange. Vous avez pu retracer l'appel ?

— J'ai essayé. Sans succès.

Il mastiqua distraitement une bouchée de légumes.

— Vous avez interrogé Astrid à ce sujet ?

— Oui, elle a dit qu'il s'agissait sûrement d'un faux numéro.

— Et vous l'avez crue ?

Elle ne répondit pas tout de suite.

— Peut-être, dit-elle finalement. Ça arrive, non ? Mais,

comme nous l'avons trouvée en fuite dans les bois, je ne peux pas m'empêcher de me demander ce qu'elle fuyait.

— Moi aussi.

Ils finirent de dîner en silence, préoccupés par la situation d'Astrid. Ils rangèrent ensuite la cuisine, et Luna lava la vaisselle pendant qu'il l'essuyait. Alors seulement il prit conscience que, s'il ne trouvait pas un prétexte pour la faire rester, leur soirée allait bientôt s'achever. Même s'il avait été un peu nerveux au début, il n'était pas prêt à la voir partir. Il espérait qu'elle éprouvait le même sentiment.

— Alors qu'est-ce qu'on fait maintenant ? demanda-t-il en rangeant la vaisselle propre dans le placard. Je joue méchamment bien au Trivial Pursuit. Ou, si vous voulez vraiment me défier, il y a le Scrabble. Mais, là, vous risquez d'avoir besoin du Taser, car je m'échauffe pas mal à ce jeu.

Luna s'esclaffa, d'un profond rire de gorge qui le troubla.

Pliant le torchon, il le posa sur le comptoir et regagna le salon pour mettre de la distance entre eux.

Pas un rencard. Pas un rencard. Pas un rencard.

— Je n'ai jamais vraiment été une grande joueuse, reconnut Luna, le rejoignant et s'asseyant sur le canapé.

Elle retira ses chaussures, révélant des ongles de pied vernis du même rose que ses escarpins et son pull. Il ne pensait plus qu'à une chose, à présent, l'embrasser, l'embrasser partout. Très mauvaise idée. Apparemment inconsciente de son trouble, elle glissa ses pieds nus sous elle et posa la tête sur sa main, le coude sur le dossier du canapé. Elle le regarda.

— Vous aimez jouer à des jeux ?

— Avec le bon partenaire, répondit-il d'une voix rauque en reprenant sa place à l'autre bout du canapé. Ou on peut regarder la télévision. Ou autre chose. Ce que vous voulez.

Elle soupira.

— Ce que j'aimerais, c'est mieux vous comprendre.

Il battit des paupières. Lui aussi en avait envie, mais il ne voulait pas se montrer intrusif au risque de la faire fuir.

— D'accord. Posez-moi des questions.

— Qu'est-ce qui vous a amené à Wyckford ?

Il haussa les épaules.

— J'aime la vie sans complications.

— La paix et la tranquillité ?

— Oui.

Il n'avait pas encore trouvé la paix, juste la tranquillité.

— Ça ne vous manque jamais, la grande ville, les gens ? Votre famille ?

— Je vois ma famille deux ou trois fois par an. Et non, ça ne me manque pas. Ni mon ex-femme.

Elle redressa la tête.

— Vous avez été marié ?

— Pendant deux ans, répondit-il, se tournant légèrement pour lui faire face. C'était plutôt difficile à la fin. Et vous ?

— Je n'ai jamais été mariée, dit-elle, et il eut l'impression qu'elle se refermait.

— Fiancée ?

Elle secoua la tête.

— Ça a été un premier, premier rendez-vous vraiment génial.

— Premier, *premier* rendez-vous ? De votre vie ?

— Oui, répondit-elle avec une grimace.

Il l'étudia un long moment.

— Expliquez-moi.

Elle ouvrit la bouche, puis la referma, embarrassée.

Il la taquina d'une voix douce, ne comprenant pas qu'une femme aussi belle ne soit jamais sortie avec un homme :

— Vous étiez dans les ordres jusqu'à récemment ?

— Non, dit-elle en riant. J'ai fréquenté des gens occasionnellement, bien sûr. Mais je n'ai jamais connu le genre de rencard officiel où on se met sur son trente et un.

— Ce n'était pas ça ce soir non plus, remarqua-t-il avec un

pincement de regret en se disant qu'il aurait prévu le grand jeu s'il avait su.

— Sérieusement, tout va bien. J'ai passé une merveilleuse soirée. Merci encore.

Sans réfléchir, il lissa une mèche brune égarée sur sa tempe.

— C'était un plaisir. Et ça n'a pas besoin de s'achever déjà.

Les mots flottèrent dans le silence. Il ne savait pas pourquoi il avait dit ça, mais, maintenant qu'il avait eu un aperçu de la vraie Luna, il aspirait à davantage. Étonnamment, elle n'avait pas fui, ni fait de remarque désobligeante ou sarcastique, ses mécanismes de défense habituels depuis leur nuit en forêt. Mais, là, elle le contemplait comme si elle le voyait pour la première fois. Puis, lentement, elle se pencha vers lui, presque à le toucher, et il se noya dans le gris si doux de ses yeux.

— J'ai vraiment envie de coucher avec vous, mais...

Mark déglutit, la gorge nouée.

— Ça semblait une bonne idée, jusqu'à ce *mais*.

Elle secoua la tête et ferma les yeux.

— J'ai... des scrupules.

— Des scrupules ?

Elle poussa un soupir.

— Si vous voulez plus que du sexe, je ne suis pas intéressée.

Une seconde. Quoi ?

Mark cligna des yeux, assimilant ce qu'elle venait de dire. C'était si inattendu, si incroyablement génial, qu'il éclata de rire.

Luna fronça les sourcils.

— Quoi ? Vous croyez que, parce que je suis une femme, j'ai besoin de fleurs, de bonbons et de contes de fées ? Eh bien, vous savez quoi ? Bienvenue au XXIe siècle, où les femmes n'ont pas envie d'attaches !

Mark la dévisagea.

— Vous êtes... ?

Sans le laisser finir, elle l'embrassa et s'abandonna à sa passion jusqu'à ce que tout disparaisse – ses angoisses, son stress, ses doutes et ses peurs issus du passé –, jusqu'à ce qu'il ne reste plus que le plaisir inouï qu'elle ressentait chaque fois que leurs bouches se mêlaient.

En toute honnêteté, elle devait admettre qu'elle était loin de se comporter en femme libérée. Car, depuis le premier soir dans les bois, elle était attirée par Mark. Son odeur, sa voix, son contact. Il faisait battre son cœur, échauffait son sang. C'était plus qu'une simple attirance, plus que du désir. Et, tandis qu'il prenait le contrôle et intensifiait leur baiser, des pensées indécentes l'assaillaient. Depuis son agression, elle avait appris à compartimenter l'intimité dans sa tête. À dissocier le physique de l'émotionnel. Mais, avec Mark, la frontière était floue. Et elle s'en moquait. Blottie contre lui, elle l'étreignit plus fort et promena sa langue sur sa gorge pour goûter le sel de sa peau.

— Luna, murmura-t-il d'une voix rauque, les lèvres au creux de son cou. Tu es sûre ?

Elle prit son visage entre ses mains.

— Oh oui !

Il gémit et aspira goulûment sa lèvre inférieure pendant que ses mains la taquinaient, la caressaient. Elle titilla son oreille, et recommença en l'entendant gronder de plaisir.

En silence, Mark se redressa et lui prit la main pour la relever. Et les derniers doutes de Luna se dissipèrent. Elle ne risquait rien. Mark ne lui ferait pas de mal car il n'était que de passage. Il n'attendait pas plus d'engagement qu'elle et avait prouvé qu'il respectait ses limites. Il ne la forcerait pas à faire ce qu'elle ne voulait pas. Elle pouvait prendre ce qu'il lui offrait ce soir, son corps contre le sien, en elle, et, pour la première fois depuis longtemps, jouir sous d'autres mains que les siennes. Et elle le voulait maintenant, ce doux néant où s'engloutir, avant que la réalité ne reprenne ses droits.

Ils titubèrent vers la chambre en continuant à s'embrasser.

— Pas d'attachement, chuchota-t-elle contre sa bouche après avoir enlevé son pull-over.

Mark sourit, son regard brûlant glissant sur sa poitrine.

— Tu es à la traîne, dit-elle.

Il retira son pull et s'en débarrassa, puis ôta ses bottes, déboutonna sa chemise. Et, comme c'était trop long, il passa sa chemise par-dessus sa tête et s'avança vers elle.

— Encore, ordonna-t-elle en reculant hors d'atteinte, savourant son pouvoir sur lui.

— Oh ! il y en aura encore, répondit-il. Mais d'abord je te veux dans mon lit.

Il prit sa main et la tira vers lui, glissa l'autre dans ses cheveux pour l'embrasser lentement, langoureusement.

Mais ce n'était pas ce qu'elle voulait. Le repoussant, elle s'attaqua à la ceinture de son pantalon, baissa la fermeture à glissière, et caressa son membre dur à travers son slip.

Avec un grognement, Mark l'entraîna dans le couloir.

— Dans la chambre…

Mais Luna n'aimait pas recevoir des ordres. Elle le plaqua contre le mur à côté de la cheminée et l'embrassa longuement, puis couvrit de baisers son torse athlétique.

Son grondement de volupté résonna dans sa poitrine, et elle sentit le sang battre dans ses tempes. Les mains dans ses cheveux, il murmura son nom quand elle s'agenouilla, baissa son slip et embrassa le bout de son sexe en érection.

Avec un cri étranglé, il renversa la tête en arrière et la guida dans l'exquis baiser intime. Ses jambes musclées tremblaient, portant son excitation à son comble. Elle se sentait toute-puissante de voir ce magnifique mâle dominant affaibli par ses caresses, et elle prit son sexe dans sa bouche.

— Luna… souffla-t-il, je t'en prie…

Elle leva les yeux vers lui et continua à le caresser. Tremblant de tout son corps, il tomba à genoux devant elle et l'attira à lui.

Dégrafant son soutien-gorge, il l'inclina contre lui, aspira la pointe d'un sein dans sa bouche et la suça avidement.

Elle s'agrippa à lui pour prolonger l'exquise sensation. Elle eut vaguement conscience qu'il lui avait ôté son legging et son slip sans qu'elle s'en aperçoive. Mais elle était perdue dans l'instant, noyée dans sa passion, et elle était allée trop loin pour s'arrêter maintenant. Le chevauchant, elle le regarda glisser la main entre ses cuisses et taquiner doucement son intimité jusqu'à la faire crier de plaisir.

Mark continua à la caresser et, à l'ultime instant de l'extase, il reprit sa bouche pour l'embrasser avec fièvre.

En revenant à elle, Luna le surprit qui la contemplait, un petit sourire aux lèvres.

Il se leva, se débarrassa de son pantalon et de ses sous-vêtements, et ils se retrouvèrent tous les deux nus. Il la souleva dans ses bras et l'embrassa encore. Elle gémit sous sa bouche, qui éveillait en elle des sensations qu'elle s'était juré de ne jamais éprouver. Elle s'émerveillait de la façon dont il la faisait jouir encore et encore alors qu'elle avait généralement du mal à atteindre l'orgasme, trop cérébrale pour s'abandonner totalement. C'était fantastique. Libérateur.

Il la pénétra d'un grand coup de reins et Luna se sentit submergée par le plaisir, et la panique… car elle savait. Elle savait avec une certitude absolue qu'elle s'était fourrée dans le pire des pétrins.

Elle avait menti. Ce n'était pas que du sexe. Pas pour elle.

— Regarde-moi, murmura-t-il doucement, la main sur sa joue.

Elle ouvrit les yeux et le scruta, fascinée par son expression extatique. Elle ne savait pas si c'était dû à l'érotisme de leurs ébats ou à l'incroyable sensation de son corps en elle, mais elle le désirait avec un désespoir qu'elle n'avait jamais éprouvé. Elle enroula ses jambes autour de sa taille, et gémit quand il se retira, avant de plonger de nouveau en elle.

— Ça va ? demanda-t-il.

Elle ne répondit pas, submergée par les sensations qui déferlaient en elle.

Il glissa les mains sur ses bras jusqu'à ce que leurs doigts s'entrelacent, et les leva au-dessus de sa tête. Elle se cambra contre lui avec l'impression qu'il la possédait comme elle n'avait jamais laissé personne la posséder. Et en même temps le regard de Mark soutenait le sien, posé, calme, rassurant.

C'était trop. Et ce ne serait jamais assez.

Elle devait reprendre le contrôle d'elle-même, de la situation. Le poussant sur le dos, elle se mit à califourchon sur lui, et lui saisit les mains, qu'elle maintint au-dessus de sa tête.

Mark la scruta un moment d'un regard voilé, et il sourit d'un air sexy.

— C'est mieux ?

Luna soupira de plaisir en l'enfonçant en elle.

Mark la laissa faire ce qu'elle voulait, et elle le chevaucha avec ardeur, chaque élan étant plus fort, plus excitant que les précédents. Jusqu'à s'unir à lui dans le même cri d'extase, avant de retomber contre sa poitrine, vidée, repue de plaisir.

Mark la prit dans ses bras et déposa un tendre et doux baiser sur sa tempe moite. Alors Luna réalisa avec un choc qu'il lui faisait perdre tout contrôle.

Et, pour une femme qui attachait beaucoup de prix à son propre pouvoir, c'était terrifiant.

Elle nicha la tête au creux de son épaule.

— Je me perds, avec toi, murmura-t-elle avec un soupir.

— Bien, dit-il en souriant.

Elle soutint son regard avec gravité.

— Non. Ce n'est pas bien du tout.

Une heure plus tard, Mark raccompagnait Luna chez elle. Elle était passée si vite de la passion à la froideur qu'il en avait le vertige. Apparemment, ils étaient devenus un peu trop intimes, et en se rhabillant elle avait jugé nécessaire de lui rappeler que « ce n'était que du sexe ».

Il n'avait pas besoin qu'elle le lui répète. D'après son ton catégorique, elle n'attendait clairement rien de plus de lui, et il éprouvait exactement le même sentiment.

Après cela, ils n'avaient plus ouvert la bouche.

Il n'aurait su dire si c'était un bon ou un mauvais silence, car il manquait de pratique avec les femmes. Cependant, leurs ébats avaient été fantastiques, le genre de sexe dont tout homme rêvait, cru, sans inhibition, irréfléchi. Luna avait dominé, n'aimant visiblement pas se sentir vulnérable et ayant besoin d'être aux commandes. Ce qui avait été nouveau pour lui... et *intéressant*.

Pas d'attaches.

Exactement ce que souhaitait Mark. Non ?

Si.

9

Le lendemain, Luna alla travailler en compagnie d'Astrid. Après lui avoir fait visiter l'hôpital et la salle de physiothérapie, elle s'installa à son bureau pour reprogrammer des rendez-vous annulés à cause d'une tempête de neige. Elle avait un peu de temps libre, ce matin, et, au lieu de rester assise à penser à sa nuit avec Mark, elle décida de demander à Riley Turner si elle voulait venir pour une séance, puisqu'elle était sur place. En général, Luna préférait laisser passer quelques jours entre les exercices de rééducation pour permettre aux patients de récupérer, mais Riley allait bien, et Luna voulait montrer à Astrid en quoi consistait son travail. Et puis travailler lui éviterait de s'angoisser pour avoir enfreint les règles qu'elle s'était fixées avec Mark.

Après avoir montré les haltères à Astrid et indiqué le poids adapté pour Riley, Luna apprit à la jeune fille à observer la patiente pendant qu'elle s'exerçait sur le banc de musculation. Astrid comprenait vite et avait envie d'apprendre, et Luna lui expliqua comment elle concevait les programmes de traitement en se basant sur les objectifs et les besoins du patient. Mais, pendant qu'elle parlait, son esprit lui renvoyait sans cesse des images de ses ébats avec Mark, réveillant en elle des sensations qui n'avaient pas leur place à son travail. Distraite, elle remarqua soudain qu'Astrid et Riley la fixaient d'un air interrogateur.

Elle secoua la tête et se força à sourire.

— Pardon, je n'ai pas entendu la question...

Il y avait longtemps qu'elle n'avait pas été intime avec quelqu'un. D'où son obsession pour cet homme qui avait pourtant précisé que leur aventure serait sans lendemain. Elle n'avait pas de relations amoureuses. Lui non plus. Alors pourquoi diable n'arrêtait-elle pas de penser à lui ?

Peut-être parce que l'expérience de la veille avait été différente de tout ce qu'elle avait connu. Plus intime qu'elle ne s'y attendait, elle lui avait laissé un sentiment de vulnérabilité et des émotions à vif, ce qu'elle avait toujours fui comme la peste.

— Je demandais si on pouvait passer à un autre exercice, dit Riley, tendant les haltères à Astrid, qui les remit à leur place. Celui avec la presse à pectoraux, peut-être ?

Luna montra à Astrid comment préparer la machine pendant que Riley se mettait en position. Elle régla la puissance à dix kilos, et Riley s'activa comme une championne. Luna sentait qu'Astrid l'observait. Elle était couchée quand Mark l'avait déposée à son appartement la veille au soir, mais, pendant qu'elles se préparaient à partir à l'hôpital ce matin, elle était restée étrangement silencieuse, comme si elle nourrissait des soupçons à l'égard de Mark et elle. Et Luna appréhendait ses questions.

— Comment ça se passe en radiologie, ce matin ? demanda-t-elle à Riley. Vous avez eu des annulations, vous aussi ?

— Pas tant que ça, dit Riley, inspirant et soufflant en rythme. On en a profité pour faire des tests aux patients hospitalisés.

Elle expira longuement, puis lâcha la barre de la presse et se redressa pour s'essuyer le visage avec sa serviette.

— Tu savais que Sam Perkins avait une fille ?

Honnêtement, Luna ne savait pas grand-chose du nouveau neurochirurgien, hormis son nom et quelques potins rapportés par Riley. Il semblait gentil, consciencieux, et surtout compétent. Des qualités précieuses pour un homme qui opérait les cerveaux et les systèmes nerveux.

— Non, dit-elle. Et elle s'appelle comment ?

— Ivy, comme le lierre, la plante préférée de sa femme, paraît-il. J'ignore quel âge elle a.

Luna fronça les sourcils.

— Il est marié ?

— Il l'était, répondit tristement Riley. Son épouse est morte l'an dernier. Quelques mois avant son arrivée à Wyckford.

— C'est terrible.

— Oui. Quand il est venu assister Cassie en chirurgie l'été dernier, il a dit que c'était un nouveau souffle pour lui, un nouveau départ. Il s'est tellement plu ici qu'il a décidé de rester. Et il a fait traverser tout le pays à sa fille, son chien et le reste pour qu'ils viennent le rejoindre.

Elles passèrent à une série d'exercices d'amplitude articulaire sur le tapis avant de mettre un terme à la séance.

Dès que Riley fut partie, Astrid ne perdit pas une seconde.

— Alors, demanda-t-elle, s'installant en face de Luna assise à son bureau, comment s'est passé votre rencard hier soir ?

— Ce n'était pas vraiment un rencard, prétendit-elle en s'empourprant.

— Oh ! si. J'ai vu la façon dont il vous regardait. Il est doué au lit ?

— Quoi ? bredouilla-t-elle, farfouillant dans ses papiers pour masquer son embarras. Je n'en sais rien.

Astrid l'étudia un long moment angoissant et secoua la tête.

— Il a l'air d'être un type vraiment bien. Vous devriez lui faire confiance.

— C'est un type bien. Et il m'inspire confiance, répondit-elle trop vite.

Mark était bienveillant, généreux, intelligent, drôle, protecteur, il aurait fallu être idiote pour ne pas lui faire confiance.

— Mais ni lui ni moi ne recherchons ce genre de chose.

— Qu'entendez-vous par « ce genre de chose » ?

— Mais qu'est-ce que tu as, à la fin ? s'écria Luna, excédée. Écoute. Mark et moi sommes juste amis. C'est tout.

Elle empila des documents déjà classés et, soutenant le regard d'Astrid, elle reprit le contrôle de la conversation.

— Qu'est-ce que tu as pensé de la séance de physiothérapie ?

— C'était intéressant. Riley a l'air sympa, répondit la jeune fille avant de demander, contre toute attente : Combien de temps je peux rester chez vous ?

— Euh... Je n'y ai pas vraiment réfléchi, dit Luna, le cœur serré. Jusqu'à ce que quelque chose de mieux se présente ?

Astrid hocha la tête et fixa ses mains sur ses genoux, apparemment peu convaincue par la réponse. Luna comprenait. À son âge, elle avait l'impression qu'il ne lui arriverait *jamais* rien de mieux. Elle s'interrogea de nouveau sur le mystérieux appel sur le portable d'Astrid.

— Pourquoi me poser cette question maintenant ? Tu as encore eu des nouvelles du type qui m'a raccroché au nez ?

La jeune fille pâlit. Ses yeux s'écarquillèrent.

— Tu sais qui c'est ? demanda Luna. S'il t'ennuie, on peut aller voir la police. As-tu des problèmes, Astrid ?

— Pas la police. Je peux le gérer.

— Alors tu le connais ?

La fille ne répondit pas, les yeux rivés au mur.

— Tu n'es pas obligée de vivre comme ça, tu sais, affirma Luna au bout d'un moment. Tu crois que tout est ta faute et que tu dois affronter ça seule, mais c'est faux. Je suis là pour toi, Astrid. Quoi que tu souhaites. Et, quand tu travailleras au restaurant et que tu gagneras ta vie, tu pourras subvenir à tes besoins. Rester ici, peut-être, t'y établir. Tu seras libre, Astrid. Et, pendant tes repos, tu pourras te perfectionner dans ce que tu veux. Aller à l'université, ou ailleurs.

Astrid finit par la regarder.

— Je ne sais pas si je supporterais d'être enfermée dans un bureau toute la journée.

— Alors choisis autre chose. Il y a plein de carrières possibles. Tu finiras par trouver une activité qui te plaît. C'est une question de choix et de décision. Et tu vas aussi passer une journée avec Mark à la caserne de pompiers, n'est-ce pas ? Peut-être que tu aimeras ce travail.

— Peut-être, répondit Astrid en haussant les épaules, la mine défaite. Le problème, c'est qu'en général je fais les mauvais choix et prends les mauvaises décisions.

Luna soupira avec sympathie.

— Longtemps, j'ai été spécialiste des mauvais choix, mais je m'améliore. Pour ça, il faut bien dormir et se nourrir correctement. Avoir des amis. Et être en sécurité. Ce que tu connais maintenant avec Mark et moi, si tu le veux.

— Merci, dit la jeune fille en souriant, avant de regarder par la fenêtre.

La neige s'était remise à tomber.

Luna se leva et consulta sa montre connectée.

— Bon. Préparons-nous pour accueillir M. Martin. Il a un caractère de cochon, je parie que vous vous entendrez très bien, tous les deux.

Pendant ce temps, Mark passait son jour de repos suspendu à dix mètres au-dessus du sol, dans une salle d'escalade locale, gravissant un mur à la seule force de ses doigts et de ses orteils. Brock était à sa droite, quarante centimètres plus bas. Ils faisaient la course jusqu'au sommet, le perdant devant offrir le dîner. Brock avait perdu quatre fois de suite et se plaignait qu'il s'en était fallu d'un cheveu. Mais Mark avait gagné à la loyale, même s'il ne l'avait devancé que de quelques centimètres.

— Dégage, grogna Brock quand Mark étira au maximum son bras droit pour trouver une bonne prise. Tu me gênes.

Mark ne bougea pas. Sous l'éclairage fluorescent, la sueur coulait le long de ses joues.

— Hé, Brock ?

— Ouais ?

— Je vais prendre tout ce qu'il y a au menu du Buzzy Bird ce soir, à tes frais.

— Je gère quotidiennement ma fille de cinq ans. Je sais négocier avec les terroristes.

Mark regarda le sommet du mur d'escalade en étudiant le meilleur moyen de l'atteindre.

— Si tu ne veux pas payer le dîner, tu vas devoir me battre.

Dans un second souffle, Brock se hissa d'un bon mètre, passant en tête. Mark n'était pas inquiet car il leur restait encore plusieurs mètres à gravir, et son ami était essoufflé.

— Tu t'enrobes un peu, papa ?

Brock grommela. Tous deux savaient qu'il n'avait pas une once de graisse en trop.

— Je suis juste fatigué. Entre Riley qui passe plus de temps à l'hôpital et Adi et Winnie qui m'en font voir de toutes les couleurs à la maison, ça fait beaucoup pour un seul homme...

Jusqu'à l'année dernière, Brock avait élevé seul sa petite Adi après la mort de sa femme dans un accident de voiture. Le sort s'acharnant sur lui, il avait aussi perdu ses parents dans un accident un an plus tard. Sa sœur Riley était dans la voiture et avait survécu, mais une lésion à la moelle épinière l'avait laissée paraplégique. Il y avait de quoi perdre la raison, mais Brock avait tenu le coup. Puis Cassie Murphy était revenue à Wyckford et avait tout changé. Ils étaient très amoureux, et Mark se réjouissait pour son ami.

— Alors, vous l'avez fait, toi et Luna ? demanda Brock, l'arrachant à ses pensées.

— Quoi ? Non ! répondit Mark, manquant tomber et se rattrapant in extremis. Tu peux me dire en quoi ça te regarde ?

Brock lui jeta un regard entendu.

— Tu as cet air idiot chaque fois qu'on prononce son nom.

Et il paraît que tu lui lançais des œillades, à la caserne, l'autre jour, pendant son cours d'étirements.

— Qui t'a dit ça ?

— Un de tes gars. Je lui fais des infiltrations de corticoïdes dans l'épaule. À propos, comment va la tienne ?

— Ça va.

Mark ne savait pas quoi ajouter. Était-il donc si évident que Luna lui plaisait ? Il croyait pourtant avoir été discret. Surtout après leur nuit. Bon sang. Le sexe avec Luna avait été fantastique, unique, probablement parce qu'il avait eu l'impression qu'elle avait toujours été ainsi avec lui, nue, exposée, sans les artifices du sarcasme et de la suspicion. C'était à double tranchant, car il s'était aussi senti nu, mais elle lui avait fait comprendre que leur rapprochement était juste sexuel. Il l'avait admis et ne pouvait pas revenir dessus.

Cela ne l'avait pas empêché d'avoir le cœur serré quand, l'appelant un peu plus tôt pour avoir des nouvelles d'Astrid, il était tombé directement sur sa boîte vocale. Il voulait juste qu'elles soient en sécurité, c'est tout. S'il n'arrêtait pas de se le répéter, il finirait peut-être par le croire…

— Enfin, je te bats ! s'écria triomphalement Brock, atteignant le haut du mur après avoir profité de la distraction de son acolyte.

Mark grogna et se laissa glisser sur le sol. Tant pis pour lui. Il n'avait qu'à se botter le derrière au lieu de se laisser déconcentrer par ses émotions. Cela lui servirait de leçon.

Il ne savait pas grand-chose de Luna. Il n'avait qu'une certitude : il n'était pas prêt à voir s'achever cette aventure, cette liaison, ou autre, quel que soit son nom.

Après le travail, Luna emmena Astrid au Buzzy Bird pour dîner, et afin qu'elle se familiarise avec son nouvel emploi. Par un heureux hasard, un commis de salle était malade, et elle put commencer à s'entraîner immédiatement. Le mauvais temps ayant rendu les routes impraticables, la fréquentation du restaurant était réduite. Le service en fut facilité. Assise dans son box habituel, Luna griffonnait dans son carnet de croquis en attendant qu'Astrid ait fini quand Brock et Mark entrèrent, en tenue de sport sous leur parka. Passant la main dans ses cheveux, Mark scruta la salle à la recherche de la jeune femme, et elle frissonna sous son regard. Puis il lui sourit et... elle perdit ses moyens.

À cet instant, Lucille Munson entra dans la salle. Elle fondit sur Astrid, qui débarrassait des assiettes du comptoir, et se présenta à elle. Volant au secours de la malheureuse, Luna entendit Lucille lui dire que figurer sur la page Facebook de la ville l'aiderait sûrement à se faire des amis.

Astrid semblait prise de panique, et Luna s'interposa.

— Pas de Facebook, dit-elle d'un ton péremptoire.

Lucille scruta le visage morose d'Astrid et inclina la tête.

— Je comprends, mais si tu as besoin de quelque chose...

— Tout va bien, répondit Astrid en poussant la porte de la cuisine avec une pile d'assiettes sales.

— Attends, Astrid..., dit Luna, lui emboîtant le pas.

La jeune fille tendit la vaisselle sale au plongeur, puis se dirigea vers la sortie du personnel.

Luna la suivit dehors et la rattrapa juste avant qu'elle arrive au parking qui longeait l'autoroute.

— Attends ! Où vas-tu ?

— Je ne sais pas, lança Astrid par-dessus son épaule. Je n'aurais pas dû venir ici.

— Ici au restaurant, ou ici à Wyckford ? demanda Luna, consciente que, si elle la laissait partir maintenant, elle ne la reverrait plus. Arrête-toi, s'il te plaît. Et discutons.

— Pourquoi vous ne me laissez pas tranquille ? s'écria Astrid, arrivée au bord de l'autoroute. Vous ne me connaissez même pas. Vous avez une vie ici, un métier, des gens qui vous aiment. Je ne suis qu'une source de problèmes pour vous.

Un semi-remorque donna un coup de klaxon tonitruant en passant, et les deux femmes s'empressèrent de regagner le parking pour ne pas se faire renverser. Le sol tapissé de neige se teintait d'orange à la lueur des lampadaires, donnant à la scène un aspect angoissant, presque surnaturel.

Astrid secoua la tête, désemparée.

— Pourquoi vous refusez de me laisser partir ?

Parce qu'à une époque Luna aussi avait eu des ennuis, et qu'elle avait été trop têtue, trop honteuse pour accepter qu'on l'aide. Parce que l'impuissance qu'elle lisait dans les yeux d'Astrid lui rappelait la sienne. Parce que, si elle l'aidait, celle-ci pourrait peut-être enfin guérir du traumatisme qui l'empêchait d'avancer.

— Je te l'ai déjà dit. Je m'inquiète pour toi, et j'ai confiance en toi, même si tu doutes de toi. Je suis passée par là, d'accord ? J'ai été seule et effrayée, moi aussi.

Astrid la fixa longuement.

— Vous avez fugué ?

— Non. Mais j'ai vécu des choses très dures. Je peux t'aider, si tu veux bien.

L'adolescente hésitait encore.

— Je ne sais pas...

Derrière elles, la porte du restaurant s'ouvrit, et Luna vit Mark se diriger vers elles, son haleine se condensant dans l'air froid de la nuit.

— Tout va bien ? demanda-t-il en s'arrêtant près d'elles.

Luna acquiesça, mais Mark n'était pas du genre à se contenter de ça. Il voulait des réponses.

Il regarda Astrid.

— Et toi ?

La jeune fille haussa les épaules en grattant la neige de la pointe de sa basket.

Le regard de Mark revint à Luna et il accepta de lâcher l'affaire, pour le moment.

— Je suis surpris de vous voir là, toutes les deux. Les routes sont dangereuses, ce soir.

Luna inspira, contente qu'il soit là pour contrôler la situation, car elle avait l'impression de ne plus rien maîtriser. Comme souvent ces derniers temps.

— Je n'avais plus rien à manger chez moi, et Astrid voulait se faire une idée de son nouveau travail au restaurant, d'où notre présence ici.

— Ah, très bien.

Mark les étudia longuement de ses yeux perçants. Luna avait envie de se reposer sur sa chaleur et sa force tranquille, de le laisser porter ses fardeaux. Ce qui n'avait pas de sens, car elle avait acquis un bon instinct de conservation au fil des ans et réussi à survivre, parfois malgré elle. Et voilà qu'à l'âge mûr de trente-cinq ans elle voulait juste enfouir son visage contre la poitrine de Mark et s'en remettre à lui.

Il lui prit la main et l'attira à lui.

— Je me demandais…

— Je le savais ! s'écria Astrid, retournant au restaurant avec un sourire suffisant. Je rentre avant de geler sur place, puisque personne ne propose de me tenir la main…

Elle reprit son sérieux et s'arrêta pour regarder Luna.

— Merci pour vos paroles, murmura-t-elle en s'éloignant.

— On reparlera plus tard, répondit Luna.

— Dis-moi la vérité maintenant, Luna, dit Mark en lui pressant la main. Que s'est-il passé au restaurant ?

— Lucille voulait l'inscrire sur la page Facebook de la ville et ça a fait peur à Astrid. Je l'ai rassurée, c'est tout.

— Elle a eu des nouvelles du type qui l'a appelée sur son portable ?

— Je lui ai posé la question, dit-elle, se rapprochant de lui sous prétexte de se réchauffer dans ce froid polaire. Elle n'a ni confirmé ni démenti. Et elle n'a pas admis ni nié le connaître.

— Bon sang, grommela-t-il, les yeux fixés sur les fenêtres du restaurant où Astrid débarrassait des tables.

Visiblement, la jeune fille s'efforçait de bien faire. Elle prenait les choses à cœur, même si elle n'était pas encore prête à le reconnaître. Si la situation s'arrangeait, elle aurait peut-être un avenir à Wyckford, finalement.

— Mais elle ne t'a pas donné son identité ?

— Non, répondit-elle.

Elle sentait qu'avec le temps Astrid s'ouvrirait à elle, il fallait juste qu'elle lui accorde sa confiance. Mais, au lieu de rester sur ce parking à attraper des engelures, elle préférait aller à l'intérieur, où il faisait chaud et où de la bonne tarte maison les attendait. Elle tira sur la main de Mark pour l'entraîner vers le Buzzy Bird, sans se soucier qu'on les voie.

— Viens. Rentrons avant de geler sur place.

10

Deux jours plus tard, Mark faisait visiter la caserne des pompiers à Astrid en lui expliquant en quoi consistait leur travail quotidien. Elle avait passé avec lui la plus grande partie de la matinée, qui avait été mouvementée, comme d'habitude, donnant à la jeune fille une idée plus précise des activités des soldats du feu. Ils avaient eu plusieurs interventions comme ambulanciers urgentistes, notamment à Gooseberry Island, à l'entrée de Buzzards Bay. Malgré le temps venteux de janvier, c'était encore une destination prisée des ornithologues amateurs. Un petit groupe observait des palmipèdes quand l'un d'eux s'était blessé. Et, comme les pompiers de Wyckford assistaient parfois le service d'ambulance local, on les avait appelés. Dans le camion, Mark et Astrid traversèrent la chaussée reliant l'île au continent, puis empruntèrent une large piste sablonneuse pour rejoindre les ornithologues avec les autres secouristes et les pompiers. Tate ne travaillait pas aujourd'hui, et Mark en remercia le ciel. Il n'avait vraiment pas besoin qu'un autre de ses copains mette son nez dans ses affaires. Il avait déjà assez à faire avec Brock.

En arrivant au camp de base, Mark fut surpris d'y trouver plusieurs policiers. Les ornithologues avaient été dévalisés pendant que, postés sur la plage, ils observaient les sternes à terre et les grèbes plongeant dans les vagues déferlantes. Alors qu'il aidait les auxiliaires médicaux à bander une cheville foulée et soigner les coupures sans gravité des victimes d'une chute de pierres, Mark entendit un homme énumérer les objets volés sur le campement : tablette tactile, smartphone, couteau de chasse. Les victimes n'avaient pas pris la peine de mettre leurs affaires sous clé, ce qui était courant à Wyckford. Mark appelait cela le syndrome de la petite ville. Les gens s'y croyaient en sécurité, persuadés que seules les grandes métropoles abritaient des voyous. Mais, étant de Chicago, il savait qu'il y avait de la mauvaise graine partout, parfois même là où on s'y attendait le moins.

Leur mission sur l'île terminée, ils marchèrent un moment pour regagner le camion de pompiers, admirant la vue imprenable sur Buzzards Bay et le mirador en béton bâti durant la Seconde Guerre mondiale dans le cadre du plan de défense de la côte, pour guetter les sous-marins allemands. Du moins Mark l'admirait-il. Car Astrid semblait distraite.

— Tu profites bien de la journée ? demanda-t-il.

— Ouais, répondit-elle en contemplant la baie. J'aime faire des activités différentes, et être à l'extérieur.

— Moi aussi. Je déteste rester assis derrière un bureau. Même si j'y suis souvent contraint depuis ma promotion.

Elle le dévisagea.

— Pourquoi vous faites un travail que vous détestez ? Pourquoi vous n'êtes pas seulement pompier ?

— D'abord à cause des factures. J'ai fait pas mal de travaux dans ma maison et j'ai dû contracter des emprunts pour les payer, dit-il comme ils arrivaient en haut de la dune qui surplombait le parking. Et je participe encore à des opérations de sauvetage, mais moins qu'avant. Mon nouveau travail est moins dangereux, et j'imagine que je devrais m'en réjouir. Mon ex-femme aurait été ravie.

— Une minute… Vous avez été marié ?

— Oui, dit-il en riant. Deux ans.

Astrid secoua la tête.

— Qu'est-ce qui s'est passé ?

— Elle détestait mon métier, et comme je ne sais pas faire autre chose... Sauver les autres fait partie de moi, je suppose.

— Qu'est-ce qui ne va pas ? demanda Astrid, trop perspicace à son goût. Vous êtes tout pâle, et vous avez l'air triste.

— J'ai perdu quelqu'un dans un incendie il y a des années. Quelqu'un d'important pour moi, c'est sans doute pour ça que je ressens le besoin de faire ce que je fais.

— Pour réparer une erreur, dit-elle, son regard songeur fixé sur les voitures garées en contrebas. Je comprends.

— Il t'arrive d'éprouver ça, toi aussi ?

— Quelquefois... C'est dur, de vivre en famille d'accueil. De sentir que rien n'est permanent. Quand quelque chose ou quelqu'un nous donne l'impression que ça peut durer, on a tendance à s'y accrocher, même si ça s'avère être une erreur.

Il y avait de la peine dans sa voix. De la peur aussi. Cette dernière réveilla les instincts de Mark.

— De quoi tu as peur, maintenant, Astrid ?

Elle lui coula un regard de côté.

— Luna vous a parlé des coups de téléphone ?

— Oui, dit-il en hochant la tête.

— Je peux gérer. Je vous le jure.

— J'en suis sûr. Mais je peux peut-être t'aider.

Elle se tourna vers lui.

— Je ne crois pas. Personne ne le peut.

Ils regagnèrent la caserne de pompiers, où ils passèrent l'après-midi avec un groupe d'enfants de l'école élémentaire qui visitait les lieux, apparemment plus intéressés par les besoins naturels que la maîtrise des incendies, ce qui amusa beaucoup Astrid. Il y eut ensuite un cours d'autodéfense que les pompiers donnaient une fois par mois aux citoyens de Wyckford. Astrid y assista, et Mark se réjouit de voir qu'elle avait les compétences de base pour se défendre en cas d'agression, surtout après l'inquiétante conversation qu'ils avaient eue sur la dune un peu plus tôt. Il se promit d'en parler à Luna la prochaine fois qu'il la verrait. Il passerait peut-être chez elle plus tard. Il était d'astreinte jusqu'après 21 heures, et il savait que Luna travaillait à l'hôpital jusqu'à 19 heures et qu'elle irait chercher Astrid au restaurant après son service. S'ils s'asseyaient pour discuter tous les trois, ils pourraient peut-être enfin obtenir de vraies réponses d'Astrid.

Après sa garde au Wyckford General, Luna avait des papiers à remplir avant d'aller chercher Luna au restaurant. Quand elle déboucha sur le parking du Buzzy Bird, il était presque 20 heures, et il faisait déjà nuit.

Sa mère vit arriver sa voiture et l'attendit sur le seuil pendant qu'elle se garait près de l'entrée.

— Astrid est allée jeter les poubelles. C'est une bosseuse.

Hochant la tête, Luna coupa le contact et, pendant que sa mère rentrait, elle contourna le bâtiment et rejoignit la jeune fille devant les conteneurs à ordures dans la cour arrière.

— Salut, tu as fini ?

Astrid leva les yeux, presque souriante.

— Oui, je termine juste ça. On a été bien occupés, ce soir.

— Ça évite les ennuis, non ? fit Luna avec malice en soulevant le couvercle d'une benne à ordures. Allez, jette ce sac pour qu'on puisse regagner la douce chaleur de ma voiture. Je suis garée devant.

Astrid lança le sac dans la benne et lui emboîta le pas.

— Je crois que je vais aimer travailler ici.

Poussant un soupir, Luna scruta la jetée silencieuse et sombre de l'autre côté de la rue.

— Bon. Mes parents sont un peu maniaques, mais ils veulent bien faire. Si tu travailles dur, tu apprendras beaucoup sur la persévérance à leur contact.

— Ça a été le cas pour vous ?

La gorge de Luna se serra. Elle acquiesça.

— Oui. À ton âge, j'ai été agressée par un type en qui j'avais toute confiance. Il était plus âgé. Quand mes parents l'ont appris, j'avais honte et je craignais leur réaction, mais ils ne m'ont fait aucun reproche. Sans leur soutien pour m'aider à aller de l'avant, j'ignore ce que je serais devenue...

Astrid déglutit.

— Il m'est arrivé de mauvaises choses aussi.

Luna attendit qu'elle développe en espérant qu'en partageant son traumatisme passé Astrid lui accorderait davantage sa confiance. Comme elle se taisait, elle déverrouilla les portes de la voiture.

— Bien, dit-elle avec douceur, si tu veux en parler, je suis là.

— Merci... J'ai acheté ça tout à l'heure.

Astrid s'assit sur son siège, sortit deux sucettes de sa poche et lui en tendit une. Luna s'assombrit. Au lieu de ne pas manger à sa faim et d'avoir peur de tout, Astrid aurait dû connaître son premier flirt avec un garçon dont elle aurait noté le nom partout dans son journal en rêvant de bals et de matchs de foot, comme toute jeune fille de son âge.

— J'ai eu mon premier pourboire ce soir, ajouta Astrid. Je ne pensais pas que les commis de salle en recevaient. Je me suis fait deux dollars.

— Félicitations, dit Luna en démarrant.

Lui jetant un coup d'œil pour s'assurer qu'elle avait attaché sa ceinture, elle remarqua qu'Astrid portait un T-shirt du Buzzy Bird à manches longues.

— Où est le sweat-shirt que je t'ai donné ? Il fait froid, ce soir.

— Oups, je l'ai oublié dans la cuisine. Attendez-moi ici.

Astrid jaillit de la voiture et disparut à l'angle du bâtiment pour gagner l'entrée du personnel.

Luna alluma la radio en songeant aux expériences similaires qu'elles avaient vécues au même âge. Certes, Luna n'avait pas été en famille d'accueil, mais elle avait connu la même solitude quand ses parents travaillaient. Toutefois, ils avaient largement compensé son sentiment d'abandon, réel ou imaginaire, par leur soutien indéfectible après son agression. Et celui qu'ils lui apportaient encore aujourd'hui. Elle se demanda ce qu'elle serait devenue sans eux.

Elle sélectionna une station de radio pop de Boston et jeta un coup d'œil à l'angle de la bâtisse. Pourquoi Astrid tardait-elle ? Avec un soupir, elle coupa le contact, descendit de la voiture et alla à sa rencontre. Elle trouva la jeune fille plaquée au mur par un type en veste noire à capuche et jean crasseux.

— Tu as une dette envers moi, grogna-t-il, une main autour de sa gorge. Tu le sais.

— Hé ! hurla Luna avec rage, en proie à un affreux sentiment de déjà-vu. Lâchez-la !

Première erreur. Le type lâcha Astrid et se tourna vers elle.

Submergée par les souvenirs traumatisants d'une autre époque, Luna recula, trébucha et tomba lourdement. Deuxième erreur.

Reculant sur les fesses, elle chercha fébrilement ce qui pourrait lui servir d'arme, mais il était trop tard. L'homme se penchait déjà vers elle. Instinctivement, elle balança des coups de pied et lui fit perdre l'équilibre. Il tomba à genoux sur le trottoir, et elle lui jeta ses clés au visage de toutes ses forces.

Il grogna en se protégeant les yeux de la main.

— Ça fait mal, espèce de...

Astrid ne le laissa pas finir sa phrase. Elle le frappa à l'arrière de la tête avec une bouteille de bière vide, qui se brisa sur son crâne. Les yeux du type se révulsèrent, il perdit connaissance.

— Il ne fallait pas me harceler, Troy !

Se relevant avec une grimace, Luna lui prit le bras.

— Ça va, toi ?

— Ou... Oui, bredouilla Astrid, tremblant comme une feuille.

Ébranlée, Luna l'entraîna vers l'entrée de service, et elles s'engouffrèrent dans la cuisine et verrouillèrent la porte.

— Il faut... appeler... la police, dit-elle, haletante.

— Non, répliqua Astrid. Je peux gérer Troy. Je vous assure.

Jetant un coup d'œil par la fenêtre, Luna vit qu'il n'y avait plus personne près des bennes à ordures. Leur agresseur s'était volatilisé. Elle se tourna vers Astrid.

— Il est parti. Tu le connais, apparemment. Troy, c'est ça ? C'est le gars qui m'a raccroché au nez ? Il a dit que tu lui étais redevable. Tu l'as accusé de te harceler.

— J'ai dit que je pouvais gérer, déclara Astrid, les yeux fixés sur la nuit noire à travers la vitre.

— Comment ? Il t'a attaquée. Et il a essayé de m'agresser !

— Écoutez, dit Astrid avec une grande inspiration. Troy est mon demi-frère. Il me suit, mais je sais comment me débarrasser de lui une fois pour toutes. J'ai juste besoin de temps. Vous pouvez m'accorder ça ?

Tout en parlant, Astrid déverrouilla la porte et sortit dans la nuit devant Luna abasourdie. Bon sang. Elle ne pouvait pas la laisser déambuler seule dans le coin. Pas avec ce dingue dans les parages. Elle sortit une bombe de spray au poivre d'un tiroir et suivit la jeune fille. Son cœur battait à tout rompre, elle avait mal au coccyx après sa chute et un douloureux pincement au côté gauche, mais elle ramassa ses clés par terre et contourna la bâtisse pour regagner le parking.

La bonne nouvelle, c'était qu'il n'y avait pas de Troy.

La mauvaise : il n'y avait pas trace d'Astrid non plus. Elle avait disparu.

Luna se rendit à son appartement en espérant l'y trouver, ou tomber sur elle en chemin. Mais c'était Mark qui patientait devant chez elle.

Son sourire s'effaça dès qu'il la vit échevelée et débraillée à la lumière du porche. Mais, avant qu'elle puisse lui fournir des explications, sa vision se brouilla et s'obscurcit. De très loin, elle entendit Mark l'appeler sans pouvoir lui répondre. Étrange. Ses os semblaient se dissoudre. Heureusement, Mark l'attrapa avant qu'elle touche le sol.

— Je... vais b... bien, parvint-elle à bégayer.

— Tu t'es évanouie, dit-il en prenant son pouls. Luna, tu saignes.

— Qu… quoi ? N… non, je…

Elle baissa les yeux et vit une tache humide rouge s'élargir sur son flanc gauche, teintant d'écarlate sa tunique pâle. Elle déglutit, affolée, mais Mark la soutenait fermement.

— Je te tiens, murmura-t-il.

Il l'allongea doucement sur les marches et écarta son manteau et sa chemise, révélant une longue entaille à son côté gauche. Cela expliquait le pincement qu'elle avait senti.

Elle battit des paupières pour éclaircir sa vision.

— Il m'a eue, dit-elle faiblement.

— Qui ? demanda Mark d'un air sombre, retirant sa veste pour comprimer la blessure. Qui t'a eue ?

— Je crois que c'est la bouteille… Astrid l'a brisée sur son crâne… J'ai dû rouler sur les éclats de verre.

— Quelle bouteille ? demanda-t-il en la secouant avec douceur. Luna, reste avec moi. Où est Astrid ? Elle va bien ?

Elle luttait pour rester consciente, mais la violente douleur à son flanc lui coupait le souffle.

— Elle a été agressée derrière le restaurant… J'ai tenté d'intervenir, et le gars s'en est pris à moi. J'ai roulé sur le sol, et Astrid a cassé une bouteille sur la tête de son demi-frère…

De vieux souvenirs se mêlaient aux récents, ajoutant à la confusion de Luna. Des pas dans le couloir.

Troy penché vers elle.

Elle avait échappé à son assaillant grâce à sa force, sa hargne, sa témérité. Elle espérait qu'Astrid avait pu se sauver aussi, mais celle-ci avait besoin d'aide. Elle n'y arriverait pas seule. Personne ne le pouvait.

— Luna, reste avec moi, d'accord ? déclara calmement Mark en prenant son visage entre ses mains. Tu as dit que le demi-frère d'Astrid était là. Il t'a attaquée ?

— Je lui ai sauté dessus après qu'il s'en est pris à Astrid.

Mark inspira bruyamment.

— Es-tu blessée ailleurs ?

— Je ne crois pas.

Il l'examina quand même, puis la souleva dans ses bras et l'emporta dans sa camionnette.

— Où on va ? demanda-t-elle, hébétée.

— Aux urgences.

— Quoi ? Non, s'écria-t-elle, ranimée par une brusque montée d'adrénaline. Il faut qu'on trouve Astrid. Elle est seule quelque part, et elle a dit qu'elle pouvait le gérer, qu'elle savait quoi faire. Mais elle ne peut pas y arriver seule.

Mark ne ralentit pas.

— Nous la trouverons, ne t'inquiète pas. Dès que tu auras vu un médecin...

— Je...

— C'est non négociable, Luna.

Il l'attacha délicatement sur le siège passager et, s'installant au volant, il prit son portable et appela Brock à l'hôpital.

11

Mark avait géré bon nombre d'urgences durant sa carrière de pompier, à la fois à Wyckford et à Chicago. Mais voir Luna blessée l'affectait comme il ne l'avait jamais été. Pas même le premier soir, dans la forêt.

Il était désemparé. Il ne voulait pas tenir à elle, mais, si l'augmentation de sa fréquence cardiaque était une indication, c'était arrivé malgré lui. Malgré sa culpabilité et sa peur de l'engagement et de l'échec, elle l'avait touché en plein cœur.

— Il faut qu'on trouve Astrid, répéta-t-elle. Elle prétend savoir quoi faire, mais je ne la crois pas. Elle a commencé une nouvelle vie ici, Mark. Elle s'est fait des amis. Elle a un emploi. Elle pourrait tourner le dos au passé qu'elle fuit. Mais elle a besoin de soutien...

Mark lui jeta un coup d'œil en démarrant, mais il la voyait mal dans l'habitacle obscur. Ses propos sur Astrid l'interpellaient, il sentait confusément qu'ils auraient pu s'appliquer à elle au même âge. Il aurait aimé la questionner davantage, mais il devait rester concentré sur le présent et l'incident derrière le restaurant, et tenter d'élucider le mystère qui entourait Astrid.

— Tu savais qu'Astrid avait un demi-frère ?

Elle secoua la tête.

— Je crois que c'est le type qui a appelé sur son portable, et qui a raccroché après avoir dit à Astrid qu'elle ne pourrait pas lui échapper.

— Que crois-tu qu'il voulait ?

— Astrid, dit-elle sombrement. Il l'avait plaquée contre le mur du restaurant quand je l'ai surpris. Les types de ce genre ne veulent qu'une chose. Je lui ai hurlé dessus pour qu'il la lâche, et il s'en est pris à moi.

Doux Jésus.

— Et c'est là qu'il t'a poignardée ?

— Non. J'ai trébuché et atterri sur les fesses. Il m'est tombé dessus avant que j'aie pu trouver de quoi me défendre, mais Astrid l'a assommé avec une bouteille... Nous nous sommes précipitées à l'intérieur et nous sommes barricadées ; je voulais appeler la police, mais Astrid a refusé. Elle prétendait savoir comment se débarrasser de lui et m'a demandé de lui laisser le temps nécessaire... Quand j'ai regardé par la fenêtre, le type – elle l'a appelé Troy – n'était plus là. Puis Astrid est partie. Quand j'ai voulu la suivre, elle avait disparu. Alors je suis partie chez moi voir si elle n'y était pas, et c'est là que je t'ai trouvé.

Mark se gara sur le parking des urgences. Brock les attendait en compagnie de Madi, qui sourit à Luna et la conduisit à l'intérieur. Elle l'installa en salle d'examen et la prépara pour l'intervention.

Brock examina la blessure.

— Que s'est-il passé ? Tu as été poignardée ?

Luna secoua la tête, le teint blême. Mark ne s'était jamais senti aussi impuissant depuis la mort de Mikey.

— Elle s'est colletée avec une bouteille cassée.

Figé au chevet de Luna, Mark trépignait intérieurement. Il voulait faire quelque chose, n'importe quoi, pour se rendre utile. Il devait retrouver ce Troy, protéger Luna et Astrid. Il ne pouvait pas échouer encore. Il le devait à Mikey. À lui-même.

— J'ai encore des questions, reprit Brock. Tu veux que je mette Mark dehors ?

— Non, il peut rester.

Tant mieux, car il ne comptait aller nulle part. Il garda la main de Luna dans la sienne tandis que Madi se plaçait à côté de Brock devant le plateau d'instruments, prête à l'assister.

— Qui maniait la bouteille ? demanda Brock.

— Astrid, répondit Luna en se massant la tempe de sa main libre. C'est une adolescente avec qui Mark et moi nous sommes liés d'amitié. Mais ce n'est pas sa faute. Elle était en train de repousser son demi-frère.

— Ce type t'a blessée ailleurs, Luna ?

— Non.

Brock scruta la petite ecchymose qu'elle avait à la joue.

— Comment tu t'es fait ça ?

— Je ne sais pas. Peut-être quand je suis tombée.

Brock hocha la tête, sans la quitter des yeux.

— Souvent, les victimes n'aiment pas parler de ce qui leur est arrivé...

— Il ne m'est *rien* arrivé, Brock, déclara Luna.

Elle croisa les regards soucieux de Madi et Mark, avant de revenir à Brock. Mark lui pressa la main. Il ignorait toujours quel traumatisme elle avait vécu, mais il se promit d'aborder la question dès que ce cauchemar serait terminé.

— Astrid a estourbi le type, et il a dû se réveiller, car il a disparu avant qu'on puisse appeler la police. Fin de l'histoire.

— Tu as donc appelé la police après ? demanda Brock.

— Non. Pas encore. Astrid s'est volatilisée après Troy, et je voulais d'abord la retrouver...

Brock fit signe à Mark, qui sortit son téléphone.

— Je m'en occupe.

Mark appela le poste de police, puis reprit la main de Luna.

— Un policier va venir prendre ta déposition. Nous allons retrouver Astrid et éclaircir toute cette histoire. D'accord ?

Elle hésita, le sondant du regard.

— D'accord.

— Mais d'abord les points de suture, dit Brock en réexaminant la blessure. Il en faudra cinq, peut-être six. On verra à peine la cicatrice.

— On ne peut pas juste coller les bords ? demanda Luna.

— Pas cette fois. Mais ce sera rapide et tu seras anesthésiée localement, ne t'inquiète pas.

Mark détourna l'attention de Luna en caressant une petite cicatrice qu'elle avait à l'arcade sourcilière.

— Comment tu t'es fait ça ?

— J'ai volé un vélo pour aller travailler quand j'avais seize ans, et je me suis crashée, dit-elle d'une voix tremblante.

Brock rit doucement tout en travaillant d'une main sûre.

— Regarde le menton de Mark. Il venait d'arriver à Wyckford quand, sous l'effet de la déshydratation, cet imbécile a tourné de l'œil en atteignant le haut du mur d'escalade du gymnase et se l'est pris en pleine face. Il a eu la chance que je le recouse, il pourra encore jouer les top-modèles…

Le rire de Luna se transforma en grimace de douleur.

— Les top-modèles ?

— Il ne t'a pas dit ?! s'exclama Brock avec un coup d'œil à son ami. Il a fait la couverture du calendrier des pompiers l'année dernière. Je m'étonne que tu n'en aies pas vu à l'hôpital. La plupart des infirmières en ont un exemplaire.

Il sourit malicieusement en continuant à suturer avec une dextérité remarquable. Mark s'efforçait d'oublier ce stupide calendrier depuis sa parution.

— Tiens bon, Luna. On a fait trois points. Plus que trois.

Quand il eut fini, Brock aida Luna à s'asseoir, lui donna ses prescriptions et s'en alla, appelé sur une autre intervention.

Ils attendirent que le policier vienne prendre la déposition de Luna, puis Mark l'aida à enfiler son manteau et la porta jusqu'à la camionnette pour la ramener chez elle. Il s'arrêta à la pharmacie pour acheter les antibiotiques et les antalgiques, puis il prit la direction de l'appartement, les questions se bousculant dans sa tête. Où avait pu aller Astrid ? Que voulait ce Troy ? S'en prendrait-il encore à Luna pour atteindre la jeune fille ?

Il se gara le long du trottoir et lui prit ses clés des mains.

— Reste ici. Je vais d'abord m'assurer qu'il n'y a pas de danger.

Il descendit du véhicule et s'éloigna avant qu'elle puisse protester. Il n'y avait personne dans l'appartement. Il espérait qu'Astrid se cachait dans sa chambre, mais n'eut pas cette chance. Il alluma toutes les lumières et redescendit chercher Luna, qu'il allongea sur son lit. Il l'aida à retirer son manteau et ses chaussures et lui enfila une chemise d'hôpital propre dénichée dans un placard, puis il étendit une couverture sur elle en s'efforçant de la traiter comme n'importe quel patient, pas comme la femme dont il était tombé fou amoureux. Après s'être assuré qu'elle était bien installée, il alla lui chercher de l'eau, une collation et la télécommande.

— Je peux t'apporter autre chose ?

— Non, merci.

Son téléphone vibra, et il fronça les sourcils en scrutant l'écran.

— Je suis d'astreinte, mais je vais demander qu'on me remplace. Essaye de dormir, dit-il en se dirigeant vers la porte. Je serai dans le salon, si tu as besoin de moi.

Le lendemain matin, Luna se réveilla aux aurores, assommée par les antalgiques. Elle avait l'impression d'avoir dormi des jours, mais le réveil indiquait seulement 6 heures. Brock lui avait posé un bandage étanche, et elle put prendre une douche. Elle s'habilla, et elle quittait sa chambre quand elle entendit des voix en provenance du salon.

Astrid était là et discutait avec Mark.

— Salut, dit-elle, les trouvant assis à chaque extrémité du canapé.

Astrid fronça les sourcils.

— Mark m'a dit que vous aviez été blessée hier soir.

— Je me suis coupée sur du verre brisé et on m'a fait quelques points de suture, c'est tout.

Astrid pâlit et regarda fixement ses mains, posées sur ses genoux.

— Je suis vraiment désolée. Je ne voulais pas qu'il vous fasse du mal.

— Ce n'est pas ta faute. Tu vas bien ? J'ai essayé de te retrouver après ton départ, mais tu avais disparu.

Astrid soupira et hocha la tête.

— Je vais bien. Ça n'aurait pas dû se produire...

Luna s'assit entre eux sur le canapé, et prit la main de la jeune fille.

— Je suis contente d'avoir été là. Si je n'étais pas arrivée à ce moment-là...

Astrid ferma les yeux, la mine féroce.

— Je sais. Mais il en avait après moi, pas après vous.

Luna jeta un regard à Mark, étrangement silencieux.

— Tu n'es pas responsable. Je sais que tu crois pouvoir te débarrasser de ce type, mais nous sommes là si...

— Non, fit Astrid.

Elle dégagea sa main, se leva et se dirigea vers la porte.

— Vous avez été très gentils avec moi, mais j'ai tout gâché. Je vais marcher un moment pour me vider la tête.

— Tiens, dit Luna, allant chercher la bombe au poivre, qu'elle lui tendit. Si tu le revois, asperge-le d'abord et questionne-le ensuite. Et, si tu n'es pas de retour dans une demi-heure, je viens te chercher.

Une fois Astrid partie, Luna se tourna vers Mark.

— De quoi parliez-vous quand je suis entrée ?

— J'essayais d'obtenir des réponses sur ce qui se passe, mais elle est fermée comme une huître, déclara-t-il en la scrutant, le visage indéchiffrable. Comme toi... Tu te sens comment ?

— Ça va, dit-elle, soutenant son regard un moment avant

d'abdiquer. Je ne te cache pas de secrets. Enfin, si… peut-être, mais j'ai du mal à accorder ma confiance.

Au lieu de l'inciter à parler, Mark patienta, sans la quitter des yeux. Il avait toujours su lire en elle, même quand elle faisait tout pour le bloquer. C'était pour cela qu'elle l'avait accueilli dans sa vie, malgré ses réticences. Elle l'avait laissé entrer dans son cœur et au plus profond d'elle-même où personne n'avait jamais eu accès, hormis quelques proches. Sa famille. Ses amies.

Luna ne savait pas encore comment prendre cette révélation. C'était trop nouveau. Trop effrayant pour cette heure matinale. Il valait probablement mieux qu'elle prenne du recul et laisse les choses en suspens pour l'instant, au moins jusqu'à ce que cette histoire avec Astrid soit réglée.

— Tu étais secouée hier soir, dit-il, et ce n'était pas une question.

Elle sentit sa gorge se serrer.

— Oui, j'étais terrifiée pour Astrid.

— Mais il y avait autre chose, n'est-ce pas ? C'est comme si cette agression avait réveillé de mauvais souvenirs. Que t'est-il arrivé, Luna ? demanda-t-il calmement, fort et rassurant. Et qu'est-ce qui a fait resurgir tout ça hier soir ?

Le cœur au bord des lèvres, Luna ferma les yeux, la tête adossée au canapé, puis elle le regarda. Tout ce temps, il avait été là pour elle, lui montrant qu'elle pouvait lui faire confiance. Qu'elle était en sécurité avec lui. Mais elle ne voulait pas qu'il la voie comme une femme faible, une victime. Comme s'il devinait son tourment intérieur, Mark lui releva la tête pour la forcer à soutenir son regard.

— Fais-moi confiance, Luna. Je t'en prie.

Elle lui faisait confiance.

— J'ai été agressée par un ami quand j'avais seize ans.

La mâchoire durcie, Mark hocha la tête.

— Continue.

— Je cherchais toujours les ennuis à l'époque, étant livrée à moi-même pendant que mes parents tenaient le restaurant. Je pensais pouvoir tout gérer. Tout contrôler.

Elle ramena ses genoux contre sa poitrine et y posa le menton.

— Je croyais qu'il était inoffensif, que je pouvais lui faire confiance... Je me trompais.

— Que s'est-il passé ? demanda-t-il d'une voix sourde.

— Il était plus grand que moi, plus âgé, plus malin. Il avait vingt-deux ans. Il prétendait que j'avais une dette envers lui, mais refusait d'être payé en argent. Il exigeait... une chose que je ne voulais pas lui donner. Il a essayé de me forcer... mais je l'ai repoussé, et il m'a rouée de coups. Il m'a cassé le bras et fracturé la cavité oculaire. J'ai été démolie, contusionnée, pendant des semaines. Je ne quittais pas la maison de peur qu'on me pose des questions... Mes pauvres parents ont dû subir ça en plus de ce qu'ils affrontaient au quotidien.

— Oh ! Luna, murmura Mark, la prenant dans ses bras et la berçant tendrement contre lui. Je suis tellement désolé.

Elle déglutit et se força à poursuivre.

— Pendant qu'il s'acharnait sur moi, il n'arrêtait pas de répéter que c'était ma faute. Que je l'avais cherché. Aguiché. Que je n'avais que ce que je méritais.

— Tu n'étais pas responsable, dit-il d'une voix dure. Tu n'étais qu'une enfant. Il a été arrêté ?

Elle acquiesça.

— Il a été inculpé d'agression et incarcéré pour des années. Je n'étais pas sa première victime.

La main dans ses cheveux, Mark nicha son visage au creux de son cou.

— C'était il y a longtemps, ajouta-t-elle. Mais ça m'affecte encore parfois. Je me méfie des gens, surtout des hommes.

— Un traumatisme n'a pas de date d'expiration, murmura-t-il gravement. Il est toujours là, comme une mine prête à exploser. Crois-moi, je le sais. Merci de m'avoir parlé. Ce n'*était pas* ta faute. Tu n'as rien à te reprocher.

Elle renifla, et s'écarta pour le dévisager.

— Les seules personnes au courant sont celles pour qui je compte vraiment.

— Comme moi ? demanda-t-il, faisant tressaillir son cœur.

— Comme toi, dit-elle, le regardant dans les yeux avant de les détourner. Tu comptes aussi pour moi, Mark. Probablement plus que tu ne devrais. Je...

Elle fut interrompue par la sonnerie de son téléphone, que Mark avait mis à charger dans la cuisine à leur retour de l'hôpital. Elle lui fit signe de patienter et alla répondre.

C'était sa mère.

— Allô ?

Son cœur s'emballa quand elle l'entendit déclarer, affolée :

— Le bocal où Madi conserve les dons pour le dispensaire a disparu du comptoir ! Astrid l'a volé.

— Quoi ? s'écria Luna, en proie à une montée d'adrénaline. Comment ? Quand ?

Sa mère lui expliqua qu'Astrid était passée au restaurant une vingtaine de minutes plus tôt et était repartie aussitôt. C'est alors qu'ils avaient constaté la disparition du bocal. Luna réfléchit. Astrid avait dû aller directement au restaurant en partant de chez elle. C'était faisable en coupant par la ville...

Non. Luna refusait de croire qu'elle avait volé cet argent.

Elle était tiraillée entre l'inquiétude et la culpabilité. Elle aurait dû savoir combien Astrid était désespérée. Pourquoi avait-elle insisté pour qu'elle reste avec Mark et elle ? Pourquoi l'avait-elle laissée faire cette stupide promenade ?

Parce que tu voulais passer un moment seule avec Mark. Parce que tu es en train de tomber amoureuse.

La peur et la honte lui comprimaient la poitrine, l'empêchant de respirer. C'était pour ça qu'elle refusait de s'ouvrir à ses émotions, à ce qu'elle éprouvait pour Mark. Ses sentiments ne lui apportaient jamais que des problèmes, qui touchaient aussi Astrid, maintenant.

Elle n'aurait jamais dû laisser son cœur l'emporter sur sa raison.

C'était déjà arrivé le soir de l'agression. Et encore maintenant, avec Astrid dans la nature, seule et en danger…

— Luna ? demanda Mark, posant doucement la main sur son bras. Qu'est-ce qui ne va pas ?

Elle se dégagea brusquement, pas parce qu'elle n'aimait pas qu'il la touche, bien au contraire. Mais elle devait mettre fin à tout ça. Et se recentrer sur l'essentiel : retrouver Astrid et prouver à tous que c'était une fille bien, pas une voleuse.

Mark fronça les sourcils en la voyant prendre ses distances.

— Qu'est-ce qu'il y a, Luna ? Pourquoi tu fais ça ?

— Ça quoi ? cria-t-elle.

Elle s'en voulait terriblement, car elle n'avait qu'une envie, se jeter dans ses bras et se libérer de son fardeau. Mais cela n'arriverait pas, car elle n'avait jamais dépendu d'un homme et n'allait pas commencer maintenant.

— C'était ma mère. L'argent des dons pour Madi a disparu au restaurant, et ils croient qu'Astrid est impliquée, déclara-t-elle en allant mettre son manteau et chausser ses bottes. Je dois y aller maintenant pour les convaincre qu'ils se trompent.

Mark enfila sa veste et prit ses clés.

— Je viens avec toi. Je conduirai.

La première réaction de Luna fut de protester, mais elle ressentait encore l'effet des antalgiques, même si elle avait l'esprit plus clair, et il valait mieux se montrer prudent.

— Très bien. Allons-y.

À mi-chemin de la porte, elle s'immobilisa, consciente qu'elle devait parler maintenant, avant de ne plus en être capable.

— Écoute, j'apprécie sincèrement que tu aies pris soin de moi ce soir, et l'autre nuit dans la forêt. C'était sympa et…

— *Sympa ?*

Elle se raidit. Il n'allait pas lui faciliter les choses. Tant pis. Elle n'avait jamais eu la vie facile, après tout.

— J'ai besoin d'une pause, d'accord ?

— Une pause ? répéta-t-il, interloqué, visiblement perdu. Dans quoi ?

Elle soupira, exaspérée.

— Dans notre relation, s'écria-t-elle en faisant un geste entre eux. J'ai envie de souffler. Je vais bien, d'accord ? Je n'ai pas besoin de baby-sitter. Ni qu'on me prenne en pitié à cause de ce qui m'est arrivé il y a des années. Je ne suis pas en porcelaine. On ne me brise pas facilement.

Hébété, Mark la dévisagea un moment, ouvrant la bouche puis la refermant, avant de désigner la porte.

— Allons éclaircir tout ça au restaurant, dit-il d'un ton sec.

Ils quittèrent l'appartement, dont Luna verrouilla la porte, et gagnèrent la camionnette de Mark. Elle voyait qu'il l'observait à la dérobée et se sentait encore plus mal. Mais elle ne pouvait plus reculer, maintenant. Elle n'était pas faite pour les relations amoureuses. Elle le savait depuis le début. Elle avait été stupide de croire que tout pouvait changer à cause d'un homme. Elle devait oublier ces chimères et se concentrer sur Astrid et la découverte de la vérité.

Comme ils sortaient dans la nuit froide, Mark parla enfin :

— Alors c'est fini entre nous, dit-il d'une voix glaciale.

Ce n'était pas une question. Plutôt un état de fait.

Le cœur en miettes, elle inclina sèchement la tête et, grimpant dans la camionnette, elle attacha sa ceinture de sécurité.

— C'est fini entre nous, affirma-t-elle.

12

Tu es trop bon, trop enclin à te sacrifier pour les autres, trop naïf...

Les accusations de son ex-femme tournaient dans la tête de Mark tandis qu'au volant de sa camionnette il roulait à tombeau ouvert en direction du Buzzy Bird. Il était 23 heures, à présent, et heureusement il n'y avait pas beaucoup de circulation. Tant mieux, car il n'était pas concentré sur la route, trop occupé à se reprocher l'échec de sa relation avec Luna.

Pourquoi ne pouvait-il s'empêcher de surprotéger, suranalyser, surétouffer tout, au point de finir par perdre ce à quoi il tenait le plus ? Il se retrouvait dans la même situation qu'avec son ex-femme. Il s'était ouvert à Luna, laissé aller à croire que cette fois ce serait peut-être différent, qu'il ne l'étoufferait pas, ne lui donnerait pas l'impression qu'il voulait la contrôler. Mais il était retombé dans les mêmes vieux schémas. Les mêmes échecs.

« Je n'ai pas besoin de baby-sitter. Ni qu'on me prenne en pitié à cause de ce qui m'est arrivé il y a des années. Je ne suis pas en porcelaine. On ne me brise pas facilement... »

Non, en effet. En réalité, Luna était une des personnes les plus fortes qu'il ait jamais rencontrées. C'était une des qualités qui l'attiraient chez elle. Comme si elle était assez forte pour survivre au gros point faible de Mark, ses échecs.

Peut-être avait-elle raison. Peut-être devaient-ils faire une pause, définitivement, même.

Ils étaient convenus d'avoir une relation légère, sans prise de tête. Et puis il avait fallu qu'il franchisse les limites. Il n'aurait jamais dû laisser la situation aller au-delà du « simple sexe », pour commencer. N'était-ce pas la définition de la folie selon Einstein, faire toujours la même chose et s'attendre à un résultat différent ?

Un malin, cet Einstein.

S'il avait suivi ce conseil, Mark se serait épargné bien des maux de tête.

Bon sang, peut-être était-il naïf. Mais plus maintenant.

— Qu'est-ce qui s'est passé ? demanda Luna quand ils entrèrent au Buzzy Bird.

Assis dans un box, ses parents semblaient las et tristes.

— Astrid est arrivée juste avant qu'on ferme. Elle a prétendu avoir oublié quelque chose dans l'arrière-cuisine et demandé si elle pouvait aller le chercher. J'ai dit oui, bien sûr. Ce n'est qu'après son départ que j'ai remarqué la disparition du bocal. Heureusement, on l'avait vidé il y a quelques jours, mais il devait y avoir quand même une centaine de dollars dedans. Pourquoi faire une chose pareille ?

— Êtes-vous sûrs que c'est elle ? demanda Luna.

— Nous étions seuls ici, hormis un ou deux clients qui s'attardaient. Je ne vois pas qui d'autre aurait pu le faire, ma puce, répondit son père.

Mark jeta un coup d'œil aux caméras de surveillance dans les coins de la salle.

— Vous avez vu Astrid sur les enregistrements ?

— Nous n'avons pas encore eu le temps de vérifier, dit sa mère. Mais ces caméras sont capricieuses depuis qu'elles ont été arrosées par les sprinklers l'an dernier. On voulait les remplacer, mais on ne s'en est pas encore occupé. Et, si Astrid est innocente, comment se fait-il que l'argent ait disparu pendant qu'elle était là ?

Le père de Luna hocha lentement la tête.

— Désolé, ma chérie. Je sais que tu l'aimes bien, mais reconnais que ça ne joue pas en sa faveur.

Au bord du malaise, Luna était livide, et Mark voulut la prendre dans ses bras, mais se retint in extremis. Ils avaient rompu. Il ne devait plus la toucher, ni la réconforter. Plus tôt il s'en souviendrait, mieux cela vaudrait.

Il ne se sentait pas bien non plus, et pas juste à cause de leur rupture. Lui aussi refusait de croire qu'Astrid avait dérobé l'argent, mais il y avait des chances pour que les parents de Luna aient raison. Surtout après ce qu'avait dit Astrid. Peut-être la jeune fille avait-elle voulu payer sa dette à ce Troy avec de l'argent au lieu de lui donner son corps. Mark se raidit. Astrid jouait les dures alors qu'au fond ce n'était encore qu'une enfant. Comme l'avait été Luna. Mais pourquoi ne lui avait-elle pas parlé à l'appartement ? Si elle avait besoin d'argent, il lui aurait volontiers donné ce qu'il avait sur lui. Ce n'était pas énorme, mais apparemment il n'y avait guère plus dans le bocal de dons. Il aurait dû lui montrer qu'elle pouvait lui faire confiance. Encore un nouvel échec à son actif, à ajouter à la longue liste de ses faillites.

— Nous avons appelé Madi, car il s'agit de son argent, déclara la mère de Luna. Elle est en chemin, avec la police.

— Je ne crois pas qu'Astrid soit capable de ça, affirma Luna. Elle vivait chez moi. Elle aimait son travail au restaurant. Pourquoi aurait-elle risqué tout ça pour cent dollars ?

Mais, en parlant, elle regarda Mark, et la réponse leur parut évidente.

Son demi-frère. Troy.

À cet instant, un policier en uniforme entra dans la salle, accompagné de Madi.

C'était le fonctionnaire à qui Mark avait demandé de se renseigner sur Astrid le jour où ils l'avaient trouvée près de la forêt. Ils lui dirent ce qu'ils savaient sur Astrid, puis les parents de Luna déclarèrent le vol, et Madi fit sa déposition concernant l'argent dérobé.

— Je vais aussi devoir entendre les clients présents à ce moment-là, si vous pouvez me fournir leurs noms, dit l'officier de police.

— Je vous les donnerai, dit la mère de Luna. Qu'est-ce qui va se passer ensuite ?

— Eh bien, nous commencerons par rechercher la jeune fille pour voir si nous pouvons retrouver l'argent volé, et nous l'interrogerons pour connaître son mobile. Si elle avoue, nous engagerons des poursuites, en fonction de ce que vous voulez faire.

— Ne la poursuivez pas, je vous en prie, supplia Luna. Je ne la crois pas coupable, mais, même si elle l'est, elle essaye juste de prendre un nouveau départ ici, à Wyckford. La prison gâcherait tout. Et nous ignorons les circonstances de son geste. Elle avait peut-être une bonne raison de prendre cet argent...

Elle s'interrompit sous le regard inquisiteur du policier.

— Il y a quelque chose que vous ne me dites pas sur les motivations de cette jeune fille, madame ?

Mark ne put s'empêcher de voler à la rescousse de Luna.

— Non. Nous vous avons dit tout ce que nous savons. Mais nous sommes tous fatigués.

Un silence pesant s'ensuivit, que Mark rompit.

— Astrid Jones est une fille bien qui se trouve en mauvaise posture, je crois. Elle est effrayée et a besoin de nous, qu'elle en ait conscience ou non.

L'agent de police repartit avec Madi, et Mark et Luna s'apprêtaient à en faire autant quand le téléphone de Mark sonna. Il regarda l'écran et fronça les sourcils.

— Pardon, c'est le central. Donne-moi une seconde.

Luna alla dans la cuisine pendant qu'il prenait l'appel.

— Bates, j'écoute.

— Salut, dit le régulateur. Un incendie s'est déclaré dans la forêt. Les premiers rapports font état d'un feu de camp devenu incontrôlable. Tous les hommes sont sur le pont.

Mark enregistra les informations et raccrocha au moment où

Luna revenait dans la salle. Il ne manquait plus que ça. Sa chère forêt brûlait. Son mauvais pressentiment s'accrut. D'après son expérience, les coïncidences n'existaient pas, et les problèmes qui s'accumulaient commençaient à faire beaucoup. Un peu trop à son goût.

— Qu'est-ce qui ne va pas ? demanda Luna comme il la rejoignait. Tu as l'air inquiet.

— Je le suis, si je me fie à mon instinct. Il y a un incendie dans la forêt. Tout le personnel est réquisitionné.

— La forêt ? s'écria-t-elle, incrédule. Tu ne crois quand même pas…

Mark inclina la tête.

— Mon instinct me dit que si.

Luna insista pour l'accompagner et, après avoir pris rapidement congé des parents de Luna, ils remontèrent dans la camionnette et prirent la direction des bois situés en périphérie de la ville. Au bout de quelques kilomètres, le bitume fit place à un chemin de terre qui bifurqua une bonne douzaine de fois. La plupart de ceux qui s'aventuraient sur ces sentiers ne tardaient pas à se perdre, mais Mark savait où il allait. Quand la route rétrécit encore, il jeta un coup d'œil à Luna, agrippée à la poignée de la portière.

— Ne t'inquiète pas, dit-il, tentant d'alléger l'atmosphère. J'emboutis rarement les arbres.

— C'est bon à savoir.

Ils rirent, et la tension baissa sensiblement dans l'habitacle.

Vingt minutes plus tard, ils s'arrêtaient dans une clairière où stationnaient plusieurs véhicules de pompiers, des camions pompes de casernes des environs et une ambulance. Des projecteurs éclairaient les lieux, aussi lumineux qu'en plein jour.

Mark se gara et sortit, puis s'appuya à sa portière, les clés encore sur le contact. Dehors, l'air empestait le bois brûlé et le chaud, des odeurs familières mais qui éveillaient en lui un mélange d'appréhension et de culpabilité depuis la mort de Mikey.

— Ne bouge pas d'ici. Ne quitte la camionnette sous aucun

prétexte. Si le feu s'approche, je veux que tu prennes le volant et que tu partes, tu as compris ? Suis le chemin par lequel nous sommes arrivés jusqu'à ce que tu arrives à l'autoroute.

— À vos ordres, répondit-elle avec un salut moqueur.

Secouant la tête, Mark courut vers le camion pompe le plus proche et le groupe de pompiers qui s'affairaient à côté. Heureusement, on était en janvier, et l'épaisseur de neige au sol empêchait l'incendie de se propager. Mais les vieux sapins morts étaient susceptibles de s'enflammer comme des torches s'ils n'étaient pas vigilants. Mark s'engouffra à l'arrière du camion pompe et enfila sa tenue de pompier par-dessus son jean et son T-shirt, puis il rejoignit ses hommes pour avoir un compte rendu de la situation. Si Astrid était dans ces bois, il fallait qu'il la trouve, et vite. Le capitaine des pompiers vint lui dire de quelle façon ils avaient circonscrit la zone pour empêcher l'incendie de s'étendre, et, comme Mark connaissait les lieux comme sa poche, il sut très vite où chercher Astrid.

Se dirigeant vers le point de départ du chemin forestier, il avala une ou deux boissons énergétiques pour tenir le coup, et risqua un coup d'œil vers Luna en priant pour qu'elle suive ses recommandations, pour une fois. Puis il disparut entre les arbres, la lampe de son casque illuminant le sentier obscur devant lui. Des cendres voletaient dans l'air comme des flocons de neige, et la fumée tournoyait vers le ciel étoilé, mais la brise légère la dispersait, lui permettant d'avoir une vision dégagée.

L'idée qu'Astrid était seule dans ces bois et en danger le rendait fou. Malgré tout ce que Luna et lui avaient fait pour elle, il avait eu *besoin* de croire en elle. Après les événements de ce soir et ceux qui avaient marqué son passé, il persistait à avoir foi en elle, car c'était tout ce qu'il lui restait.

Et il savait qu'Astrid aussi avait besoin de croire en eux.

Il pouvait sembler naïf, mais il était ainsi.

Peu après 1 heure du matin, la lampe de son casque s'éteignit. Il sortit sa lampe de poche, et il était encore à mi-chemin de l'endroit où il soupçonnait Astrid de se terrer quand elle aussi rendit l'âme. Ce n'était décidément pas son jour. Il essaya son téléphone. Il n'avait pas de réseau, mais il n'en avait pas besoin pour la fonction éclairage. À 2 heures, il approchait de sa destination. À 2 h 10, la batterie de son téléphone le lâcha à son tour. Il s'arrêta pour s'orienter dans la nuit. C'est alors qu'il glissa.

Et il tomba, tomba...

Luna tint sa promesse et resta dans la camionnette, même s'il lui était pénible de voir s'agiter les courageux pompiers sans pouvoir les aider. Elle patienta ainsi jusqu'à avoir l'impression qu'il s'était passé une éternité, mais, d'après l'horloge du tableau de bord, seulement deux heures s'étaient écoulées. Finalement, elle se sentit incapable d'attendre une minute de plus. Son inquiétude pour Mark et Astrid était trop grande pour qu'elle reste là à ne rien faire. Plus elle pensait à la façon dont elle l'avait rejeté, plus elle était convaincue d'avoir fait une erreur. Elle avait eu une réaction instinctive, née de son traumatisme passé. Après des années de thérapie et de travail sur elle, elle croyait avoir dépassé tout ça, mais parfois ses vieux démons resurgissaient. Elle se sentait minable. Elle devait une explication à Mark et elle la lui donnerait... dès qu'elle en serait capable.

Mue par une envie irrésistible de bouger au lieu d'attendre passivement, elle descendit du véhicule en se félicitant d'avoir pensé à se vêtir chaudement en quittant son appartement, un siècle plus tôt. La clairière où stationnaient les camions de pompiers était toujours brillamment éclairée, mais il n'y avait plus grand monde, la plupart des pompiers étant partis combattre le feu, et Luna put se faufiler sur le chemin forestier sans se faire remarquer.

Elle était venue assez souvent ici le jour pour savoir qu'en restant sur la piste principale elle ne risquait rien. Du reste, avec tous ces pompiers sur place, elle serait vite retrouvée si d'aventure elle se perdait.

Elle marchait depuis une dizaine de minutes quand elle remarqua des traces de pas dans la neige qui s'éloignaient du chemin. De petites empreintes. Trop petites pour appartenir à Mark, à Troy ou aux autres pompiers. Espérant être enfin sur la piste d'Astrid, Luna quitta le chemin forestier et s'enfonça entre les arbres pour déboucher dans une petite clairière dix minutes plus tard.

Elle se figea. Lui tournant le dos, Astrid était en train de fourrer des affaires dans un sac à dos qu'elle lui avait donné quelques jours plus tôt. Comme Luna s'avançait, une brindille craqua sous ses pas et Astrid se retourna d'un bond, un couteau à la main. En voyant Luna, elle s'empressa de dissimuler l'arme dans son dos et glissa les mains dans les poches de son vieux sweat à capuche bleu, la tête baissée.

— Qu'est-ce qui se passe, Astrid ? Troy est avec toi ?

— Non, répondit la jeune fille en ramassant son sac à dos. On devait se retrouver ici, mais il n'est pas venu. Alors je m'en vais.

Le sac n'était pas fermé, et, quand Luna aperçut le couvercle du bocal à l'intérieur, son cœur se brisa. Astrid n'avait même pas essayé de le cacher.

— Pourquoi as-tu pris ça ?

— Vous savez pourquoi.

— Nous t'aurions aidée, Astrid. Il suffisait de demander.

La jeune fille regarda fixement ses vieilles baskets.

— Je ne pouvais pas. Pas après que vous avez été aussi gentils avec moi. C'est à moi de résoudre mes problèmes, et j'ai cru que l'argent les réglerait. Je pensais que si je le payais il me laisserait enfin tranquille.

Luna tendit la main.

— Donne-moi ce couteau.

Astrid le lui passa.

— L'autre aussi.

La fille la fixa et, avec un soupir résigné, elle sortit un couteau suisse de sa chaussette.

— D'autres armes ? demanda Luna.

— Non.

— Bien, dit Luna, lui prenant le bras pour l'entraîner vers le chemin. Allons-y. Nous reparlerons de tout ça dans le camion.

Astrid hésita un court instant, puis se résigna à avancer en traînant des pieds.

Elles venaient d'atteindre la piste principale quand Luna fut alertée par un bruit. Un grand fracas, suivi d'un chapelet de jurons...

Troy ?

Astrid dut penser la même chose car elle se rapprocha d'elle tandis que Luna sortait son téléphone pour s'éclairer. Elle promena prudemment le faisceau lumineux autour d'elle et s'aperçut qu'elles étaient tout près de la clairière où Mark et elle avaient dressé leur campement le premier soir dans les bois. Elle déglutit en se demandant où il pouvait être, s'il allait bien.

— Il y a quelqu'un ?

Pas de réponse. Tant mieux. Sauf si un prédateur affamé rôdait dans les parages...

Elle éclaira un bosquet voisin et se rappela ce qui lui était arrivé quand elle s'était faufilée hors de la tente pour se soulager dans la nature. Avançant prudemment jusqu'au bord du talus d'où elle était tombée dans le ruisseau gelé, elle orienta le rayon lumineux dans cette direction et...

Oh Seigneur.

Un froissement montait d'en bas. Quelque chose de gros était tapi dans l'ombre.

Un ours ?

Sauf qu'un ours n'appellerait pas à l'aide. D'une voix familière.

Choquée, Luna scruta l'obscurité d'un noir d'encre qui enveloppait le lit du ruisseau gelé.

— Mark ? C'est toi ?

— Non, c'est la fée Clochette, grommela-t-il avant d'ajouter quelques jurons bien choisis.

— Qu'est-ce que tu fais en bas ? demanda-t-elle, dirigeant le faisceau de la lampe vers sa voix, sans distinguer grand-chose. Ton équipe n'est pas en train de combattre le feu ?

— Si, Luna. Merci de me le rappeler, dit-il avec un soupir affligé. Je suis tombé.

— Tu vas bien ?

Il ne répondit pas tout de suite, et elle s'affola.

— *Mark ?*

— Je vais bien. Mais mon épaule a un peu morflé.

Elle regarda l'abîme obscur à ses pieds.

— Je descends te rejoindre. Astrid est avec moi. Elle fera le guet en haut.

Luna jeta un coup d'œil à l'adolescente, qui acquiesça.

— Allez-y, dit-elle. Je vais voir si je peux trouver de l'aide.

— Non ! hurla Mark. Reste où tu es. Ne bouge surtout pas, Astrid !

— Je vais bien, répondit-elle. Et vous n'êtes pas mon père. Heureusement, parce que ce serait bizarre.

Ignorant l'avertissement de Mark, Luna commença à descendre prudemment la pente glissante. Mark était blessé. Il avait besoin de son aide. Même s'ils n'étaient plus ensemble à cause de sa stupidité, il n'était pas question qu'elle le laisse souffrir seul au fond de ce trou. Elle avait déjà laissé Astrid lui filer entre les doigts, elle refusait de perdre une autre personne qui lui était chère.

Une personne qu'elle aimait, en fait.

D'accord. Elle aimait Mark Bates. Voilà, elle l'avait admis. Et Astrid était devenue une petite sœur pour elle. Elle voulait qu'ils fassent partie de sa vie le plus longtemps possible, qu'ils viennent agrandir le cercle limité de ses amis de confiance.

— Arrête-toi, Luna ! cria Mark en réalisant qu'elle descendait péniblement la ravine. Je remonte tout de suite.

Elle doutait fort qu'il en soit capable, car elle ne l'entendait pas bouger. La pente était raide, et elle avait besoin de ses deux mains pour s'empêcher de chuter, mais aussi de la lampe de son téléphone, qu'elle glissa dans son soutien-gorge, sous ses vêtements. Elle n'éclairait guère plus que son visage, mais lui permettait d'y voir un peu.

— Luna, *arrête-toi,* répéta Mark d'une voix teintée de souffrance.

— Je ne te laisserai pas là…

Elle s'interrompit avec un cri de surprise en sentant ses pieds déraper sur la paroi verglacée, et elle glissa, descendant les derniers mètres sur le derrière. Ses points de suture la tiraillaient douloureusement et son coccyx encore meurtri l'élançait, mais elle était entière.

— Où es-tu ? demanda Mark. Ça va ?

— Oui, répondit-elle en rampant vers lui, le téléphone heureusement intact entre les seins. Et toi ?

— Tu n'écoutes rien, lâcha-t-il, et le faisceau lumineux rebondit sur lui, le montrant assis, adossé à une souche. Tu es sûre qu'Astrid ne va pas encore s'enfuir ?

— J'ai entendu ! cria l'intéressée. La réponse est non. Je suis lasse de fuir.

— Moi aussi, marmonna Luna, remarquant en même temps que Mark tenait son bras droit contre lui en un angle bizarre. Ton épaule est cassée ?

— Juste luxée, je crois.

Le rejoignant, Luna sortit son téléphone de son T-shirt et l'examina de plus près. Malgré la fraîcheur nocturne, le front de Mark était en sueur et il avait le teint blême. Sans doute était-ce dû au choc. Ses cours remontaient à des années, mais Luna connaissait par cœur les bases des premiers soins. Évaluer les blessures du patient, le mettre en sécurité, et le stabiliser jusqu'à l'arrivée des secours.

— Je vais regarder ta blessure.

Mark tint le téléphone dans sa main valide pendant qu'elle

ouvrait sa veste et écartait doucement sa chemise. Il n'avait ni coupure ni saignement à l'épaule droite, mais la zone enflait déjà et l'angle de l'articulation était un peu déformé. Tous les signes d'une luxation classique. Luna s'assit sur les talons et reprit son téléphone.

— Nous devons stabiliser ton bras avant de remonter. Astrid, as-tu dans ton sac quelque chose qu'on peut utiliser pour fabriquer une attelle ?

— Je regarde... Tenez, essayez ça !

L'instant d'après, un vêtement de couleur claire atterrit près d'eux. Luna se pencha pour l'attraper et reconnut son vieux sweat à capuche jaune. Ça ferait l'affaire. Revenant près de Mark, elle entreprit de bricoler une attelle de fortune pour soutenir son bras, consciente de son regard sur elle. Quand elle eut fini, elle l'aida à dégager son épaule blessée de sa parka.

— Bien. Ne bouge pas pendant que je te l'attache autour du cou.

— Attends, haleta-t-il avec une grimace, déplaçant légèrement son poids pour s'écarter de la souche en soutenant son bras blessé de sa bonne main. Laisse-moi faire ça d'abord.

— Faire qu... ?

Avant qu'elle ait pu formuler sa question, Mark prit une grande inspiration, retint son souffle, et projeta son épaule meurtrie contre la souche derrière lui. Luna grimaça en entendant craquer l'articulation. Mark expira, souffla, et s'adossa de nouveau à la souche. S'asseyant à califourchon sur ses jambes, elle scruta son visage pour s'assurer qu'il était conscient. Il transpirait abondamment mais avait repris des couleurs. Elle prit son visage entre ses mains.

— Pourquoi tu ne m'as pas dit que tu allais remettre l'articulation en place ?

Il ouvrit les yeux et lui adressa un pâle sourire.

— J'ai réussi d'un coup... Je suis désolé de ce qui est arrivé. C'est ma faute. Je ne vous ai pas protégées, toi et Astrid.

— Nous protéger de quoi ? grogna-t-elle en attachant l'attelle de fortune autour de son cou avant de glisser délicatement son bras blessé dans la boucle basse.

Reculant légèrement, elle écarta avec douceur les mèches blondes qui lui tombaient dans les yeux.

— De quoi croyais-tu nous protéger, Mark ? Et cesse de culpabiliser pour un oui ou pour un non. On arrive parfaitement à tout foirer sans ton aide.

— Je ne sais pas, murmura-t-il, les yeux clos. Je regrette de t'avoir étouffée.

Luna eut un pincement au cœur et sourit. Quel homme adorable. En fait, Mark l'avait changée. Il lui avait montré que les choses pouvaient être différentes, et les gens aussi, si elle leur donnait une chance.

— Eh bien, c'est parfois agréable d'être couvée. Et arrête de t'excuser. C'est moi qui devrais te demander pardon. Je n'aurais pas dû te repousser. C'était injuste, et honnêtement ça n'avait rien à voir avec toi. C'est une vieille réaction instinctive qui me vient de mon agression, et quand je suis stressée elle remonte à la surface. Mais tu ne méritais pas ça.

— Dis-le à mon ex, répondit-il, ouvrant les yeux pour la regarder à la lueur du téléphone. Ou plutôt non. Oublie-la. Je me fiche de ce qu'elle pense. Toi seule compte pour moi, Luna. Je sais qu'on s'est promis de ne pas s'attacher, mais je n'ai pas pu m'en empêcher... Je suis désolé, mais je t'aime.

Elle éclata de rire. Ce fut plus fort qu'elle.

— C'est à coup sûr la déclaration la moins romantique qu'on ait jamais faite. Est-ce que tu t'excuses de m'aimer ?

— Seulement si tu te sens contrôlée, piégée, surprotégée, murmura-t-il avec un sourire d'autodérision, ses dents blanches tranchant sur sa peau bronzée dans la pénombre. Je sais que tu détestes les fadaises à l'eau de rose et les serments d'amour éternel...

— C'est vrai.

Elle déposa un baiser sur sa bouche parce qu'elle en avait

envie. Puis elle soupira et se rassit sur les talons avec un sentiment d'appréhension.

— J'ai peur de t'aimer, moi aussi.

Mark rit doucement.

— Là encore, ce n'est pas une confession banale. Associer peur et amour...

Elle glissa un bras autour de sa taille pour l'aider à se relever, et ils vacillèrent un peu, affaiblis par leurs blessures.

— Si tu t'en sens capable, nous allons remonter en haut du talus pour obtenir de l'aide.

— Eh, Astrid !

Mark s'interrompit et, un doigt sur les lèvres, il chuchota à l'oreille de Luna :

— Tu as entendu ?

Elle secoua la tête et dressa l'oreille.

— Non, je n'entends rien.

— Exactement, dit-il en soupirant. Elle a encore disparu.

— Non. Elle ne me laisserait pas en plan deux fois dans la même journée, assura Luna, refusant de le croire. Elle veut sortir de cette situation, Mark. Elle a envie de rester à Wyckford. Elle me l'a dit. Elle ne disparaîtra plus, maintenant.

Soudain, des bruits de dispute leur parvinrent.

— Ne me touche pas ! cria Astrid.

— Tu ne réussiras pas à m'échapper, petite garce, rétorqua méchamment une voix masculine que Luna identifia comme celle de Troy. Et cent dollars ne suffiront pas. Toi et moi, on est faits pour être ensemble. Arrête de me repousser !

— Je te repousserai jusqu'à mon dernier souffle, Troy, affirma-t-elle d'une voix tranchante. J'ai arrêté de fuir. De te laisser me gâcher la vie. J'ai trouvé ma place ici, et je vais rester. Sans toi. Il est temps que tu t'en ailles.

Troy laissa échapper un rire cruel qui projeta Luna dans le passé, le soir de son agression. L'*autre* aussi avait ricané en lui faisant du mal. L'angoisse lui comprima la poitrine, mais Mark l'attira à lui de son bras valide, comme s'il sentait sa détresse. Son soutien l'empêcha de céder à la panique. Elle se força à respirer lentement et tint bon, laissant les souvenirs glisser sur elle sans la submerger. Elle avait repris le contrôle, grâce à Mark. Elle lui pressa le bras avec gratitude.

— J'espère qu'il ne va pas lui faire du mal, murmura-t-elle, le sang battant à ses oreilles sous l'effet de l'adrénaline.

— Elle peut se défendre, chuchota Mark dans le noir.

Elle tressaillit. Pour un homme qui se croyait investi de la mission de protéger le monde, sa réaction avait de quoi surprendre. Puis il s'expliqua :

— Elle a pris des cours d'autodéfense l'autre jour quand elle a passé la journée à la caserne. Elle a battu la plupart de mes gars. Elle peut affronter un petit voyou haineux.

Un peu rassurée bien qu'inquiète pour la jeune fille, Luna pria pour qu'Astrid puise en elle la force de se battre pour ce qu'elle voulait, comme elle-même l'avait fait, malgré ses craintes et son douloureux passé. De belles choses l'attendaient si elle trouvait le courage d'aller les chercher.

— J'ai dit *ne me touche pas* ! hurla Astrid.

Et des bruits de bagarre se firent entendre : coups de poing et de pied accompagnés de grognements et même de bris de verre.

Puis il y eut un grand cri, suivi d'un lourd silence.

Luna s'aperçut qu'elle avait retenu son souffle.

— Tout va bien, Astrid ? demanda-t-elle.

Plusieurs secondes angoissantes s'écoulèrent avant qu'enfin la réponse lui parvienne.

— Je l'ai eu !

Astrid ! Elle allait bien. Luna eut envie de pousser un cri triomphal, mais c'était prématuré car ils n'avaient pas encore escaladé le remblai.

— Ne bouge plus, cette fois, ordonna Mark. On arrive !

Mais, avant d'entreprendre la difficile montée, il souleva le menton de Luna et soutint son regard.

— Merci d'être venue à mon secours.

La gorge serrée, les yeux brûlants, Luna ravala ses larmes. Elle ne pleurait jamais et n'allait pas commencer maintenant.

Elle déglutit.

— C'était un plaisir.

Mark palabra sans répit pendant qu'ils gravissaient lentement le talus, probablement pour oublier la douleur. La gorge nouée, Luna se félicita d'être dispensée de parler.

— Je suis content qu'on n'ait pas abandonné Astrid. Elle a commis des erreurs, mais elle apprend. Elle découvre comment arranger les choses quand elle se plante. Grâce à toi, Luna. Tu l'as aidée à y parvenir. Sa rencontre avec toi est la meilleure chose qui lui soit arrivée.

À mi-pente, ils firent une pause pour reprendre leur souffle, et Mark la contempla de ses yeux bleus pleins de chaleur.

— Promets-moi que tu ne me laisseras pas tomber non plus. Je sais que je me comporte parfois comme un boy-scout, que je me soucie trop des autres et que je veux protéger tout le monde, mais...

— Non, je ne t'abandonnerai pas. Je ne peux pas. Pour le meilleur et le pire, je t'aime, Mark. Et je ne suis pas le genre de fille à revenir sur sa parole.

— Bon. Car, comme je te l'ai dit, je t'aime aussi. Et je ne lâcherai rien. Ni elle. Ni toi. Ni nous. Je n'en démordrai pas, et tu connais mon entêtement.

Mark sourit, et elle sentit son cœur palpiter douloureusement. Elle resta près de lui pendant toute l'ascension, en priant pour qu'aucun d'eux ne tombe. Enfin, ils parvinrent en haut du remblai, où Astrid les attendait, assise sur son sac à dos. Quelques mètres plus loin, une silhouette geignait, affalée sur le sol. Des éclats de verre étaient éparpillés dans la neige autour de la jeune fille.

— Qu'est-ce que tu lui as fait ? demanda Luna en contemplant la scène.

— Je lui ai cassé le bocal sur la tête, puis je lui ai flanqué un coup de pied dans l'aine, répondit la jeune fille, partagée entre la stupeur et la fierté. Et j'ai pu avoir assez de réseau pour appeler le 911. Au moment où nous parlons, les flics sont en route pour venir l'arrêter.

— Excellent travail ! s'exclama Mark, l'étreignant de son bras valide avant de s'asseoir sur une souche. Content que ces cours d'autodéfense t'aient été utiles.

— Pour ça, oui, déclara Astrid en souriant. Mais, Luna, je suis désolée d'avoir cassé le bocal à pourboires de votre amie. Je le remplacerai avec ce que je gagnerai au restaurant. Si j'y travaille encore après tout ça...

— Je crois pouvoir convaincre mes parents de te reprendre, dit Luna en la serrant contre elle. Je suis très fière de toi.

— Merci. Je suis fière de vous, moi aussi. On dirait que vous avez mis le grappin sur le beau pompier...

Luna lui adressa un clin d'œil et consulta sa montre. L'aube n'allait pas tarder à se lever, elle venait de passer sa seconde nuit dans la forêt, et elle avait vécu des moments vraiment pas banals. Elle alla s'asseoir à côté de Mark.

— Comment va ton épaule ?

— Je crois que je me suis encore déchiré la coiffe du rotateur. Brock va me tuer.

— La police ne devrait pas tarder à venir chercher Troy.

Elle regarda le vaurien qui s'agitait par terre, recroquevillé sur lui-même. S'il tentait de se relever, elle veillerait personnellement à l'assommer. Elle ne laissait jamais personne s'en prendre à ceux qu'elle aimait. Personne.

— Nous te conduirons aux urgences ensuite.

Il haussa une épaule.

— Tu pourras peut-être être ma kiné après l'intervention. Je n'ai jamais eu besoin de physiothérapie, jusqu'à aujourd'hui.

— Il ne faut jamais dire jamais.

Il posa ses lèvres sur les siennes. Elle prit son visage entre ses mains et sentit sa barbe crisser sous ses doigts. Il l'embrassait lentement, tendrement, et malgré la situation elle ne se rassasiait pas de lui. Quand ils se séparèrent, elle était à bout de souffle. Levant la tête, elle rencontra ses magnifiques yeux bleu clair, et elle sut.

Il était l'homme de sa vie.

— Je ne suis probablement pas le genre d'homme avec qui tu rêvais d'être, Luna, remarqua-t-il doucement. Et j'ai mes propres tourments : la culpabilité d'avoir échoué à sauver mon petit frère, le désir de tout contrôler, le besoin de surprotéger tout le monde... mais je préfère les gérer avec toi qu'avec n'importe qui d'autre. Si tu veux bien de moi.

— Oui, je le veux, répondit-elle. Nous résoudrons les problèmes ensemble. J'ai foi en nous.

— Moi aussi. Je suis là pour te soutenir, Luna. Le bon côté, quand on est boy-scout, c'est qu'on n'abandonne jamais. Je ne m'en irai pas. Ni maintenant, ni quand la vie deviendra difficile, ni jamais. Tu es coincée avec moi.

— Et avec moi, lança Astrid tandis que des pas pressés se faisaient entendre dans les fourrés, annonçant l'arrivée des secours. Je ne partirai pas, moi non plus.

Luna rit, le cœur gonflé d'une joie pure, grisante. Elle se blottit doucement contre Mark et contempla le ciel étoilé strié par les premières lueurs de l'aube.

Les policiers débouchèrent bientôt dans la clairière, accompagnés de citoyens curieux de Wyckford attirés par les derniers événements et que l'heure matinale n'avait pas découragés.

Les agents de police menottèrent Troy et le gardèrent sous surveillance pendant qu'ils délimitaient la scène de l'infraction et installaient des projecteurs, illuminant la zone comme un sapin de Noël. Pendant qu'ils questionnaient la jeune fille, Brock, Madi et Tate rejoignirent Luna et Mark assis sur leur souche, sales et échevelés après leur escalade. Pourtant, Luna n'avait jamais été aussi heureuse qu'à cet instant.

Les sourcils froncés, Brock examina l'attelle soutenant le bras de Mark.

— Tu t'es encore abîmé l'épaule ?

— J'ai glissé et fait une chute. Cette fois, c'est Luna qui m'a sauvé.

Lucille Munson, la commère locale, se fraya un chemin jusqu'au petit groupe.

— Contente que vous alliez bien, beau pompier sexy ! Toute la bande est là, à ce que je vois.

Ignorant la vieille fouineuse, Brock s'assura que l'attelle de fortune de Mark était bien posée.

— Où est Cassie ? lui demanda Mark.

— À la maison avec Adi. Et elle est de garde à l'hôpital ce soir, répondit Brock.

Luna écoutait les policiers interroger Astrid, et ses réponses lui fendaient le cœur mais lui donnaient aussi de l'espoir. Astrid avait trouvé le moyen de changer ici, à Wyckford, elle avait décidé d'aller de l'avant, et Luna se promit d'être auprès d'elle tout au long du chemin.

— C'est moi qui ai volé le bocal d'argent qui se trouvait sur le comptoir du restaurant, avoua Astrid aux policiers, les yeux baissés. Mais je comptais tout rembourser, je le jure !

— Et pour quelle raison l'avez-vous pris ? demanda l'agent, prenant des notes dans un calepin.

Astrid soupira, les yeux fixés sur Troy, qui respirait fort, lourdement affalé sur une grosse bûche.

— Je devais rembourser Troy, sinon, il ne me laisserait jamais en paix… L'année dernière, quand j'ai encore changé de famille d'accueil, il était là, et il a dit qu'il serait mon frère.

Un second policier intervint.

— Vous êtes consciente qu'être placé dans le même foyer d'accueil ne fait en aucun cas de lui votre frère ?

— Je sais. Mais Troy a insisté pour qu'on passe pour frère et sœur, et il a promis de prendre soin de moi. Puis il…

Astrid s'interrompit et détourna les yeux.

— ... il a voulu être dédommagé. Mais pas en argent.

Le visage des deux agents de police resta de marbre.

— Que s'est-il passé ensuite ?

— En devenant majeure, je suis sortie du système d'aide à l'enfance, répondit Astrid d'une voix plus forte. J'ai quitté ma famille d'accueil, mais j'avais besoin d'argent. Troy m'en a prêté un peu. Il voulait que je le rembourse, mais je ne trouvais pas d'emploi. Alors j'ai dû encore lui en emprunter.

— Où trouvait-il *son* argent ?

Astrid secoua la tête.

— Je l'ignore. J'ai fini par dénicher un poste de serveuse dans la restauration rapide, mais je ne gagnais pas assez pour vivre et rembourser Troy. Et il n'arrêtait pas de se pointer sur mon lieu de travail... Le manager lui a ordonné de me laisser tranquille, ils se sont battus, et Troy lui a cassé le nez. Le lendemain, j'ai été licenciée.

— C'est à ce moment-là que vous êtes venue à Wyckford ?

— Oui. Au début, j'ai campé dans la forêt en espérant que Troy m'avait oubliée car je m'étais beaucoup déplacée. Mais je me trompais. Il a fini par me retrouver, et il exigeait encore plus d'argent.

— Alors vous avez volé le bocal contenant les dons, au lieu de venir raconter votre problème aux autorités ?

— J'étais sûre qu'on ne me croirait pas. Je n'avais confiance en personne, avoua Astrid avant de rencontrer le regard de Luna. Mais ce n'est plus le cas maintenant.

Elle a confiance en moi, aujourd'hui, pensa Luna avec émotion comme Madi s'asseyait à côté d'elle.

— Eh bien, je suis contente que toute cette histoire soit terminée, déclara celle-ci.

— Oui. J'aimerais que tu me rendes un service, Madi.

— C'est d'accord, répondit son amie sans hésiter.

— Tu ne sais même pas ce que je vais te demander.

— Ma réponse est quand même oui.

Luna sentit sa gorge se serrer.

— On ne t'a jamais dit de rester sur tes gardes quand quelqu'un te demande une faveur ?

— On n'est pas censé se méfier de ses bons amis.

Émue, Luna renifla.

— Tu pleures ? demanda Madi, lui jetant un regard en coin.

— Non, mes yeux sont encore irrités par la fumée.

— Ben voyons ! s'exclama Madi en riant. Alors, ce service ? Quoi que ce soit, c'est accordé. Sauf si tu veux Tate. Je crains de ne pas pouvoir le partager. Pas même avec toi, mon chou. Il est tout à moi.

— Tu peux le garder, grommela Luna. C'est Astrid qui a pris ton argent.

— Je sais. Je l'ai entendue l'avouer aux policiers à l'instant. Mais elle devait avoir une bonne raison, pour en arriver à un acte aussi désespéré. Que puis-je faire pour l'aider ?

La mère de Luna et Madi étaient en droit de déposer plainte contre Astrid, et Luna n'avait pas à s'ingérer dans cette affaire. Tout acte avait des conséquences, à Wyckford comme partout ailleurs, mais Luna pouvait tenter d'adoucir la punition de la jeune fille.

— Tu crois que tu pourrais accepter un dédommagement d'Astrid pour ce qu'elle t'a fait ?

— Bien entendu. Je viens d'ouvrir au dispensaire un service de baby-sitting où les parents peuvent laisser gratuitement leurs enfants pour une nuit, et je suis à court de personnel pour les garder. Je ne vois pas de punition plus adaptée pour une adolescente que de surveiller une bande de marmots braillards, qu'en dis-tu ?

Luna secoua la tête en riant.

— Tu es merveilleuse, tu sais ça ?

— Oui. Mais je vais quand même publier un communiqué de presse...

Une petite foule s'était rassemblée autour d'eux, à laquelle s'étaient joints les pompiers. D'après les conversations surprises ici et là, Luna comprit que l'incendie avait été circonscrit et qu'on soupçonnait Troy d'en être l'auteur. Un nouveau délit à ajouter à la longue liste de ses méfaits. Avec de la chance, il resterait un moment derrière les barreaux.

De temps à autre, Mark la regardait en souriant, alors le monde disparaissait autour d'elle, et elle était submergée par l'émotion. Elle n'avait jamais imaginé que tant de sensations pouvaient être aussi douces et bénéfiques. Mais tout avait changé, et elle n'était plus la même.

Mark se tourna vers elle et la contempla avec le sourire lumineux qui n'appartenait qu'à lui. Et, même crasseux, épuisé, mort de faim et dépenaillé, il lui coupa le souffle. C'était le plus bel homme qu'elle ait jamais vu, et il était à elle. Tout à elle.

Épilogue

Un mois plus tard...

Sa garde terminée au service de physiothérapie, Luna ferma son bureau à clé et se dirigea vers la vieille aile de l'hôpital qui abritait le dispensaire. Chemin faisant, elle croisa un policier qui avait participé à l'arrestation de Troy et le salua en souriant.

— Bonsoir, madame Norton, répondit-il poliment.

Finalement, personne n'avait déposé plainte contre Astrid. Seul Troy avait été poursuivi, et il était en prison en attendant son procès pour racket et voies de fait. Fidèle à sa parole, Madi avait autorisé Astrid à faire bénévolement du baby-sitting au dispensaire le week-end pendant trois mois, en plus de son travail au restaurant, qui lui permit de rembourser rapidement l'argent volé. Tout s'était arrangé au mieux compte tenu des circonstances.

En arrivant au dispensaire, Luna repéra immédiatement son amie dans le hall, armée d'un arc et d'un carquois.

— Coucou, j'espérais que tu passerais...

Pivotant sur elle-même, Madi s'interrompit pour décocher une flèche en caoutchouc à un petit garçon qui s'approchait d'elle sur la pointe des pieds, un petit arc à la main.

Avec un grand sourire, le garçonnet tourna sur lui-même de façon théâtrale et s'effondra. Il convulsa une fois, deux fois, puis une troisième, parachevant sa « scène de mort » par un ultime sursaut avant de ne plus bouger.

— Très bien, déclara Madi.

Cassie passa la tête par la porte d'une salle d'examen.

À tour de rôle, tous les médecins de l'hôpital donnaient bénévolement de leur temps au dispensaire.

— Les bébés dorment, annonça-t-elle, visiblement épuisée. Ils tombaient de sommeil.

— Tu as un don avec eux, fit remarquer Madi, rechargeant son arc et scrutant le couloir, les yeux plissés.

Mais une fillette la prit de court en surgissant au détour d'un couloir, lui décochant une flèche dans le bras. Avec un soupir, Madi se laissa choir sur le sol dans sa tenue d'infirmière.

— Touché.

Cassie continuait à parler comme si de rien n'était.

— J'ai pas mal de pratique avec Adi, dit-elle, s'emparant prestement de l'arc et des flèches de Madi pour viser un autre bambin qui se glissait furtivement dans le hall. Luna, tu viens nous aider ou quoi ?

— Elle vient voir Astrid, répondit Madi en se redressant.

— Hé, protesta le petit garçon, tu es morte !

— Si je suis morte, qui vous distribuera les collations ?

L'enfant réfléchit, puis hocha la tête.

— De toute façon, je pourrai encore te tirer dessus.

— Pas si je tire la première, rétorqua Madi, le faisant détaler en gloussant.

Elle se releva et s'épousseta.

— Astrid se débrouille très bien. Elle est calme et réfléchie, mais elle va bien.

— Bon, dit Luna, soulagée. Je voulais juste m'en assurer.

— Arrête de jouer les grandes sœurs.

— Je ne...

— Chut, fit Madi. Tout le monde peut voir que toi et cette fille êtes des âmes sœurs.

Luna ne le contesta pas.

— Mark est passé aujourd'hui ? Il a dit qu'il viendrait. Ils ont récolté pas mal de jouets à la caserne pendant la collecte.

— Oui, répondit Madi. Il va nous en apporter. Il semblait plus amoureux de toi que jamais.

Luna n'avait jamais été aussi heureuse en amour, et elle ne savait trop comment réagir. Elle n'était pas le genre à se complaire dans un monde de Bisounours, mais, bon sang, elle se sentait incroyablement bien. Épanouie. Pour la première fois depuis très longtemps. Et cela la tourmentait.

— Arrête. Tu vas me porter la poisse.

Madi l'étreignit en souriant.

— Mon chou, l'amour n'est pas de la magie, quoi que tu en penses. Ça exige des efforts, de la confiance, de l'implication. Je sais que Mark et toi êtes déterminés à ce que ça marche entre vous, et vous y arriverez. J'ai foi en vous.

— Vraiment ?

Luna apprenait peu à peu à accorder sa confiance alors que Madi donnait la sienne à tout le monde. C'était sans doute pour ça qu'elles étaient si bonnes amies. Les opposés s'attiraient, c'était connu.

— Astrid m'a dit qu'elle espérait être demoiselle d'honneur à votre mariage, déclara Cassie.

— Quoi ? cria Luna, faisant volte-face. Nous n'allons pas...

— Pas de panique, lança Madi. Elle sait que ce n'est sûrement pas pour tout de suite.

— C'est-à-dire ? demanda Cassie.

— Je ne sais pas, répondit Luna avec un soupir. On prend les choses au jour le jour. Nous nous aimons, et c'est suffisant pour le moment.

— Tu te rappelles mon entêtement concernant mes sentiments pour Tate ? demanda Madi, les mains sur les hanches. Eh bien, nous avons fini par trouver notre propre chemin vers le bonheur, le vrai, et je ne doute pas que vous y parviendrez aussi. Et ce sera aussi spécial que vous l'êtes, tous les deux.

— Qui est spécial ? Moi ? demanda Mark en passant la porte, les bras chargés d'une énorme caisse de jouets.

Il se pencha pour embrasser Luna avant de poser la caisse contre le mur.

— Toujours, répondit-elle en souriant. Tu es de repos, là ?

— Oui, dit-il avec un coup d'œil à sa montre. Je dois juste livrer ces jouets, puis je serai libre pendant vingt-quatre heures. Tu veux qu'on mange ensemble ?

— J'adorerais.

Luna l'embrassa et le regarda s'éloigner vers le parking.

Lui prenant la main, Madi entraîna son amie dans le couloir et entrouvrit une porte. Assise au milieu de la pièce sur un tapis jonché de jouets, Astrid était entourée par quatre bambins. Deux grimpaient sur elle, un autre lui tripotait les cheveux, et le dernier essayait d'attacher ensemble les lacets de ses baskets. Tous riaient de bon cœur, y compris Astrid.

Le cœur de Luna fondit. La jeune fille semblait avoir trouvé l'épanouissement qu'elle lui avait tant souhaité. Elle vivait encore chez elle, et tout se passait bien car Luna était souvent chez Mark ces temps-ci. Ils ne s'étaient pas encore officiellement installés ensemble, mais cela ne tarderait pas. Astrid occuperait l'appartement jusqu'à l'expiration du bail de Luna, sauf si elle trouvait mieux d'ici là, comme par exemple l'appartement au-dessus du restaurant. Les planètes semblaient s'aligner, à la satisfaction de tous.

Madi donna un coup de coude à Luna.

— Elle se débrouille très bien. Elle parle même de suivre une formation sur la petite enfance à la faculté de la région. Je crois qu'elle est faite pour ça.

— Faite pour quoi ? murmura Mark derrière elles, se penchant pour déposer un baiser dans le cou de Luna.

Madi s'éclipsa discrètement, les laissant seuls dans le hall.

— Prête ? demanda-t-il entre deux baisers. On peut s'arrêter déjeuner sur le trajet du retour, ou je peux cuisiner. Tu choisis.

Elle sourit et le serra fort dans ses bras. Son boy-scout bien-aimé, si parfait qu'elle se demandait encore ce qu'elle avait fait pour le mériter. Mais elle remerciait chaque jour sa bonne étoile de lui avoir permis de le rencontrer.

— C'est toi que je choisirai toujours, mon amour. Qu'on parle de tes petits plats ou d'autre chose...

Vous avez aimé ce roman ?
Retrouvez en numérique les héros de Wyckford :
1. *Un confrère irrésistible*
2. *Pour le bonheur d'un secouriste*
3. *Passion pour un pompier*